二十一世紀の戦争

神山睦美

思潮社

二十一世紀の戦争　神山睦美評論集

思潮社

目次

第Ⅱ部　九・一一以後の作家たち

装幀＝奥定泰之

二十一世紀の戦争

神山睦美

はじめに

何かの折に、ご職業はと聞かれることがある。文芸評論家とこたえてみる。行政書士のようなものですかと問い返されたりする。そういうときには、詩や小説について批評する仕事ですと説明する。

何か難しいことをして報酬を得ている人のようだと思われるのだが、思うほどの報酬は得られない。難しいだけでなく、批評した当の小説家や詩人、彼らの作品を送り出した編集者以外には読まれないものを書いている。報酬の得られないのは当然である。

文芸評論が読まれた時代というのがあった。どんなに難しいことが書かれていても、こぞって読んだ。一九六八年の前後、数年の間だと思う。政治と革命の時代といっていいだろうか。詩や小説について批評する仕事は、政治と革命について明確なスタンスをもっていなければ成り立たないと思われていた。そういうものを忌み嫌う立場で書かれた文芸評論もたくさんあったが、それには相応の根拠があった。

それを一言でいえば、文学とはどこまで急進的なものかということになるのではないか。そして、文芸評論が読まれなくなったのは、このことについて、当の文芸評論家も読者も真剣に考えることがなくなったからだ。ほかにも理由があるのだろうが、これが第一の理由ではないかと思う。

二〇〇三年から〇八年までの間、書き継いできたものをまとめるに当たって、まずこのことについて考えておこうと思った。

十六世紀から十七世紀、天動説と地動説をめぐってローマ・カトリック教会による異端審問がおこなわれた。ガリレオ裁判というのがすぐに思い浮かぶが、六八年当時、この異端裁判をテーマとしたブレヒトの『ガリレイの生涯』という戯曲が読まれ、上演された。そこでブレヒトは、急進的なものについて明確な考えをあらわしている。

よく知られているように、コペルニクスの地動説を天体観測によって明らかにしたガリレオ・ガリレイは、自説撤回と自宅幽閉という判決を下される。「それでも地球は回る」と語って刑に服したといわれているが、ブレヒトの戯曲では、このガリレオと同様、異端審問を受けながら、最後まで自説を撤回せず、火炙りの刑に処せられたジョルダーノ・ブルーノの話が出てくる。

ガリレオの弟子の一人が、なぜ先生はブルーノのように信念を貫き通さなかったのかと詰め寄る。それに対してガリレオが、どんな表情でこたえたか。舞台を思い描くのは難しいことではない。これに対して、ブレヒトがガリレオにいわせたせりふの方はなかなか意味深長である。

ジョルダーノ・ブルーノのような、とはいっていないのだが、そういう悲劇のヒーローを必要とする政治は、危険だというのである。

地動説どころか宇宙の無限性まで唱えたブルーノを批判し、みずから確かめた科学的真理の公認されるときをじっと待つガリレオという像を、ブレヒトは描かない。それでは、ガリレオは、急進的なものをいたずらに嫌うディレッタント科学者と異ならない。

危険だというかぎり、それでは、クライシスを招かない考えとはどういうものかについて説明しなければならない。ブレヒトの戯曲には、そのことについて具体的には書かれていない。だが、自説撤回、自宅幽閉の身となり、信頼する弟子たちからも離反されたガリレオを、一貫して信念の人として描くその筆致に、ブレヒトの考えは、現れている。

それを、たとえば村尾健吉の言葉によりながら、こんなふうに敷衍してみよう。

ガリレオには、あることについての並外れて強い関心があった。この世界にある自分という人間は、いったいどのようにしてこの世界にあるのかという問いである。それは、自分に対するあくなき関心であるとともに、自分以外の人間に対するたえざる関心でもある。同時に、それは世界に対する大いなる関心となり、最終的には天体への無限の関心となって現れたといえる。

このことを最もよくあらわしているのが、地球は自転しながら太陽の周りを公転しているという説だ。自転しながら公転しているというのは、「私」を生きながら「公」を生きているということである。内面を生きることがそのまま世界の普遍性につながるということにほかならない。地球が太陽の周りを公転するように、人間もまた自転しながら、光と熱の源である「太陽」を創造し、その周りを公転するのである。

それこそが、真に急進的ということではないだろうか。

自説を撤回することなく、火炙りの刑に処せられたジョルダーノ・ブルーノの内心の思いをそう受けとったガリレオ・ガリレイは、そういう思想が、英雄として祭り上げられるのではなく、人びとの考えの根に生き延びるためにこそ、ヴァチカンの異端審問にあえて服した。

ブレヒトはそう言おうとしていたのである。

これが文芸評論であり、こういう文芸評論が同じ時代にはこぞって読まれたのである。

『二十一世紀の戦争』と題したこの評論集が、意のある読者の手によってさまざまに読み継がれんことを願う。

第Ⅰ部　二十一世紀の戦争

序章　文芸批評の方法

北川透『中原中也論集成』を手がかりに

精神のラディカリズム

文芸批評を学んだ先達は何人もいるが、北川透は、その業績にふれてきた期間の長さにおいて吉本隆明に次ぐ。吉本、北川の次が柄谷行人ということになるだろうか。あいだに、江藤淳、磯田光一、菅谷規矩雄といった批評家がいるのだが、みなこの世から去ってしまった。気がついて見ると、磯田、菅谷の享年はとおに越し、江藤淳のそれとそう違わない年齢になっている。光陰矢のごとしとでもいうほかはない。

此の度上梓された『中原中也論集成』を読みながら、北川透の半世紀に近い批評家としての歩みということを、考えずにいられなかった。村上一郎の慫慂によって紀伊國屋新書の一巻として世に出た『中原中也の世界』が一九六八年。北川は、このすぐれた論考を展開するまでに約十年の間、批評家としての助走を続けていたはずなので、この期間を加味すれば、半世紀というのは決して誇張ではないはずだ。

その『中原中也の世界』だが、今回何十年ぶりかで読み返してみて、批評というものが対象言語を媒介にしながら、語りえないことを語ろうとする表現形式であることをあらためて確認した。

冒頭、北川は、中原中也の詩的活動が、治安維持法改正、国際連盟脱退、盧溝橋事件、国民精神総動員体制といった時代情勢のなかでなされてきたことに注意を向ける。中原が三十歳の生涯を閉じたのが、昭和十二年八月における対中国全面戦争開始後二ヵ月足らずであること、さらには中原の精神が、一九三〇年代というい わば両大戦間の状況に投げ出されたものであったことを示唆するとともに、ドストエフスキーのいわゆる「地下生活者」の意識を植えつけられたものであることを語りかける。

こういう中原中也像というのは、一種異様である。「ぼくには一つの計画がある。狂人になること」。ドストエフスキー十七歳の手紙の一節を引き合いに出しながら、ここに〈地下生活者〉の原型、中原の精神の原型があると北川は述べるのだが、これを実証的な裏づけを欠いた臆断とみてしまうならば、批評は死に絶える。語りえないことを語るためには、このような中原の精神の原型が、ドストエフスキーだけでなく、ニーチェやランボーやゴッホといった「狂人になること」を企てることでしか、みずからの思想表現を成しえなかった者たちのそれと、地続きにあることをいわなければならない。

同時に、それが十九世紀的な狂気の天才から、二十世紀的狂気の時代をみずからの生に体現して思想表現を遂げていった者たち、彼らの精神にも連なることをいわなければならない。そのことを、北川は、中原の精神の原型が、「眼を瞑《つぶ》って世界を視ようとした」という表現で述べる。

これはたんなる批評的なレトリックではない。彼らが直視していたかつてない規模の世界の荒廃を、みずからの精神の内で反芻するためには、何が必要かについて述べたものだからだ。

彼らは、脳裏に明滅する荒涼とした光景を、イメージとして受け取っただけではない。目を閉じることによって、それらの光景がいっせいにざわめきとなって聞こえてくる、その声の響きを聞きとめようとしたのだ。

中原の精神の原型をそういうものとしてとらえようとする北川は、中原の作品のなかでも、以下のような一節に注意を向ける。

黝《あをぐろ》い石に夏の日が照りつけ、
庭の地面が、朱色に睡つてゐた。

地平の果に蒸気が立つて、
世の亡ぶ、兆《きざし》のやうだつた。

（「少年時」）

きらびやかでもないけれど
この一本の手綱をはなさず
この陰暗の地域を過ぎる！
その志明らかなれば
冬の夜を我は嘆かず

（「寒い夜の自画像」）

このような、いわば「暗黒心域」に属する詩語のなかに、ある種のつきぬけた明るさをみること。これが、中原をとらえる北川の批評の方法なのである。

私は、こういう批評の方法を、北川をはじめ、吉本隆明、柄谷行人、菅谷規矩雄、江藤淳、磯田光一といった人たちから学んできた。それを一言でいうとするならば、精神のラディカリズムということになろうか。批評の言葉が、文学や思想や芸術のラディックス（根底）にふれようとすること。そういう欲望のあり方を、そう名づけていいのではないかと思う。

荒廃した影絵の世界

では、そのラディックスとはどういうものであるのか。ここでは、北川よりも、吉本よりももっと長く読み継いできた小林秀雄の批評に、それをたずねてみよう。『考えるヒント』に、こういうくだりがある。プラトンの『国家』に出てくる洞窟の比喩についての解釈だ。

暗い洞窟のずっと後ろの方にぽっかりと穴があいていて、そこから光が差し込んでくる。これを光源とすると、洞窟のこちら側の壁には、さまざまなものが影絵のように映し出される。そのなかにいる人間の影も映し出されているのだが、人間たちは、自分たちの影の動きを実在と錯覚し、背後にある真実の光、イデアの輝きを見ようとしない。

たとえ、見ることを試みたとしても、まばゆいばかりの光源は、直視しえない。人間は、いったいどうすればいいのか。

後ろを振り向き、少しずつこの輝きに目を慣れさせるのである。そして、その光を、わずかなりともみとめること。そこから、真実と善きことと美しきこととの何であるかを読み取ればいい。それが、イデアへ向かう精神というものだ。

だが、ここにイデアリズムはあっても、ラディカリズムはみとめられない。批評の言葉が、思想の根源（ラディックス）にふれるとき、この洞窟の比喩は、こんなふうに読み取ることができるのだ。小林秀雄の言葉を敷衍してみる。

正義の光源に照らされて、自分の影を洞窟の壁に見る人間は、自分が不正の徒であることを知らされている。どんな高徳な人間も、恐ろしい無法な欲望を隠しもっている。そのことを、洞窟の比喩は教える。

権力欲は誰の胸にも眠っている。民主主義の政体ほど、タイラントの政治に頽落する危険性をはらんでいるものはない。自由平等という光源は、衆愚政治と独裁政治という民衆の影を、洞窟の壁に映し出す。「汝自身を知れ」というソクラテスの言葉は、このことを告げるものなのだ。

小林は、光の源をたずねようとするイデアリズムよりも、人間の欲望を暴き出すラディカリズムを重視しなければならないといっているのではない。精神のラディカリズムとは、洞窟の壁に映し出された影を、まず何をおいてもわがことと認めるところから始動する。そしてこの影こそが、権力と独裁と衆愚とをもたらす当のものであること、そのことを直視するためにも、少しずつ少しずつ背後の光源に目を慣れさせる、そのイデアリズムが思想のラディックスを実践するのだ。

小林秀雄は、そういっているのである。そのとき、このまばゆいばかりの光源が、二十世紀の二つの大戦がもたらした、かつてない規模の世界の荒廃を影絵のように映し出していることにも気がつくであろう。そして、中原についていえば、そのような荒涼とした光景を、イメージとして受け取っただけではない。目を閉じることによって、荒廃した影絵の世界が、いっせいにざわめきとなって聞こえてくる、その声の響きを聞きとめようとしたのだ。

『考えるヒント』が書かれたのは、中原中也がこの世を去ってから二十七年、小林秀雄六十三歳のときである。そこでは、プラトンの『国家』についてだけではない。ヒトラーの『我が闘争』について、福沢諭吉の『瘦我慢の説』について、真に根底的な批評がなされる。この四半世紀という時間が、小林をして、精神のラディカリズムとは何ものであるかを語らしめるにいたったのだ。日中戦争勃発の年に、以下のような作品を残して迫り来る世界大の戦争を暗示していた中原のそれに、小林は、四半世紀たって、ようやくというか、ついにというか呼応するにいたった。

天は地を蓋《おお》ひ、
そして、地には偶々《たまたま》池がある。
その池で今夜一と夜さ蛙は鳴く……
——あれは、何を鳴いてるのであらう？

その声は、空より来り、
空へと去るのであらう？
天は地を蓋ひ、
そして蛙声《あせい》は水面に走る。

よし此の地方《くに》が湿潤に過ぎるとしても、
疲れたる我等が心のためには、

柱は猶、余りに乾いたものと感《おも》はれ、
頭は重く、肩は凝るのだ。
さて、それなのに夜が来れば蛙は鳴き、
その声は水面に走つて暗雲に迫る。

（「蛙声」）

「二十一世紀の戦争」と題したこの本において、私はこのような精神のラディカリズムをどこまで演ずることができるかを念頭に措いた。後半におさめた月々の文芸時評を書いているときにも、そのことにまったく変化はなかった。そのことを、北川透の『中原中也論集成』を読みながら、確認したしだいだ。

第一章　文学の普遍性について

井坂洋子・多和田葉子・小川洋子

「詩的なるもの」とは何か

三十年来、現代詩への関心を絶やさないできた。理由は、自分として明瞭なつもりだ。文学ということの根源をなしているのは、「詩的なるもの」にほかならないということ。そして、この「詩的なるもの」を最もよく体現しているのが、現在書かれている詩にちがいないということ、これである。

だが、視点を変えて見れば、これは悪しきトートロジーにすぎない。まず、「詩的なるもの」とは何かと問うことからしか、問題ははじまらない。そのものの厳密な定義がなされないならば、文学とか文学的ということは、他者へと開かれることのない、内密なものの代名詞に成り下がる。その象徴が、詩にほかならないということになってしまうのだ。

たとえば、ハンナ・アレントは、人間の活動の根拠を「不死性」ということに置き、この「不死」なるものの顕現を、芸術の本質とみなそうとした。このとき、アレントもまた、芸術の根源を、「詩的なるもの」に見定めていたということができる。だが、ここでいう「詩的なるもの」とは、死すべき者である人間の営みを、限定された時空から解き放って、多数性と公共性へと開いていくものにほかならない。

「なんの助けもなく、進む方向も判らずに、人間のそれぞれ孤独な心の暗闇の中をさまようように運命づけられ」た者が、「矛盾と曖昧さの中にとらわれ」ながらも、なお「この暗闇を追い散らすことができるのは、他人の存在によって公的領域を照らす光」をもとめるときだけである（『人間の条件』志水速雄訳）。そういって、アレントは、他者の存在と関わり、多数性に根拠を置くところにこそ、「詩的なるもの」が見出されると考えるのである。

アレントのうちには、芸術が、パブリックな光で照らされていた時代に対する信憑が息づいている。公的領域が、権力の争闘の場に貶められることなく、人と人との「共生」に価値を置くような「言葉と行為の共有」の場を形成していた時代。そこでは、死すべきものとしての人間は、永遠の生命や最後の審判によって救われるのではなく、「芸術の永遠性」と「不死の名声」によって根拠をあたえられる。死の後にまで、他者との関わりを厭わないものへの誉れによって、人々の記憶に刻まれるのである。そしてギリシア、とか、ポリスとか、アテナイという固有名詞が、そこには添えられるのだ。

だが、アレントの信憑をわがこととすることは、とてもできない。私たちにできるのは、「芸術の永遠性」も「不死の名声」ももはや失われたということを前提にして、それでもなお、普遍的なものが見出されるとしたら、どのようにしてかと問うことなのである。そして、私の考えでは、これに対する回答は、最も内閉的で、しかも救いようのないまでに不条理な場所からしか見出されない。その一つが、「詩的なるもの」を最もよく体現しているものこそ、詩にほかならないというトートロジーなのだ。

私たちの文学は、と問いかけたいのだが、あえて現代詩は、と問うてみる。このような、私的で内密な領域においてしか意味をなさない、まったく不毛なものを、みずからの本質となしえているだろうか。こう問うてみて、しかし、現代詩は、こういう問いによって鍛えられるということを、長く失念してきたのではないかという思いも禁じえない。ただ、少数の作品だけが、確実にこれに耐え、みずからの根を、「詩的なるもの」へとおろしてきた。何も生まない土壌に深く根をおろすことによって、何かであることを遂げてきた。それは、こちらをして、詩への関心を絶やさせない十分な理由であるといっていい。

根源的なネガティィヴィティー

これから採りあげる井坂洋子の『箱入豹』は、その意味で、こちら側の批評的欲望をかきたてる数少ない作品の一つなのである。

もともと、この詩人にはプライベートということへの偏愛がみとめられた。私的で内密な領域を通過する言葉へのこだわりといってもいい。だが、井坂において、この最もプライベートな場所が、パブリックなものへの信憑を潰えさせてしまうということはない。それは、欠如や空虚の場所ではなく、言葉がある根源的なネガティィヴィティーに向き合おうとする場所なのである。

ではいったい言葉は、どこへ向かっていくといえばいいのか、そのネガティィヴィティーとは、何を指しているのだろうか。言葉は、そこで、アレントのいう「不死性」ということに背を向け、ひたすら「死」そのものへと沈潜する。正確にいうならば、「不死性」とは何かということを、「生」の側からではなく、「死」の側から問いただすのである。

ともあれ、こちらの批評的関心を釘付けにしたフレーズを、『箱入豹』からいくつか引いてみることにする。

その朝／わたしは修羅に着いた／…／朝のぬけがらはたくさんあって／思いを深く耕した跡／じらじらと乱《らん》を踏みつけるように／人々が／枕もとにいた

（「返歌　永訣の朝」）

わずかな領地内／腰から下は水を孕んで重い／さびた釘に／かかっているのは額《ひたい》だろうか／とりはずすことはできない／豆をもぎとる／ひと摑み　もぎとる量ほどの／日月が／いちどきにすぎる

（「狒狒《ひひ》」）

ひとりの男が／怖れの渦を／北向きの窓から眺めていた／「まだ　なにか　用があるのか」／低い声にかぶさる闇一枚には／銀の鉗子が／置き去りにされていた

（「草を踏み」）

死は物体になる誘惑／じぶんの奥に無限の道があり／はじめはこわごわと／最期は駆け足で／さかのぼる〃母の顔も忘れ／一生を／ふいにする／よろこびに焼かれて

（「血流」）

この、ざわざわと胸騒ぎするような言葉のたたずまいは、どうだろうか。ここにあるのは、「孤独な心の暗闇の中をさまようように運命づけられ」た人びとのメンタリティーだ。そして、言葉が、極度に内密な経験の場に根をおきながら、板子一枚で、深い海の底に通じているといった光景である。「矛盾と曖昧さの中にとらわれ」ながらも、なお「この暗闇を追い散らすこと」ができるかどうかを問いつづける言葉。「不死性」とは何かということを、「生」の側からではなく、「死」の側から問いただす言葉といえばいいだろうか。

それは、狭隘で、暗澹とした、救い難い、修羅のごとき様相を呈していながら、悲しみや怖れや悔恨といったものを、決して寄せ付けることのない、根源的なネガティヴィティーを現前させる。そして、このネガの岩盤のようなものが、もっともプライベートな「死」の経験を通して顔を覗かせているということ、そのことが重要なのである。

三十年来の詩への関心を通して、こういうものに出会ったのは、数えるほどしかない。喪のいとなみを言葉へと形象化した、いわゆる挽歌のたぐいは、決してめずらしいものではない。だが、これほどまでに、喪そのものを現前させたものは、例を見ない。

いったい、こういう言語的経験というのは、私たちの文学のどのあたりに位置するものなのか。井坂洋子という固有名詞をおいてみただけでは、なかなか明らかにされない。女性詩という言葉を通して、そこをたどってみても、道に迷うだけである。だが、ここに同じ女性の書き手である小川洋子、多和田葉子という名前を並べてみるとき、一つの像が結ぶように思われる。

それは、いうまでもない。最もプライベートな領域を通過しながら、そこに私的なものの痕跡さえ残さないネガティヴィティーを現前させるということ。そのことを、これらの作家たちは、たくまずしておこなっているからだ。

小説作品だから、なしえているというのではなく、それらの言葉が「詩的なるもの」に深く根を下ろしているということ。小説言語が、それゆえに、最も内閉的で、しかも救いようのないまでに不条理な場所から、現れ出ているということ、このことの妙こそ、なにごとかなのだ。

私的な領域から普遍的なものへ

『箱入豹』と同時期に発表された、多和田葉子の『旅をする裸の眼』の次のような一節を引いてみよう。

自分の声に目が醒めた。眠って夢をみていたわけではないけれども、自分の下半身を見ると、脚が三本になっていた。三本目の脚は筋肉質で、黒い硬い毛に覆われている。ああっと叫ぶと、三本目の脚は消えた。夏に半ズボンをはいて、はしごに乗って、屋根を修理していた叔父の脚を思い出した。ヨルクは、どこへ行ってしまったのだろう。

空のカーテンがしまっていく。鱗の模様にびっしりと置かれた石が波の模様に変わったところで、石畳が急に黒くなって、雨が降り始めた。振り返ると、古い敷石は消えていて、アスファルトのべったりした道がわたしの背後にどこまでも伸びていた。

階段をのぼっていく。身体全体が苦しみの液体に浸されて重い。めまいがする。自分の肉が腐り始めているのが分かる。妊婦のように下腹をおさえて階段を昇る癖ができてしまった。でも、お腹の子はとっくに葬られている。一度も見ないうちに。わたしの孕んでいるのは、子供ではなくて、別のものだ。

ヒロインである十六歳のベトナム国籍の高校生「わたし」は、東ベルリンを旅するうちに、オランダの国境に近いボーフムという町にさまよい出、ドイツ青年との内閉的な性の世界へと溺れていく。さらには、モスクワ行きの列車に乗ろうとして、パリへとたどり着き、無国籍者として、見知らぬ町を彷徨しながら、みずからの生を、それらの町々の映画館で上映されたさまざまな映画のシーンへと重ねていく。そんな結構の小説なのだが、ここに語られる、アジアの社会主義社会から東ヨーロッパのそれへと彷徨する一人の女性のさまよいの過程が、特別、興味をかきたてるわけではない。錯綜した筋立てと、メカニカルな文体を通して、現れてくるのは、決して明確な像を結ぶことのない、だが、まぎれもなく現前するネガの塊のようなものなのである。

小説言語は、こういうものが、たとえモチーフの根におかれていたとしても、一度ばらばらに砕いておかなければ、思うように先に進まないということを、本然からわきまえている。必要な場合には、粉々にして、語りと小説的結構を円滑に成り立たせるための糧にするのである。

だが、なかに、どうしてもこのものの現前からのがれられない書き手というのがいて、そのために小説は、何ものかを犠牲にしたという形を、あえてとらされるのだ。

とはいえ、そのことは、小説言語にとって何らメリットにならない。デメリットを、反転させたところで、価値は付加されないのである。にもかかわらず、そこになにごとかを見出すことができるとするならば、みずからの根を下ろしているネガティヴなものが、内密で私的な領域を通過しながら、普遍的なものへと突き抜けるさまが、わずかなりともかいま見られるときなのだ。

たとえば、小川洋子という作家は、そういうシーンについて、自覚的なスタンスを取り続けてきた少数の作家の一人なのである。小説作品ではなく、次のような散文の一節を引いてみよう。

彼は耳を澄ましている。孤独で冷たいのみの響きの底から立ち上がってくる、あふれる死者たちの声と体温を耳で感じ取ろうとしている。他の誰にも聞き取れない過去の音に耳を澄ます。その時の息遣いこそが、彼の生み出す音楽なのだ。

彼はただ、何かを聞くためだけに耳を澄ませているのではないのが分かる。自分の起源という、自身にとって最も切実であるはずの場所が、空白無音であることの恐怖に耐えているのだ。そうやってようやく、〝不揃いな屑石〟の一粒である自分を救い上げ、それを磨き慈しむことができるようになる。

影は暗闇に飲み込まれ、しかし決して消え去りはせず、生者の洞窟に潜み続ける。生者が耳を澄ます人間であれば、影の示す形、死の意味を、微かに感じ取れるかもしれない。こうして起源、洞窟、影、死が一つの輪につながり合う。

（「起源、洞窟、影、死」『博士の本棚』）

「彼」と呼ばれているのは、ここで対象とされている『さまよえる影』の作者パスカル・キニャールのことをいう。だが、この「彼」は、小説のヒロインである「わたし」であって少しも不都合はない。話題作『博士の愛した数式』に登場する、記憶を失くした初老の天才数学者の内面に生起する事柄であってもかまわない。重要なことは、作者である小川洋子が、このような言語的経験を通して、根源的なネガティヴィティーにふれているということなのだ。

理由のない贈与としての生

　ここには、井坂洋子に見られるような喪の経験というのは、投影されていない。それは、多和田作品に、その影を直接的なかたちで捜し求めることができないのと同様なのである。にもかかわらず、「起源、洞窟、影、死」という言葉を連ねることによって、小川は、井坂の喪の経験に通ずる何かを、間違いなく所有している。そして、苦痛のメタファーを連ねる多和田においても、事情は変わらない。いったい彼女たちを、共通に駆り立てているのはどのような思いなのか。

　それを、アレントの言葉を借りて、「自分の死とともに世界が終わるとか、自分の死の直後に世界が終わるということが明らかである場合、世界は、そのリアリティをすべて失うであろう」（『人間の条件』）ということについての審問といってみるならばどうか。あるいは、これを変奏して、「もしこの世界が、自分の生誕とともにはじまり、死をもって終わりを告げるものであるならば、この自分も、世界も、ともにすべてのリアリティを失ってしまうにちがいない」ということへの問いかけといってみるならば。

　そういう直截的な問いにこたえることのできるものこそ、真に芸術作品ということができるのだ。つまり、「詩的なるもの」とは、死の後に、この自分も世界も、すべてのリアリティを失ってしまうのではないかという思いに、根底から対峙するものでなければならない。アレントのいう「不死性」とか「公的」という言葉は、そこまでの射程をもって提示されているからだ。

　世界は、そこに個人が現れる以前に存在し、彼がそこを去ったのちにも生き残る。人間の生と死はこのような世界を前提としているのである。だから人間がその中に生まれ、死んでそこを去るような世界がないとすれば、そこには、変化なき永遠の循環以外になにもなく、人間は、他のすべての動物種と同じく、死のない無窮の中に放り込まれるだろう。

（『人間の条件』）

井坂をはじめとして、彼女たちを駆り立てている根源的なネガティヴィティーは、この「変化なき永遠の循環」「死のない無窮」こそが実在にほかならず、「世界の恒常性」も「芸術の永遠性」も、もはや虚妄にすぎないということを、一度は告げるのである。そのうえで、そういう告知に直面しながら、なおかつアレントの信憑に比肩しうるものを、最もプライベートな場所に顕現しうるとするならば、何ができるか、そのことに対する応答こそが、彼女たちのモチーフなのである。

なかでも、井坂洋子の動機の深さには、格別なものがある。そのことを『箱入豹』という不思議なタイトルの作品集にたずねてみようと思うのだが、あまり紙数がない。ただ一箇所、これは凄いと一読して震撼され、再読三読して、背筋が寒くなるような思いにとらわれたフレーズをあげておこうと思う。ここまでの、地獄めぐりを敢行しなければ、オルフェウスは、エウリュディケとまみえることができず、文学は、普遍性を獲得することができないということの見本といっていい一節だ。

あれは
杉か
黒く盛りあがっている　あれは人か

小さなしみのような
あれは
眼か

死んだあとまで
さびしさがのこってしまっている

（「山犬記」）

この「さびしさ」こそが、普遍言語といっていい何ものかなのだ。そのことは、ここにあげた「山犬記」という作品、さらには、「山犬記Ⅱ」「山犬記Ⅲ」「生きものの森」「箱入豹」と読み継いでいくにしたがい、ゆるぎない確信に達する。

この確信を、いったいどういえばいいのか。生が、何の根拠もなく、全く理由のない贈与であるということ。そして、これに返礼するために、世界をすべて失っても悔いのないまでに、何ものでもないものへと寄り添おうとすること。そのことが、言葉であらわされるならば、このような詩句、そして、もっと熱く、激しく、もっと不可触なといっていい詩句に結晶するにちがいない。

そう思わせるような、言葉の厚みを、井坂洋子は現代詩の世界に、実現してみせたのである。

第二章　悲劇の時代と『チャタレイ夫人の恋人』

小林秀雄の戦争観から

内的動機を欠いた大災害

映画の文法というが、小説にも文法はあるのだろうか。「小説は何をどう書いてもいい」という鷗外の言葉もあるように、文法破りこそ、小説の本来なのかもしれない。

これは昨今の、若手作家による作品のことではない。ロレンスの『チャタレイ夫人の恋人』を再読して得た感想である。

再読のきっかけは、小林秀雄の戦争観について考えてみたいということだった。文学者の戦争に対する覚悟を問われて、文学者の覚悟というものはない、文学は平和のためにあるので、時到るならば、文学者としてではなく、一兵士として銃を取るだけであると語った小林は、このみずからの立場を一度も変えることがなかった。そのことを最もよくあらわしているのは、昭和二十六年に発表された「政治と文学」における『チャタレイ夫人の恋人』についての言及である。

小林は、『チャタレイ夫人』の冒頭の一節を引いて、戦争が私たちを集団的に動員し、小砂利のようにローラーでならすといった、まったくなすところをしらない、途轍もないものとしてやってくるとき、私たちは誰も「悲劇」というもののうちにあるのである、と語る。「悲劇」とは、いうまでもなく『チャタレイ夫人』の冒頭の次の一節にある言葉だ。

「現代は本質的に悲劇の時代である。だからこそ、われわれは、この時代を悲劇的なものとして受け入れたがらないのである。大災害はすでに襲来した。われわれは廃墟のまっただなかにあって、新しいささやかな生息地を作り、新しいささやかな希望をいだこうとしている。それはかなり困難な仕事である。未来に向かって進む道は一つもない」。「ヨーロッパ大戦は、彼女の頭上にあった屋根を崩壊させてしまったのだ。その結果彼女は、人間には生活して悟らなければならぬものがあることを知ったのである」。（伊藤整訳）

『チャタレイ夫人』が、姦通小説、不倫小説という、十九世紀以来の小説の文法のなかで書かれた作品のように見えながら、第一次大戦という、未曾有の事態を経験した新しい悲劇にほかならないことを、小林は見抜いている。「いわゆるアプレ・ゲール文学の一傑作」であるという、小林の炯眼には、いまなお色あせぬものがある。

だが、小林が、戦争について、内的動機を全く欠いた大災害に似ていると語るとき、それは、『チャタレイ夫人』の、われわれを襲い、人間の営みを廃墟と化してしまう大災害というものと、微妙に異なる。この大災害について、「私たちが戦争中平気で使っていた人的資源という奇怪な言葉に注意すればよい。近代戦は、賢人も愚人も勇者も卑怯者も、皆一様な人的資源に変じて、戦争技術の膨大な組織のなかに叩き込む。逃れる道はない」と小林は、語る。

しかし、ここにあるのは、戦争を、容赦のない事態とみる思想であるよりも、近代戦を膨大な組織と技術の動員によってなされるものとみなし、これを戦い抜くには、人知を超えた必然を、いかにして自家薬籠中のものとなすかであると考えた石原莞爾などの戦争観に通ずる思想といえないだろうか。

とはいえ、戦争を、人間を襲う悲劇とみた小林が、近代戦における戦術といったことに関心を示したはずはない。内的動機を欠いた戦争という災害は、人間の内面に、ある不可避なるもの、否応のないものを植えつける。いかなる僥倖も当てにできない場所に追い詰められて、それでも生きねばならないとき、このどうにもならぬ事態そのものが生きていく理由である、と小林は述べる。そして、コンスタンス・チャタレイにとって、生きて知らねばならぬこととは、このことにほかならないと言うのである。

何度読み返しても、小林秀雄の戦争と文学と悲劇についての思いは、間然するところがない。それゆえ、『悲劇』とは、小林にとって人間の内的な生の中で演じられる、自由へのひとつの絶対的な可能性を意味している」（『世界という背理』）という竹田青嗣の言葉もまた、首肯できるのである。

しかし、目を『チャタレイ夫人の恋人』という小説に移すならば、ここでロレンスの感知している悲劇は、やはり、小林のそれの、ひとまわりかふたまわり大きなものではないかというのが、率直な印象なのである。実際、『チャタレイ夫人』におけるロレンスの話法は、戦争という不可避の事態が、コンスタンスのみならず、夫のクリフォドも恋人のメラーズも呑みこんで、彼らの内面を廃墟と化していくさまを、微妙な色合いの違いはあれ、ほとんど一様に描き出す。

　いまだ若く、生の息吹に溢れたコンスタンスが、戦争の災禍のために性的能力を失ったクリフォドから離れ、野性的で獰猛な性の化身ともいうべき森番のメラーズとのあいだに、新たな可能性を見出そうとする。しかし、小説は、そんな筋書きをなみするかのように、いたるところで、彼らの内面にうがたれた広大な廃墟について語ることをやめない。それは、まるで、ロレンス自身の中に深く潜行する文明への呪詛の表明であるかのようだ。コニイもメラーズもクリフォドも、このロレンスの底深いニヒリズムに浚われるようにして、それぞれの内面を吐露せずにいないのである。『チャタレイ夫人の恋人』が稀有の作品であるゆえんは、彼らの内面を語るロレンスの話法が、近代リアリズムの文法を食い破り、登場人物のひとりひとりに荒廃した現実そのものを負わせていく仕方にある。彼らにとって、新しいささやかな生息地や、新しいささやかな希望などというものは、金輪際ありえない。にもかかわらず、彼らは、破滅的な選択のなかから、それぞれの生きねばならない理由を見出していく。

　それは、ぎりぎりの選択などというものでもなければ、固有の可能性などというものでもない。ただ、人間の営みには、もはや破滅と全的な荒廃いがいないということ、残されているのは、内面に広がる広漠とした廃墟いがいないということ、そのことだけが現実にほかならず、もし何かが起ちあがるとするならば、この火星の砂漠のような赤土のなかからいがいないということ。

　そのことを、世界大の戦争は、私たちに知らしめたのである。悲劇というならば、それこそが悲劇といっていい。それは、否応のないものとしてやってくるだけではない。人間の営みは、その暴虐からどうあってものがれることはできない、そういう破滅の予感を伴ってやってくる。だからこそ悲劇の名に値するのである。『チャタレイ夫人』におけるロレンスの話法があらわしているのは、そういうことなのである。

紙幅があれば、この作品の全編に見出される登場人物の内面の語りの、目覚しいほどの浸透圧について検証してみたいところだが、ここでは、コンスタンス・チャタレイの以下のような内面を引くだけにとどめておこう。

「コニィはしかしながら、自分がだんだんと落ち着きを失ってゆくのを感じていた。外囲から切り離されているという感じからくる、狂気に似た不安の念が彼女にとりついていった。べつに動かすつもりはないのに手足がびくびく動いたり、自分ではからだを起こそうなどとは思わず、そっとすわっていようとしているのに背骨のあたりがぐいと硬直することがあった。どこか彼女のからだの内部、子宮の内部に戦慄を与えるような不安であり、それから逃げ出すには、水に飛び込んで泳ぎたくなるような、わけのわからぬ不安であった」。「彼女は、自分がなんとなく滅びてゆくことをぼんやりと理解した。自分が外囲から切り離され、実体と生命のある人生の接触を失っていることを、彼女はぼんやりと悟ってきた」。

コニイの、この気違いじみた不安は、夫のクリフォドによっても恋人のメラーズによっても満たされることのないものである。クリフォドからのがれ、メラーズとの性愛によっていやされたかにみえるものの、クリフォドもメラーズも一様に、コニイのメランコリーに匹敵する憂鬱を内心の奥深くに飼いならしている。彼らの内心に広がる廃墟が、ふたたび実体と生命の力でおおわれるようなことのないかぎり、彼らの誰一人うかばれることはない。そして、彼らだけでなく、私たちの誰一人も、もはや救われる方途はないというように、ロレンスの話法はすすめられるのである。

それは、たとえば戦争というものについて、「戦いは万物の父であり、万物の王である」と語ったヘラクレイトスのように、戦争の悲劇を、人間のいかなる営為をもねじ伏せる必然のすがたにおいてとらえるところにだけ現れる思想といっていい。

ヘラクレイトスの思想において、人間は、この万物の王であり、万物の父である戦争のために、幾度となく破滅の憂き目に遭ってきたのである。それにもかかわらず、人間の営みというものが続いてきたとするならば、そこにこそ、実体と生命の見えない力をはぐくむ何かが関与してきたからにほかならない。そういう悲劇のなかにあって、あえてみずから滅び行くことをも辞さない。両大戦間のあいだ、わが身を削るようにして『チャタレイ夫人の恋人』を書き継いだロレンスの曇りない眼は、そのことをまぎれもない仕方でとらえていたのである。

それは、実際、小林秀雄のいうような、ローラーでならす途轍もないもの、内的動機を全く欠いた大災害といったものよりも、ひとまわりかふたまわり大きな悲劇への感受というほかないものなのだ。

第三章　普遍思想としての「修辞的現在」へ

存在不安と吉本隆明

純粋疎外と世界の信憑像

「了解を基礎づけるもの」というサブタイトルを付した吉本隆明についての論考において、フッサールの現象学にふれたことがある。『心的現象論』にこめられたモチーフが、これに通じるのではないかという直観からであったのだが、その際、フッサール思想の優れた継承者である竹田青嗣の『現代思想の冒険』を避けて通ることはできないと考えた。

一例を挙げてみよう。

客観的に妥当とされているものを括弧に括ったうえで、疑いえない仕方で意識にやってくるもの。これにフッサールは本質直観の名をあたえたのだが、同時に、この本質直観は、自分だけの確かめとしてやってくるのではなく、他人もまたそのように受け取っているにちがいないという確信（信憑）としてあらわれる。フッサールによって間主観性という名をあたえられたそれを、竹田は、「いちばん最後の可能性としてあらわれてくるような〈他者〉との相互了解への信」という言い方で述べる。

哲学的な言い回しというのは、どこか生硬で私たちの経験の最もやわらかい部分とすれちがうきらいがあるのだが、ここでの竹田の言い方には、まちがいなく、経験の根から汲みあげられたリアリティが感じられる。

たとえば、目の前にあるコップやリンゴについて、それらを、まごうことなくそこにあるものと感じ取り、他人もまた同じように感じているにちがいないと確信したとする。が、そうであったとしても、この信憑はまだ「相互了解への信」にはいたりえていない。コップとは何か、リンゴとはどういうものかと問わずにはいられない意識や、それらが目の前にあることを容易に受け入れることのできない作為された意識にとって、コップやリンゴはいまだ存在しないからである。

いわんや、「コップを見る苦痛と快楽について」（谷川俊太郎『定義』）というタイトルで、言葉を連ねずにいられない詩人にとって、それらの存在は「ひとつの謎のように立ち現れ」る。

にもかかわらず、私たちは、そこにコップやリンゴがあることを、疑えない現実として受け入れている。作為された意識にとってであろうと、そういう現実が陰画《ネガ》のように貼りついていることを否定できない。そこには、「〈私〉の意識をねじふせるようにやってきて〈私〉がそれをどうしても疑えなくなるような〈世界〉の信憑像（超越）」（竹田）が関与しているからである。

では、この超越としてやってくる「世界の信憑像」とはどういうものか。

これに答える前に、この問いに対して、吉本隆明ならばどう答えるだろうと問うてみよう。

吉本の言葉もまた、こういう問題について語るとき、生硬さを免れないのだが、それは経験から離陸した普遍現実ともいうべきものに根ざした言葉だからといえる。ともあれ、この回答は「純粋疎外」、「世界視線」といった理念で、時間と空間の動かしがたい一点を措定することから、はじめられる。

私たちの意識がどんなにそれを疑おうと、そこにコップやリンゴがあることは、心的な世界の時間化度と空間化度によって確定されている。心という見えない何かがあって、それを受け入れるかたちを、心は、時間と空間の座標軸のようにして描き出しているといってもいい。これを「純粋疎外」の心的領域というならば、自己における心的な受け取りが、他者におけるそれと交差する一点ということができる。この時間という縦軸と空間という横軸の交差する一点に描かれたリンゴやコップは、それを俯瞰する「世界視線」によって、一定の広がりと深度のもとにゆるぎのない像を付与される。

こういう吉本の捉え方は、現象学を意識したものではないとしても、かなりの度合いでこれに応答するものということができる。リンゴとコップの存在を実証科学と客観認識という面から明らかにするのでなければ、このような心的構造による受け取りとして捉えるいがいないからだ。フッサールの現象学が自然主義の立場に対する批判哲学として現れたことの意味は、吉本の心的現象論において、唯物論的発達科学への批判をモチーフとしてかたちづくられたことへの意味へと重ねあわされる。

ともあれ、問題がこれで解かれたとはいえない。「純粋疎外」「世界視線」という理念が、「超越的主観性」「世界の信憑像」に応答するものであるとして、では、そこにあるリンゴやコップが疑いえないものとして意識にやってくるという仕方を、どのような心的構造として捉えるのかという問いが残されたままだからだ。

いったい、意識にとって「純粋疎外」とは何か、「世界視線」とはどういうものか。

しかし、こう問うてみて、この問いかけは、必ずしもこの場にふさわしいとはいえないということに行き当たる。ここで問題になっているのは、『心的現象論』や『ハイ・イメージ論』ではなく、『戦後詩史論』であり、「純粋疎外」や「世界視線」であるよりも「修辞的現在」についてだからだ。

だが、最も遠い場所から発想するというのは、批評の常道なのである。最も無縁と思われる場所から、異質のテーマをつないで問題を煮詰めていく。これも批評のセオリーといってよく、そこからすると、先の問いはこんなふうに問い直される。

それらは、いかなるかたちで「修辞的現在」と交差するのか。

修辞的現在の可能性

直截的にいえば、どのようなかたちでも交差しない。「超越的主観性」も「世界の信憑像」も「純粋疎外」も「世界視線」も、「修辞的現在」と一切交わることのない場所から発想されている。このことは、「修辞的現在」という理念の断新性を、決して低く見積もるものではない。「修辞的現在」とは、そういう理念であって、「超越的主観性」や「世界視線」といった理念のもつ普遍性とは異質のものであるというのが、ここでの見通しなのだ。

しかし、そのことは吉本思想の展開に、見えない枷となってはたらいていたのではないか。これもまた、同じ見通しの一端なのだが、とりあえず、『戦後詩史論』の吉本の立場について通覧してみるならば、以下のようになろうか。

言葉が現実を傷つけ、「現実そのものから傷を負うことが実感として信じられていた」かつての世界像に、もはや言葉は届かなくなった。言葉は「〈意味〉を引搔いたり傷つけたり変形させ」ているだけで、現実の実感や切実さから遠く隔たってしまった。その結果、言葉の衝動は、意味よりも音韻に、同音や類音による言葉の誘発へと向かうことになってしまった。

「かつて」というのは、この『戦後詩史論』が刊行された一九七八年よりも三十年ほど前、つまり日本および日本人が戦争という現実のなかにあった時期と考えることができる。これに対して、修辞的な現在とは、七〇年代後半のオイルショックを経てバブル経済の時代へと足を踏み出す奇妙な賑やかさにつつまれた時期。これを日本的なポスト・モダンの時代といってもいい。

そのような時代にあって、言葉は、様式的にある飽和点に達し、詩的感性の大衆化と風俗化を背景に現れるほかなくなった。現実を傷つけたり、現実から傷を負ったりすることがありえないだけでなく、言葉が、他者との関係性の表現として現れるということもない。その結果、そこにコップやリンゴがあることを、疑えない現実として受け入れるというときの、信憑が、もはや成り立たなくなった。成り立たないだけでなく、その成立自体が問題になるということがなくなったということができる。

そういう「修辞的現在」について、しかし当の吉本は半身、身を任せているような節がみとめられるのだ。詩の言葉が、現実から遠く隔たってしまったというその事態を、時代のありようとして避けがたいものと判断していると言い換えてもいい。「言葉だけの希望が無い方がいい。言葉だけの絶望が無い方がいいように」という高名な一節は、このような吉本の苦渋の選択を表現しているとみることもできる。

だが、たとえ時代の趨勢に半身を託そうが、苦渋の選択をしようが、それらが、そうでしかないようなかたちでやってきたものであるならば、「修辞的現在」は時代の現実性を内側から鍛えるような理念として現れたはずだ。しかし、そのことを確定することはほとんど不可能なのである。

というのも、『戦後詩史論』の文体や叙述を精細にみていくかぎり、その詩史論的な構えと作品に対する視線の卓抜さは否定することができないものの、「修辞的現在」が「現実」とか「意味」と交差しないということを、それが「世界の信憑像」と交差しないからという理由と二重写しになるようには示唆されていないからである。「世界の信憑像」といわないまでも、「純粋疎外」や「世界視線」と交差しないということを暗示するようには、書かれていないといってもいい。

とするならば、吉本のここでの論の立て方は、他者との関係性の表現とか、そこにコップやリンゴがあるように疑えない仕方で存在する現実とか、他者との相互了解への信といったことと「修辞的現在」がどう隔たるのか、その隔たりようを測るといった具合のものではないということになる。

そう断定していいのかどうか、あらためて確認するためにも、本文において何度か引かれるアンドレ・ブルトンの『シュールレアリスム宣言』を参照してみる。

私は生の連続性というものについて、きわめて変りやすい観念を持っているので、自分の鎖沈や衰弱の時を最良の時と同等視するわけにはいかないのである。感動がとだえたときには、沈黙してもらいたいものだ。

或る晩、まさに眠りに入ろうとする前に、私は、そのなかの一語たりとも変更することはできないほどはっきりと発音され、しかも、それにもかかわらずいかなる音声からも分離された頗る奇妙な語句を感じ取ったのである。その語句は、私の意識の認めるところによれば、そのとき私がかかわり合っていたさまざまな出来事の痕跡をとどめることなしに私のところへやってきたものであり、私には執拗なものに思われ、あえて言うならば、窓ガラスをがたがた叩く語句であった。

（森本和夫訳）

ブルトンは、「修辞」といわれるものが、「世界の信憑像」と交差するその仕方について、これ以上ないほどはっきりと語っている。ブルトンにとって現実とは「窓ガラスをがたがた叩く」ようにして現前するものにほかならず、意味はそこからしか生まれない。そのことは自明のことがらであって、そこには、紛れもなく「いちばん最後の可能性としてあらわれてくるような〈他者〉との相互了解への信」が脈打っているのである。

もちろん、これを純粋疎外の心的現象ととらえ、そこには内的意識の時間化度と、関係の広がりとしての空間化度とがありありと生きているとみなしても、さほど違いはないのである。もっといえば、「瀕死や仮死状態にある自己と周りの様子をはるか上方から俯瞰しているような像」(『ハイ・イメージ論』)として受け取り、そこにハイパーリアルともいうべきまったく新しい世界の関係像を読み取ることも、できないことではないのだ。

ブルトンの語ろうとしているのは、そういうことなのである。

詩にとっては、不意をうつような「修辞」のつながりがすべてであって、それは、「世界の信憑像」とも、「世界視線」とも決して交差しない。だが、その交差しないということが、おのずから独特な交差の諸相を照らし出す、そういうパラドックスを背後に負ってこそ、「修辞」のつながりが現実性を得るのだ。それこそが超現実ということの本質ではないか。

しかし、吉本の受け取りは、これと微妙に異なる。この「窓ガラスをがたがた叩く」ようにして現前するものを、就眠時の心的状態、半意識の状態に現れるものとみなし、これを記述することができるならば、言葉の表現領域は飛躍的に拡大すると取るのである。ブルトンをはじめとするシュールレアリストたちは、この拡大の方法を創出したのであって、わが「修辞的現在」の詩人たちは、その末端を汚すものといえる。

決して間違ったことがいわれているわけではないのだが、何かが違っている。本来ならば、「修辞的現在」は、このようなブルトンの超越的ともいうべき信憑に耐えうるかと問われなければならないところを、「修辞的現在」は方法の拡大に終始することで、ブルトンの方法がそうであったように、現実や意味から遠く隔たることになった、とするのである。

存在の恣意性と取替え可能な〈私〉

ここには、吉本の直観を超えて、八〇年代のポスト・モダン的状況の動き出しているさまが見て取れるのではないか。ブルトンを引く吉本は、問題の核心を少しも見誤っているわけではないのに、差異の戯れや記号の恣意性といった言葉の氾濫に押し流されるようにして、修辞的な方法の拡大ということを俎上にのせているからである。結果として、この「修辞的現在」という言葉を踏み絵のようにして、吉本は、八〇年代の状況を受け入れていった。そういうこともできるのである。

いったい、何が問題であったのか。

私たちは、しばしば時代に流布された理念や言葉というものを、まったく逆の方向から受け取ってしまう。ブルトンのシュルレアリスムについてがその好例なのだが、差異の戯れや記号の恣意性という理念についても、そこにコップやリンゴがあることを、自分だけではなく他人もまた感じ取っているにちがいないという信憑と交差する仕方で提示されているはずなのに、もはやそんな信憑はどこにもない、それを実在するかのようにして現れるロゴスの統御こそが問題であるとされてしまう。

しかし、たとえば、言語の恣意性について本質的な思考をすすめたソシュールは、そのような信憑が存在しないということに焦点をおくのではなく、なぜそのような信憑がえられないのか、もはや他者との相互了解ということは幻想に過ぎないのかと問うた末に、それにもかかわらず、そこにコップやリンゴがあることを疑うことができないとするならば、その「コップ」とか「リンゴ」という言葉は、これまでとはまったく異なった関係性の表現ではないかと考えた。

それを、ソシュールは「恣意性」という理念で語ろうとしたのだが、それはたんに、言葉は実体を指すものではなく、恣意的な記号に過ぎないというにとどまらない真実、いわば、その「コップ」とか「リンゴ」を疑えないのは、それをもはやどうしても疑えないものとして受け取る〈私〉そのものが、恣意的な存在にほかならないからだという確信に支えられた真実をいうものであったのだ。

そういう真実のもとにあっては〈私〉そのものだけでなく、「コップ」とか「リンゴ」という言葉もまた、取り替え可能な名称として現れるほかない。それらの名称は、実体としてのコップやリンゴに対応するよりも、むしろその取り替え可能な〈私〉という存在に対応するからだ。もっというならば、「コップ」とか「リンゴ」という言葉の指す内容が、実体としての資格を得るには、それを受け取る〈私〉そのものの存在の恣意性によって、裏打ちされていなければならないのである。

こうしてみれば、ソシュールのいう「恣意性」の理念が、八〇年代のポスト・モダンが提唱していった主体の変容と表層の戯れといったこととはまったく無縁の、むしろ主体そのものの存在論的な編みかえというモチーフから現れたものであることが、理解されるはずだ。厳密な言語学者であったソシュールは、決して「文学」の言葉を駆使することはなかったものの、むしろそれゆえにというべきか、この「恣意性」が〈私〉そのものの融解とか浮遊性といった、ある種通俗的な実存解釈に堕する余地を残さなかった。

〈私〉の存在が、恣意的で取り替え可能であるということは、ブルトンのいう「窓ガラスをがたがた叩く語句」のように、疑うことのできない真実であったのだ。

同様に、「差異」や「差延」という理念によって、フッサールの現象学を批判したデリダは、自己同一的なるものの現前から無限に逸脱していく存在のあり方を示唆しただけではなかった。デリダが問うたのは、そこにコップやリンゴがあることを疑うことができないというその不可疑性が、疑うことのできない存在、不可疑の関係、さらには疑いをさしはさむ余地のない世界というものを根拠づけることにならないかどうかということであった。

そのためにデリダは、そこにあるコップを前にして「苦痛と快楽」に何度も襲われた末に、それらの存在が「ひとつの謎のように立ち現れる」（谷川俊太郎）場所にまで、自己を追放することを企てたのである。そこは、どのような起源も見出すことのできない、根源や存在というものが内側から崩れていくような場所、たとえてみるならば、アルトーのいわゆる「基底材」を「猛り狂わせる」ような狂乱の場所といってよかった。

デリダは、これを絶えざる差異の運動によって、ある「痕跡」だけが残されていく場所とみなすのだが、その「差延」というあり方が、恣意的にしかありえない〈私〉を、絶え間なく消去していくことで、世界の関係性の陰画像《ネガ》を描き出す、その仕方であることはまちがいない。そこをたどっていくならば、デリダにとって〈私〉の意識をねじふせるようにやってくるのは、「世界の信憑像」であるよりも「世界の陰画像《ネガ》」であることが、さらに明らかになるにちがいない。

八〇年代のポスト・モダン状況のなかで、こういうデリダのネガティヴィティーに匹敵するものを体現した思想は、柄谷行人のそれをはじめ数えるほどしかみられなかった。その柄谷でさえも、自己言及性や決定不可能性という理念の隘路に固着して、デリダのいわば猛り狂わせるような思考のラディカリズムを見失う場面に立ちいたることがあったといわねばならない。

差延・痕跡・人間の消滅

そのような言葉と思想にかかわる事態にあって、この「差延」や「恣意」ということを、戯れや変容や逸脱というのでなく、ある名づけがたい痕跡として受け取っていったのが、吉本隆明によって「修辞的現在」と名づけられた現代詩の書き手たちだったのである。そのことは、「修辞的現在」についての吉本の記述ではなく、「修辞的現在」として吉本によって引用された作品のさまざまな場面にはっきりと現れている。

さびしい裸の幼児とペリカンを／老人が連れている／病人の王者として死ぬ時のため／肉の徳性と心の孤立化を確認する

（吉岡実「老人頌」）

今日も疑わしい啓示の光のひだをまとった空が／暗い海に向って／豪華な緞帳のように降りてくるとき／幾百もの寝台が　その下をくぐって／船出して行く

（渡辺武信「ハードボイルド」）

宇宙のゴビ砂漠に／おれたちは群をなして／ポッン／と座っておびえている／一粒一粒／小便をたらしながら／腐りかけた精神を見つめている

（吉増剛造「風船」）

〈瞬く間の修辞への慕い／おまえを寄せるまで／眼の不安はこうしてしたたり／こうして病んでゆく〉

〈稲川方人「瞬く間の修辞への慕い」〉

吉本によって、言葉は「〈意味〉を引掻いたり傷つけたり変形させ」ているだけで、現実の実感や切実さから遠く隔たってしまったとされたこれらの詩句が、実は、現実の実感や切実さというものを疑ったすえに、もはやこれ以上は疑うことができないほどありありと現れるリアルな世界から表出されたものであることがみてとれるのではないか。それらが、意味を引掻いたり傷つけたり変形させているだけにみえるとするならば、そこに現れる現実が、痕跡とか差延としかいえないようなネガティヴなイメージをかたちづくっているからなのだ。

だが、そのことは、現実や実感や切実さといったものが否認されているということを、必ずしも意味しない。たとえ、それらに直接交差することはないとしても、それらを外延とするような普遍理念と交差することで、ある切実な言葉の連なりが現前している。

それは「超越的主観性」や「世界の信憑像」からの投射であり、「純粋疎外」や「世界視線」のまごうことのない関与といえる。そこから現れる言語的衝動が、意味よりも音韻に、同音や類音による言葉の誘発へと向かっているとするならば、そういう世界像の投射でさえも、断片的で修辞的な音韻の組み合わせを通してしか実現しないからなのだ。

そのような現代詩のシーンは、どこからやってきたのか。そこに、フッサールやソシュールやデリダといった現代思想の投影をみるには及ばない。すでに戦後詩と名づけられた一連の作品によって、その痕跡や投射は実現されている。吉本によって「修辞的現在」以前といわれる、現実との切実なかかわりからなる作品の一部を引いてみよう。

未来の時まで刈りとられた麦／罠にかけられた獣たち　またちいさな姉妹が／おまえたちの生から追い出されて／おまえたちのように亡命者になるのだ〃地上にはわれわれの国がない／地上にはわれわれの生に値いする国がない

（田村隆一「立棺」）

空は／われわれの時代の漂流物でいっぱいだ／一羽の小鳥でさえ／暗黒の巣にかえってゆくためには／われわれのにがい心を通らねばならない

（田村隆一「幻を見る人」）

なぜ人類のために、／なぜ人類の惨めさと卑しさのために、／私は貧しい部屋に閉じこもっていられないのか。／なぜ君は錘りのような涙をながさないのか。／大時計の針がきっかり六時を指し、／うつろな音が雑閙のうえの空に鳴りわたる。／私はどうすればいいのか、／重たい靴をはこぶ「現在」と、／いつか、どこか解らない「終りの時」までに。

（北村太郎「センチメンタル・ジャーニー」）

「修辞的現在」とされた一連の現代詩に並べてみるならば、これら戦後詩が、音韻よりも意味の連なりをもとにして書かれていることは、明瞭である。それらの意味やモチーフの背後には、戦争という現実、敗戦という現実があることも、まちがいない。にもかかわらず、どこか暗く沈んだそのメンタリティーは、深いところで前者に通じている。

なぜそういうことが起こるのか。これら戦後詩の経験が、差延や痕跡といったものからやってきたのではないとしても、〈私〉という存在の恣意性を、現実の深部から汲みあげられたものとして、確信しているからだ。

そういう信憑をもたらしたのが、戦争という現実であるとするならば、彼らの経験は、「修辞的現在」とされた一連の現代詩以上に、デリダ的な差延や痕跡、フーコーのいう「人間の消滅」と共振するものであるといえるのではないか。

二十世紀に特有の存在不安

もともとフッサールにしてもハイデガーにしても、フーコー、デリダにしても、これを二十世紀現代思想という大きな思潮の流れにおいてみるならば、ある共通したモチーフをもって現れたものとみなすことができる。彼らの間にサルトルやメルロー＝ポンティという戦後のフランス実存主義哲学をおいてみても同様にいえることなので、彼らをいちように動かしていたモチーフを一言でいえば、世界と人間にかかわる存在不安ということになるのである。

これを全面的な主題として展開したのがハイデガーであることは周知のところだが、彼の方法がフッサールの現象学を継承するものであるのは、たんに内在や内的意識の場から、世界の内にある存在について問うていったというにとどまらない。目の前にあるコップやリンゴについて、それらを、まごうことなくそこにあるものと感じ取り、他人もまた同じように感じているにちがいないという確信を、もう一度根底から問い直したというところにあるのだ。

その結果としてハイデガーがいたりついたのが、根源的な存在不安にほかならなかった。これを頽落、気遣い、先駆的という独自の用語で展開することによって、ハイデガーは、フッサールをはじめとする前世代の思想家たちが、見えないかたちで、この存在不安を深いモチーフとしていたことを示唆していったのである。この示唆を通してはじめて、恣意性ということを厳密な言語学の理念として提唱したソシュールについてもまた、二十世紀に特有の存在不安を内に秘めていたことが明らかにされるのである。

それならば、この存在不安というモチーフはどこからやってきたのか。二十世紀の前半に人類が経験した二度の世界大戦とかつてないほどの殺戮、そこに現れた未曾有の死と悲惨。それらが、存在の底を浚って、目の前のコップやリンゴどころか、それを受け取る人間そのものの全的な崩壊をもたらしたということ。これを抜きに、語ることはできないのである。結果として、人間にやってきたのは、みずからの存在の無根拠性と、他者との相互了解の喪失ということであった。

だが実をいうと、この存在の無根拠性と他者への不信という主題は、結果としてやってきたものであるよりも、二十世紀に膨大な数の死と悲惨をもたらした原因そのものでもあったのだ。それをニヒリズムという言葉で捉えることで、西欧二千年の歴史がこれによって血塗られてきたことを指摘したのは、二十世紀を目の前にしてこの世を去ったニーチェであった。

そしてこのニヒリズムこそが、二十一世紀の現在にいたるまで、社会、言語、文化、制度のいたるところに浸透してきたということを明らかにしていったのが、フーコーであり、またデリダであったということができる。さらには、ハイデガーの内在的な批判を通して独自の他者論を展開したレヴィナスであった。彼らに共通してみとめられるのは、目の前にあるコップやリンゴを、自分も他人も疑えないものとして受け取るという信憑が成り立たないとするならば、そこには他者との間に共通了解を成り立たせる公平な場が存在しないからではないかという疑念であった。

そういう疑念の根には、ニーチェが明らかにしていった人間の善悪や、倫理と道徳についての残酷な視線が生き続けているといっていい。他者というのが、たんに不信の対象であるだけでなく、憎悪と反感、羨望と嫉妬の対象であるほかなく、そこには、存在そのものの決して癒すことのできない偏向ということが関与している。そう彼らは考えたのである。

それは、彼らのなかで、「人間の死」「作者の死」「死者との関係」という思考を持続的に促していくことになった。ここでの主題にかぎっていうならば、そのような思考のかたちを最初にとったのが戦争という現実、敗戦という現実から言葉を発した、戦後詩や戦後文学の優れた作品群だったのである。先に参照した田村隆一、北村太郎はもちろんのこと、鮎川信夫、石原吉郎、そして戦後文学における埴谷雄高、大岡昇平といった作家たちをとらえていたのが、そのような問題であった。

それだけではない。吉本隆明もまた、そのような思考のかたちをとる者の一人であったということ。そのこともまた、真実であるといわねばならない。にもかかわらず、『戦後詩史論』における吉本は、そういう問題としてこれに照明を当てるということをおこなわなかった。

そのような問題設定をおこなっていたとするならば、「修辞的現在」は、戦後的経験からの切断や疎隔としてではなく、それらのまったくあらたなかたちでの表出と捉えることもできないことではなかったのだ。そのことによって、八〇年代の奇妙に賑やかなポスト・モダン状況に対して明確な距離を置くということもできないことではなかった。みずからが展開してきた『心的現象論』や『言語にとって美とはなにか』の疎外概念を、フーコーやデリダやレヴィナスの他者概念に対応させることによって、そのことを独自の仕方でおこなってもよかったはずだ。

少なくとも、「純粋疎外」や「原生的疎外」、「自己表出」や「指示表出」といった理念が、それだけの普遍性をもって構想されたものであり、それゆえに、二十世紀的な存在不安を共通のモチーフとするものであることは、うたがいないことであった。

いったい、どこで何が掛け違ったのか。

予断が許されるとするならば、次のような事情をいうことができる。『戦後詩史論』の七八年において、吉本はヘーゲル＝マルクス的な疎外概念を未踏の領域まで進めることによって、独自の理念を生み出していたのだが、それらが、二十世紀的な存在不安をモチーフとするものであるということは、いわば事後的に認知されるほかないものであった。ちょうどフッサールの現象学が、事後的にみるならば、まぎれもなくこの存在不安をモチーフとしていたことが認知されるようにである。

おそらく、このことについての自覚を吉本に促したのは、八〇年におけるフーコーとの出会いである。『世界認識の方法』と題されたその対話がもつ画期的な意味については、冒頭にあげた吉本についての論考で私なりの受け取りを示しているので、繰り返さない。ただ、そこでの問題を確認するならば、「自己表出」や「純粋疎外」といった吉本独自の疎外概念が、フーコーによって確実に変更を迫られたということであって、そのことを承認するようにして現れたのが、『ハイ・イメージ論』における「世界視線」という概念だったのである。

それを、「死の視線」と名づけることによって、吉本は、みずからの戦後的経験の深部から八〇年代のポスト・モダンの経験までを貫くようなモチーフを、あらためて提示したということができる。そこでならば、「修辞的現在」はそれらの理念とまったく交差しないという仕方によって、その逆説的な交差の仕方が語られたはずだが、しかし、『ハイ・イメージ論』における対象は、すでに現代詩から遠く隔たったところにあったのである。

第四章　近代《モダニティ》という背理　鮎川信夫の歴史観

武田泰淳と丸山真男

現代史について書くことのできたさいごの詩人。鮎川信夫について語った菅谷規矩雄の言葉だ。菅谷にならって、歴史を、世界という場所からとらえることのできた数少ない詩人の一人と、鮎川についていってみよう。詩が歴史のメルクマールとなりうるとするならば、鮎川信夫ほどこれを体現する存在はないからだ。

このようなスタンスは、歴史主義的な見方の失効が唱えられた八〇年代、鮎川をポスト・モダン論者から区別する指標となるものでもあった。高度情報化社会、高度消費社会について、十七世紀以来の産業社会が、何度もくり返してきたことの特殊な現れに過ぎない。情報や消費のシミュレーションを剝ぎ取ってみれば、歴史が階級闘争ならぬ、普遍的な闘争によってかたちづくられてきたことが明らかになるというのが、鮎川の一貫した主張だった。

西側の高度資本主義が、ソ連型社会主義の閉塞を破っていく状況を、曇りない眼でとらえる晩年の鮎川の批評は、そこから現れたものといっていい。だが、鮎川がこのような眼を培ったのは、一九三〇年代、日中戦争から太平洋戦争へと、世界大の暗雲のたちこめる時代においてだった。戦争こそが、さまざまな物資が消費され、情報の飛び交う、インテグレートされた闘争であることを、そのとき、会得したのである。

そのことについて、考えてみたいのだが、当時において、歴史の現実性ということを、みずからの戦時体験のなかから跡づけようとしていた二人の文学思想家について語ることから、はじめてみようと思う。

武田泰淳と丸山真男。鮎川より六歳から八歳ほど年長の戦後文学者、思想家の仕事を鮎川のそれに並べてみたら、どのような構図が現れるだろうか。取りあげてみたいのは、武田泰淳で『司馬遷』、丸山真男で『日本政治思想史研究』。ともに日中戦争から太平洋戦争と戦火のひろがる時期、彼らの青春の自己証明として、あるいは思想的な遺書のように書かれた本である。そこに現れた歴史観の独自性について見ていくに当たって、鮎川のそれは『戦中手記』を参照することで明らかにされる。

といって、これら三著を比肩させることには無理があるという意見を否定するものではない。『司馬遷』と『日本政治思想史研究』についていえば、書かれた時代状況を越えたところで読まれうるものであるのに、『戦中手記』には、そこを離れては解読しえない特殊性がきざまれているからだ。書物としての完成度からいっても、同日に論じることはできない。そういう見方を容れたうえで、敢えて彼らの戦時体験を以下に並べてみよう。照応するものが、見えてくるにちがいない。

鮎川信夫（一九二〇年―一九八六年）
一九四三年　召集。広島宇品港からスマトラ島配属。マラリア、肺結核により内地送還。シンガポール・サイゴン・マニラ・基隆に寄港して帰国。陸軍病院、傷痍軍人療養所に入所。この間、後になって『戦中手記附戦中詩論集』としてまとめられる散文、論考を書き継ぐ。
武田泰淳（一九一二年―一九七六年）
一九三七年　召集。輜重兵として華中戦線に派遣。軍隊では実戦よりも実務系統の軍務に配属される。日中戦争の戦火拡大するも、二年で除隊となる。帰国後、戦場体験をもとに『司馬遷』を構想。一九四三年、刊行。翌年、上海に渡り、中日文化協会に就職。
丸山真男（一九一四年―一九九六年）
一九四四年　東大助教授の職で教育召集。朝鮮平壌に派遣。脚気により除隊。一九四五年　再召集。広島宇品港の陸軍船舶司令部へ配属。八月六日、原子爆弾が投下され、被爆。召集前の四〇年から四四年までに「国家学会雑誌」に発表した論文を、戦後『日本政治思想史研究』として刊行。

見られるように、鮎川と丸山は、二年の歳月を隔てて広島宇品港の陸軍に配属されている。また、武田と鮎川は華中、スマトラと、後、大東亜共栄圏とみなされる地で戦火を目にしている。彼らにとって戦争体験のベースが、病気除隊や事務系軍務にあったことを考慮に入れれば、前線で一兵士として戦った吉田嘉七のような攻撃性はのぞむべくもないともいえる。だが、遠く戦火をのぞんだ戦時体験は、むしろ、人間の攻撃性や闘争性をいかにのりこえるかという課題を彼らにあたえた。著書に現れた独特な歴史観に、このモチーフは現れている。そのことを、丸山真男『日本政治思想史研究』から順にたどっていこう。

丸山がここに収める論文を発表していた当時、文学思想界において「近代の超克」論議がなされていたことは周知のところだ。近代をいかに乗り越えるかというモチーフ自体、第一次大戦後の西欧に端を発したものだったのだが、そこには、世界大の戦争をもたらした近代国民国家の理念をいかに批判しうるかというモチーフがこめられていた。だが、わが国においてそれは、もっぱら西欧近代の超克という問題として提起された。その結果として、この論議には、当初から批判原理の欠如と視野の狭窄が避けられないものとしてあったといえる。

そのような論議を傍らにして、丸山は実にパースペクティヴの広い明確な線引きをしている。それは、当時におけるだけでなく現在にいたるまでも、近代主義の、日本における可能性と限界を極めたものとして特筆に価する。

たとえば「近代の超克」論者たちがおこなったのは、自我の確立と真理の構築を科学性と客観性の名のもと、普遍的なものに押し上げてきた近代に異を唱えることだった。彼らは、そこに現れた人間中心的、ロゴス中心的な原理を克服あるいは解体することを思想の力とみなしていた。一方、この論議に欠かすことのできないのは、すでに中心的な勢力とはなりえないにしても、なおその余燼のくすぶっていた転向マルクス主義者たちである。彼らのそれは、歴史を動かすイデオロギーを、世界普遍性から地域固有性へと変換し、そこにあらたな基準を見出すというものだった。

いずれにしても、そこで問題にされる客観的認識、歴史必然的方法が、西欧近代に限定されたかたちで現れたものとされるのであれば、結局は、ヨーロッパの覇権主義への対抗原理をどうかたちづくるかという問題に帰してしまう。近代的精神、ロゴス中心的な原理といって、わが国ではいつどのようにして現れ、いかなるかたちをとったのかが明らかにされないかぎり、西欧的なものに対する対抗理念に堕するほかはない。

わが国には、そもそもその種のものの育つ土壌がなく、あるのは封建的で家族主義的な性情にほかならず、近代とはついに意匠にすぎないという中村光夫の見解や私小説的方法の蔓延を乗り越えるものとして、プロレタリア文学理論を取りあげながら、一方において、その歴史必然的方法への批判をすすめた小林秀雄のアンビバレントな立場が現れるのも、もっともな状況であった。

近代の超克と主体的作為

このような流れのなかで、丸山がおこなったのは、近代的自我や客観的基準を成立させる根拠を、西欧の思想的脈絡のなかで洗い直し、それに最も近いかたちを近代以前の日本思想のなかにさがし求めるということである。

それが可能かどうかはさておき、この丸山の方法はきわめて正当なものである。近代的自我などは幻にすぎないという議論も、それは克服、解体されるべきものであるという議論も、日本の近代というあいまいな枠のこちら側で成り立っているにすぎない。一度この枠を取り払い、西欧と日本を同じ地平においてみたうえで、なお近代を成立させる根拠がこちら側にみとめられるならば、そのときはじめてそれらの議論は意味をもつ。丸山はそう考えたのである。

そこで、丸山は西欧思想におけるコギトについての理念を光源に、こちらを照らし出すという独特な視角をもうける。

西欧近代を問題とするに当たって、デカルトを引き合いに出しながら、これを近代的自我や客観的認識を基礎づけるものとする見方は、当時もいまもそう変わっていない。「思うわれ」（コギト）が「われ在り」という一点からひろがる存在を、こちらがわから整序し、明確に配置していくところに「自我の確立」や「客観的認識」というものを思い描く。これが、ごく普通の受け取りなのである。

だが丸山は、コギトをそのような通念から解放する。コギト（「われ思う」）は、何をおいても、「完全なる存在としての神」を呼びだすとともに、その光によって、存在（「われ在り」）を照らすものである。しかも、この「神」は、存在者として完全なるものであるだけでなく、全存在を照らし、それらを明確な秩序のもとに置く「主権者」でもある。

この「主権者としての神」が、現実的には「思うわれ」に根拠をおいて、世界を解釈し直し、編成しようとする実践者にみずからの「主権」を分けあたえることになる。

丸山によれば、実践者とは「自我」や「主体的人間」である以前に、近代初期の絶対君主でなければならない。中世的共同体から自立し、自由意志のもと、明確な規範と秩序を制定する者、政治的決断を自己の手に掌握する支配者である。それは、「主体的人格」をもって、世界の全存在にはたらきかける作為者にほかならない。

「近代的自我」や「客観的精神」は、このような実践者の場所を、「人間」とか「個人」が占有したときに現れたものにすぎない。十八世紀における市民革命が、それを進めることになったとしても、そこにのみ近代の根拠をおくことには問題がある。

このような丸山の近代観が、日本思想を独自の視角のもとに照らし出すことになるのだが、「近代の超克」論者のように「人間主義」「客観主義」「唯物主義」といった諸々の理念の克服、解体を述べるのでもなく、小林秀雄をはじめとする「文學界」グループのように、わが国の近代において、それらのついに幻影たることを述べるのでもなく、それらが生み出される素地を江戸期の思想、とりわけ徂徠学、宣長学にさがし当てる。

たとえ、「近代的自我」や「客観的精神」が西欧のようなかたちで現れていないとしても、それを導き出すような「主体的人格」「人格的主権」は、徂徠学、宣長学において確実に問題とされていたというのが、丸山の見方である。

では、徂徠学、宣長学における「主体的人格」「人格的主権」とはどういうことか。

近世封建秩序を基礎づけていた朱子学的世界観が、この世界の道徳規範、倫理、秩序を天与の自然性とみなすものであった、という点に注意を向けてみよう。朱子学ではこれを、「天道」「天理」という理念で説くのだが、ようするに、この世界をあるがままにあるものとみなし、こちら側からのどのようなはたらきかけも、なすがままになされたものとする考えである。丸山の言葉を借りていえば、「自然的自然」と「人性的自然」との無媒介な接合からなる理念ということができる。

徂徠、宣長はこのような朱子学的世界観にたいする内在的批判者として現れた。彼らにとって世界は、天与のものでも、不易のものでもなく、「作為」を通してかたちづくられたものにほかならない。自然的秩序とみえるものも、ある「絶対的人格」の「主体的作為」によって、この世界に産み出されたものなのである。

この「絶対的人格」や「主体的作為」は「自我」や「個人」に帰せられるものではない。徂徠においてそれは「先王乃至聖人」に、宣長においては「皇祖神」という抽象的存在に帰着する。徂徠も宣長も、朱子学的世界観によって基礎づけられた自然的秩序を克服するためには、「自らの背後にはなんらの規範を前提とせずに逆に規範を作り出しこれにはじめて妥当性を付与する人格を思惟の出発点におくよりほかにない」と考えたというのである。
徂徠における「先王」「聖人」、宣長における「皇祖神」とは、このような思惟の出発点に存在するものなのである。

ところで、ここから描き出される近代とはどういうものであろうか。それはたとえば、「個人」と「個人」とが明瞭な顔立ちをもって、社会的秩序の要をなし、同時に、世界は、「個人」の客観的視点から解釈されるといった近代像とは微妙に異なるものである。実際、当時丸山を取り巻く時代の暗雲は、このような近代像を完膚ないまでに打ち砕いていた。いつなんどき召集され、戦地へおもむかないとはかぎらないなかで、「個人」や「自我」、あるいはそれらからなる社会的関係を前提とすることがいかにむなしいか。そのうえで、なおかつそれらの失効を唱えるのでないならば、いかなる立場が可能か。

そこに構想されたのが、「絶対的人格」の「主体的作為」ということだったといえる。たとえそれらが、いまだ十全には成立していないとしても、そういう近代だけが、当時の状況に明確な立場をもたらす。そう、丸山は考えたのである。こうして、文学思想界に喧伝された論議とはまったくかけ離れた場所で、みずからの存命を賭けるように丸山は、みずからの近代理念を鍛えていった。

だが、丸山の近代観に問題がないわけではない。近代のなりたちを根本において決定するとみなした「作為」という理念をたずねていくならば、ついには、世界を超越した「絶対的人格」に行き着かざるをえないからである。もちろん丸山は、これを現実における政治的支配者にみるのではなく、「聖人」「先王」「皇祖神」という抽象的な人格にみとめ、もしそれが現実のものとなるときがあるとするならば、そのときこそ「個人」や「自我」が問題になるはずであるという含みをもたせている。

にもかかわらず、それは世界の外に場所を占める超越的主体であるということだけは動かすことができない。「個人」も「自我」も丸山の近代では、世界に対して、ある超越的な場所から作為をくわえる存在なのである。

このことが、これらの論文を書き上げた後に召集された丸山の戦争体験をどのように局限することになったか。あらためて稿を起こさなければならない問題なのだが、ここでは、「絶対的人格」に行き着くような超越性を瓦解させるとともに、自然的自然と人性的自然の無媒介な連続性をも断ち切る場所に近代の根拠をおくということが、では、いかに可能かという問いを提示するだけにしておこう。

空間的時間と無としての主体

一九四五年、再召集によって広島宇品港の陸軍船舶司令部へ配属された丸山は、これより二年遡った年に、同じ港からスマトラ島に配属された若いモダニズム詩人がいたことを知らなかったにちがいない。事実として知る由がないのは当然ながら、彼、鮎川信夫のなかにはらまれたモダニズムの理念が、丸山の近代主義の底を抜くものであったということについて、ほとんど不明だった。そのような鮎川の場所ということを思い描いてみるとき、先に問いかけた不可能な一点が現れてくるのではないか。

この点について考察する前に、丸山とほとんど同年で、戦後においては私的な親交を結ぶことにもなる武田泰淳の歴史観について考えてみよう。一九三七年、日中戦争の起こった年に召集され、輜重兵として華中戦線に派遣された武田は、丸山が迫り来る暗雲を背後に、みずからの近代観をつくりあげているとき、この戦争の最も暗い部分に出会っていた。これについては、戦後書かれることになる武田の小説を問題にしなければならないのだが、ここでは、このときの経験をもとに書き上げられ、四三年、鮎川や丸山が戦地へと送られるのと同期するように刊行された『司馬遷』についてたずねてみることにしよう。
　マルクス主義と転向という時代のなかで青春期の思想形成をおこなった武田にとって、近代とは、客観的必然のもとに到来し、やがて乗り越えられていくべき歴史の一シークエンスであった。同時に、そういう必然の虚妄性に目覚めたとき、不意に足元に現れる時間の無定形なひろがりでもあった。武田の独自性は、この二つの時間のあいだで踏み迷うのでなく、これを同時に拒否して、なおかつ現れる歴史のかたちを模索したところにある。そこにいかなる時間が可能なのかというモチーフをもって、司馬遷の『史記』に向かったのである。

　武田がこれを刊行した同じ年、中島敦の小説『李陵』が発表されている。ここには奇しくも司馬遷が『史記』を書くきっかけになった事件が描かれていた。匈奴に寝返ったとされた李陵を擁護したかどで宮刑を受けた司馬遷の生き恥について言及することから、その歴史観について語りはじめる武田は、歴史というものが屈辱を受けた者の汚名をそそぐものであってはならないと語る。

　虐げられた者が歴史の進展にともなって贖われるという歴史観は、いつでも観念の正当性を身につけて現れるからである。これに対して、司馬遷の歴史観は、時間の持続のうちにもっぱら事象の複雑な連鎖を読み取っていくものである。それは、持続しえないもの、継起しえないものを内にはらんだ「持続」であり、そのような「持続」を書くことは、非持続を書くことになるというのである。

　では、この継起する時間とは、どのようなものと考えればいいのだろうか。

　私たちが通常思い描く「時間」のイメージは、持続して現れ、継続して去っていくものである。客観的な必然の時間、未来へと向かうリニアーな時間ではないとしても、川の水のように流れていく時間であることはまちがいない。そして、川を流れる水に、「継起」「非持続」、さらには「中断」「転換」ということは起こりえない。だが、これが海へと注ぎ、潮の流れとなって広大な空間を移動する場合をイメージするならどうだろうか。そこでは、水はほとんど動いていないようにみえる。にもかかわらず、海は潮の流れによってたえず持続するのである。

武田は『史記』における歴史を、そのような時間によって構成されたものとみなす。そのことは、次の一節からも明らかである。

史記的世界は、あくまで空間的に構成された歴史世界であるから、その持続も空間的でなければならぬ。先にのべた、『世家』の自壊作用、相互中断作用にしても、すべては史記的世界全体の絶対持続を支え満たすものである。これは『史記』のどの部分を読んでもすぐ気づくことであり、どこから読みはじめても、結局はこの絶対持続へ行きつくのである。この絶対持続へ行きつけるからこそ、史記的世界は、真に空間的なのである。（『司馬遷』）

時間を空間的にとらえる武田の思考は、この世界のさまざまな存在の価値を階層としてではなく、差異とみなす思念に由来する。「転換」「中断」「自壊」とは、いかなる絶対的価値も持続的に存在しえないということであり、すべてが他との差異において価値たりうるという思想から出た言葉である。同時に、ここにはマルクス主義的な歴史の必然に対する批判と、西欧近代が標榜したリニアーな時間への批判が明瞭に現れている。それは、プロレタリア文学運動と転向といった青春期の体験に対する、彼自身の総括でもあった。

ところで、この空間的時間には、丸山が歴史の動因として取りだした超越的主体というものはどうかかわるのか。絶対的価値や必然の歴史、さらには階層的秩序の瓦解を前提とした武田の歴史観には、もともとこれの関与する余地はないのではないか。もしそうであるとするならば、ここに現れるのは、自由意志への関心を欠如させた相対主義的な理念にすぎない。

だが、武田にとって、歴史における諸々の差異関係とは、ある隠された意志によって現れるものだった。それをたとえば、世界全体の空間的構成を曼荼羅のように描き出す無としての主体といってみるならばどうだろうか。『史記』における「年表」を解析することによって、「全体の絶対持続を把握する諦観」という言葉を提示したとき、武田は、丸山の超越的主体とは異なった独特の超越を措いていたのである。

いかなる存在も事象も、他との差異的関係において肯定する歴史の見方は、こうして超越的主体の存立をなみするのだが、一方、「客観的必然」による時間を批判するに当たっては、歴史にはたらきかける「主体」はどこにあるのかと疑問を呈する。同時に、いかなる「主体」も自然の一元性のなかに埋め込んで、なすがままに流れる時間に対しても違和を表明する。そこには、丸山と同様、当時喧伝されていた「近代の超克」「世界史的立場」という理念に対する、武田独自の姿勢がかかっていた。

昭和十六年十二月八日の太平洋戦争開戦は、わが国の文学思想界をして、米国に代表される西欧近代の理念への対抗イデオロギーをまとめ上げることを急務とした。「近代の超克」も「世界史的立場」も、そのような経緯においてなされたものだった。そこで最終的に確認されたのは、丸山のいう「自然的自然」と「人性的自然」との無媒介な接合からなる理念と、その一方で、すべてを無へと還帰させる同一性の思考にほかならない。これを日本のみならずアジア的な共同体のエートスへと敷衍することによって生み出されたのが大東亜共栄圏の構想だった。

武田の歴史観にみられる無としての主体というのは、一見するとこれに通路をつけて現れたものにみえる。だが、西田幾多郎、高坂正顕、高山岩男といった京都学派の唱える無の哲学には、主体そのものの最終的な廃棄が課題とされている。そこには、いかなる存在も事象も、他との差異関係において肯定しようとする隠された意志はみとめられない。武田が、存在するものすべてを、あるがままの差異において価値づけることをもくろんでいるとき、彼らはむしろ、どのような差異も無という広大な暗渠に流し込んで同一化することを提唱したのである。

そこに武田は、自然的自然と人性的自然の連続性の一方で、すべてを無へと還帰させる同一性の思考への拒否を明確にした。それはまた、当時において丸山が構築していた近代観に対峙しうるゆいいつの思想であった。

差異の網の目による表象空間

武田にこのような姿勢をとらせたのは、日中戦争の戦火が広がるなか、華中戦線に輜重兵として参戦した際の体験である。実際には、実戦よりも実務系統の軍務に配属されることが多かったとされるのだが、同じ三七年に起こった盧溝橋事件、南京大虐殺といった忌まわしい記憶を、リアルタイムで受けとっていたことはまちがいない。このときの記憶は、無意識の奥に沈められ、戦後、『蝮のすゑ』『異形の者』『ひかりごけ』といった作品にすがたをかえて現れるのである。

そうであるならば、これらの作品よりも前に書かれた『司馬遷』に、この忌まわしい記憶が投影されなかったはずはない。無という広大な暗渠から掬い上げたアジア的な共同体のエートスが、現実において、何十万という虐殺を放置するものであったとするならば、はたして『史記』におけるいかなる史観がこれにあらがうことができるのか。そういう懐疑のすえに現れたのが、無としての主体という概念だったということができる。

このような武田の思想に、西欧近代の理念に対しても、アジア的なエートスに対しても与すまいとする強い姿勢を読み取るためには、何が必要だろうか。武田のなかの、中国や東洋に対するアンビバレントな思いは、六〇年代の文化大革命を見誤らせる遠因にもなったので、これを根底から培うにいたらなかったということもできる。ともあれ、このことについて考えるためにも、『司馬遷』から四半世紀以上後に書かれたフーコーの『言葉と物』を参照してみることにしよう。そこには武田の歴史観に通ずるものがあると思われるからだ。

たとえば、『史記』における「表」は、『言葉と物』において精緻にあとづけられた古典主義時代の表象空間をほうふつさせないだろうか。いかなる事象も、差異の網の目において配置されたものとする理念には、明らかに空間的な時間という史観が投影されている。フーコーもまた、近代の歴史主義に反して、あらゆる事象を空間的な差異関係とみなすところに、歴史の本質をみる者だったということができる。だが、武田の反歴史主義的な見方と、フーコーのそれとでは、決定的な相違がある。

フーコーの思想には、歴史学というよりも、その時代その時代の知の枠組みを明らかにするアルケオロジーといった面があるのだが、そこにおいて、差異的に表象される事象は、考古学的な探索を通して掘り起こされたものであると同時に、隠された主体の作為によって配置されたものなのである。偶然的な連鎖のなかにあるかのような諸事象は、不可視の一点から照らされた光によって、明確な差異の網の目のなかに表象される。

ではフーコーにおいて、世界を表象する隠された主体とは、何か。十六世紀から十七世紀、絶対主義の時代に君臨した王にほかならない。『言葉と物』のフーコーは、これをヴェラスケスの「侍女たち」に描かれた「至上の君主」の視線について語ることで明らかにする。絵の外部にあって、絵全体を視野におさめている王の視線。それこそが、世界を表象し、すべての事象を差異的な空間に配置する超越的な主体なのだ。

そこには武田のような「全体の絶対持続を把握する」「諦観」といったものの生まれる余地がない。武田の歴史空間では、個別の持続の中断、転換、自壊はあっても、それらを全体的な持続の系列へと配置する主体の場所が存在しない。存在しないというよりも、無として存在する。そのため、この世界は「物理的に」あるいは「数学の方程式」のように現れるのだ。

それは、すでに存在していたものであるとともに、人間の意志のあずかり知らぬところで、絶えず転換と自壊をくりかえしながら存在し続けるものである。「諦観」とは、そのような世界空間を、差異の表象としてではなく、存在する差異として、そのままにみとめ、肯定するということなのである。

このような武田の思想を、フーコーを間において、丸山の近代観に対置してみるならばどうか。丸山には、歴史を表象の網の目からなる差異的な空間とみなす観点はないものの、それを「先王」「聖人」「皇祖神」という絶対的人格によって作為されたものとみなす思想があった。徂徠学における「聖人」「先王」、宣長学における「皇祖神」とは、世界にはたらきかけ、歴史をかたちづくり、さらに世界を産みかえていく超越的な主体なのだ。それは、世界に表象空間をもたらすフーコーの「至上の君主」に、ある意味通じるものということができる。

もちろん、丸山に西欧近代に向けられたフーコーの複眼的視線はない。それは、武田についても同様である。だが、そのことを勘定にいれたうえでも、なお次のことは言いうる。丸山と武田は、近代という問題をそれぞれの仕方で煮つめることで、一方で西欧近代に通じるような強固な主体の像を、他方で朱子学的世界観や日本的無常観に回収されることのないポジティヴな差異の像を描いていたと。

歴史の経験を外側からとらえる眼

十五年戦争の戦火の拡大に反比例するように、スマトラ、シンガポール、サイゴン、マニラと病院船で運ばれていった鮎川は、これら丸山と武田の近代への姿勢を背景にしたとき、どのあたりに、みずからの歴史観をかたちづくろうとしたといえるだろうか。鮎川に『日本政治思想史研究』や『司馬遷』に当たる著作はない。その間前後して書かれた幾篇かの作品と断片的な評論、手記の類が残されているだけである。だが、戦後における鮎川の軌跡を考えるならば、戦中期において、丸山や武田と同様に近代ということを根底から問題にしていたことは確実なのである。

鮎川は「歴史」ということについて、丸山とも武田とも異なった方角からある明確な理念を示している。『戦中手記』に断片的に残された次のような「歴史」についての記述を参照してみよう。

我々は歴史のうちに自己を瞶め、異なったさまざまな現象のうちに、常に同一なるもの、不動の本質なるものが新たに変化を辿ってゆく跡を追求する。「歴史はくりかえす」とは人間性のうちに永遠に変わらぬ常に同一なるもの、不動の本質があって、決してくりかえすことのない不断の流れである歴史的現象の中にも独特の法則によって生きつづけてゐるということを意味する。

鮎川の歴史観は、「手記」というかたちをとっているせいもあって、現にそれを生きている人間の胸の鼓動をつたえる。ここで歴史とは、生きられた経験であるとともに、その経験を通して感受される不動なるものの変化の痕跡である。鮎川にとって、近代とはそのような歴史を通してみえてくるものであった。

だが、この「不動の本質」が「新たな変化を辿ってゆく跡」とは奇妙な時間である。「永遠に変わらぬ常に同一なるもの」と「新たに変化を辿ってゆく跡」とは背理としてしか結びつかないからだ。そのなかに生きている人間にとって、それは不断の変化と受けとられるいがいないので、もしそれを「常に同一なるもの」とみるならば、歴史を経験しつつ、その経験の総体を外側からとらえるもう一つの眼をもたなければならないであろう。

たとえてみるならば、それは、鮎川を乗せた病院船が、マラッカ海峡を通って南シナ海を渡り、東シナ海から台湾を背に北上、大阪港までたどり着いた軌跡を、ポリネシア、ミクロネシアからヤポネシアをのぞむ環太平洋の一環として鳥瞰的にとらえる視点である。しかも、その病院船のなかで傷痍軍人としての鮎川が、この戦争について思いをめぐらしている、そんな構図が描かれるのではないか。

もし、この構図に歴史を読み取ることができるとするならば、鮎川は、航行する病院船の船室の寝台から、環太平洋の航路を俯瞰する眼を養っていたということになる。それは、ほとんど不可能な眼であり、不可能な場所といわざるをえない。だが、鮎川はそのような眼、そのような場所から近代を遠望しつつ、未来の価値を先取りする唯物史観の客観性や、過去を幻想で染め上げ、そこから現在の正当性を手に入れようとする皇国史観の物語性にあらがおうとした。

当時において、このような場所にとどまることがどれほど困難であったか。実際、当の鮎川が、この場所についてどれだけ自覚的であったかおぼつかない。それは、内と外の絶えざる往還を解消して、ある固定した地点に堕する危険性をもはらんでいたからだ。たとえば、同じ「歴史」についての記述が、次のようにもなされるのである。

各世代はいかに歴史の中から自己の模範とすべきもの、自己の支柱ともなるべきものを選び出し、またそれを解釈してゆくかによって特徴づけられるものであり、「歴史を解釈する」ことによって歴史を変更し、——つまり創られてゆくのである。歴史が生き生きとしてゐることは、人間が生き生きしてゐることを示し、歴史が退廃した時は人間自身が退廃した時である。

このような歴史観には、歴史を生きる人間とは、歴史のなかから「自己」という規範を解釈する人間にほかならないという理念が投影されている。「歴史を解釈する」とは、歴史を生きつつ、それをつくりかえていくことなのだが、鮎川にとってそれは、どのような共同の観念にも足をすくわれることのない醒めた個人的精神をまって、初めて可能なのである。『戦中手記』の鮎川が、この精神を「荒地」という理念まで高めることによって、みずからの存在の根拠を確かめようとする箇所は、感動的でさえある。だがそこに鮎川の場所はない。こういってよければ、丸山が日本思想を遡行するようにしてあとづけた近代主義的精神の、超越的主体をみとめることができないのだ。しかし、一方で鮎川は、このような理念の奥でほとんど言葉にならないものを発信し続けていた。

自分を含んで流れてゆくものと、自分には目隠しにされて流れてゆくものとの微妙なあはひを見つめる眼、——それのみが何時になっても今日のものを追及して飽くことのない知性といへるであろう。

このような眼——もはやそれを「知性」ということさえはばかれる眼だけが、鮎川の場所を想起させるのである。

存在の到来を内側から捉える眼

この鮎川の場所について、瀬尾育生は興味深い視角から光を当てている（『文字所有者たち』）。瀬尾によれば、鮎川の場所とは、それ自体で完結することも、意味によって統覚されることもない、いわばどこにもない場所であり、抽象的で超越的な視点によっては決してとらえることのできないたえざる後退と、脱落のうちに現れる場所である。その場所で「規範の水面下にあるものに向かって、しずみきった憂鬱な目をひらきつづけること」が、鮎川をはじめとする戦後に出発した詩人たちのとりえた所作であった。

瀬尾が問題にしているのは、戦後という規範の所在についてなのだが、それは、近代という規範についても同様にいうことができる。鮎川は近代を、丸山のように超越的な主体の作為を通して、世界を構成していくものとみるのでもなく、武田のように、差異的に存在する事象の空間的なひろがりとみるのでもなく、そのような「視点」をとることのない場所ならぬ場所とみる。瀬尾の言葉を借りれば、それは「しずみきった憂鬱な目」に映じる「水面下」の光景ともいうべきものなのだ。

だが、この詩的なメタファーは、歴史を見る眼として採用するに必ずしもふさわしいものとはいえない。むしろこれを、客観的認識、歴史必然的方法によっては決して捉えることのできない存在そのものの到来を、それ自体に同期するものとして内側から捉える眼といってみよう。超越的な主体の作為を通して世界を構成しながら、みずからもまた世界によって構成されていくもの、差異的に存在する事象のひろがりに呑み込まれながら、事象そのものの存在の仕方を内側から編んでいく場所。

それを、鮎川を運ぶ病院船の航路になぞらえて、次のように言い直してみるならばどうか。マラッカ海峡を通って南シナ海を渡り、太平洋に出て、台湾を背に北上、黒潮に乗って大阪港までたどり着いた軌跡を、ポリネシア、ミクロネシアからヤポネシアをのぞむ環太平洋の一環として鳥瞰的にとらえる視点であり、同時にこの俯瞰する眼は、航行する病院船の船室の寝台に横になった傷痍軍人の内なる眼によって養われていた、と。

ここにしずみきった眼がみとめられるとするならば、『言葉と物』のフーコーがとらえた「人間の消滅」する場所、「生命、労働、言語《ランガージュ》」という触知しがたい存在の張り出しに覆われ、無名性のうちに没していく場所が関与しているからだ。世界を産みかえていく超越的な主体に歴史の動因を見出す丸山と、歴史を自壊と転換をくりかえしていく差異的な空間とみなす武田の間に、このような鮎川の歴史観をおいてみるとき、そこには、フーコーが精緻な分析を通して浮き彫りにしたこの場所がおのずから現れてくるにちがいない。

古典主義時代の表象の体系を統治する超越的な視点を「至上の君主」のそれにみとめたフーコーは、そこに近代という問題の端緒を見た。しかし、フーコーにとっての近代とはそれに尽きるものではなかった。「至上の君主」は、外部の一点から世界を表象するものであると同時に、自身の存在を表象の網の目のうちに配置されるものでもあった。フーコーはこの関係を、ヴェラスケスの「侍女たち」の構図の分析を通して明らかにする。

そこに描かれている王女や侍女たち、そして巨大なキャンバスに向かうヴェラスケスという構図は、モデルである王の視線によってあたえられているのだが、その王自身が背景に据えられた鏡にぼんやりと映し出されているのである。つまり、王はこの構図に根拠をあたえる外部のまなざしであると同時に、構図の内部に表象される存在でもあるのだ。

フーコーにとっての近代とは、この背理にほかならなかった。世界を客観的認識のもとにとらえ、それに能動的にはたらきかけていくことによって、次々に表象を組みかえていく主体は、しかし、自身の触知しえない巨大な存在のひろがりに埋め込まれ、無名の項目として埋没していくのである。そこにフーコーは、「人間の有限性」という存在の条件をみとめたのである。

「聖人」「先王」「皇祖神」という絶対的人格の作為に、近代における主体の起源を探り当てた丸山も、差異的な存在の連鎖をポジティヴに受け入れていくところに、近代に相対する歴史空間を見出した武田も、それぞれフーコーが問いつめた近代の問題を、当時としては驚くべき水準で共有していた。にもかかわらず、彼らの場所はフーコーのパラドックスを問題にすることがなかった。

だが、鮎川の場所だけは、いまだ組織されることのないまま、このパラドックスに通じていた。丸山や武田が独自の方法で近代という問題を考え尽くしていた時代の見えない気流につつまれるようにして、鮎川はその場所にみずからをおいていたのである。そのことを考えるとき、戦中・戦後が一人のフーコーを生み出さないとしても、幾人かのすぐれた思想家たちの営為を通して、近代の背理が浮き彫りにされる場所を用意していた、そう思われてくるのである。

第五章　ポリネシアの幻想　もう一つの戦争詩・吉田嘉七論

日本というアイデンティティーのルート

太平洋戦争略地図というものを眺めていると、不思議なことに気がつく。南太平洋のガダルカナル島から、サイパン島、テニヤン島、グアム島、硫黄島と太平洋の島々を攻略し、レイテ島、琉球列島を経て、沖縄へという米軍の進路は、柳田國男のいう海上の道をそのままになぞるものに思われるのだ。

よく知られているように、柳田は渥美半島の伊良子岬に流れ着いた椰子の実にふれて、遠い南の島からこの列島にやってくるものたちのはるかな気配を感じ取った。柳田は後にこれを、東アジアから稲穂をもって琉球列島に流れ着き、日本列島に稲作を伝えた者たちの軌跡とみなした。椰子の実を耳にあてたときにかすかに聞こえてきた南の海の遠い響きは、無意識の奥に仕舞われ、若き日に抱いた始原への思いは、歳月を経て、稲の日本人というイメージにかたちづくられたのである。

柳田は、自分が直観した遠い南の島を伝ってやってくる者たちが、太平洋戦争における米軍のすがたをとって現れたとき、深い失望感にとらわれたのかもしれない。南太平洋のポリネシアのあたりから海流にのってやってくるものこそ、私たち日本人にアイデンティティーをもたらしてくれるものにほかならない。それが、このたびの太平洋海戦によって壊滅的な打撃を受けてしまった。そう考えた柳田に、日本というアイデンティティーのルートをあらためて描き出すことは、避けられない課題だった。そこに構想されたのが、古来から稲を神として祭る日本人のすがただった。

「海上の道」の柳田の構想を、単一民族国家イデオロギーを基礎づけるものとして批判する向きがあることは周知のところだ。大陸から稲穂をもってやってきたものたちは、琉球列島の近海から日本列島へと宝貝をもとめて移動していったという柳田説も、結局は弥生時代以後の日本という幻想を裏づけるものにしか見えないからである。

では、柳田の「日本人」は、稲穂と籾種を携えてヤポネシアの南島に漂着し、次々に未知の島を北東上して全島嶼に分布するようになった「稲の人」を指しているという吉本隆明の指摘はどうだろうか。稲作が大陸や東アジアというより、南の島から、未知の島を北東上して列島にいたったという吉本説は、稲の伝播ということでいえば見当はずれといえるのかもしれない。

しかし、柳田の「海上の道」の構想には、この全島嶼を、南太平洋のポリネシア、ミクロネシアからヤポネシアへとたどっていくルートとして考えなければ解けないものがあるというのが、吉本の直観だった。柳田の民俗学の文体に「体液の論理」を認めた吉本は、「稲の人」が、制度や王権とかかわりなく、ただ地上二メートル以下のところを走って島々を移動する人々をいうと指摘することによって、柳田に仕舞われていた始原からやってくるものたちの気配にかたちをあたえたのである。

もはやそこには、ガダルカナル、サイパン、テニヤン、グアム、レイテ、沖縄といった太平洋戦争における米軍の進路は拭い去られていた。柳田のうちなる「体液の論理」をひそかに脅かした異様なるものの軌跡は雲上に消えるかのようにすがたを隠し、ただ地上二メートル以下のところを移動する人々のイメージがおもてに現れてきたのである。

こんなことを考えたのは、吉田嘉七の『ガダルカナル戦詩集』を読んで、この柳田の怯えに深いところで通ずるものを、作品のいたるところに感じ取ったからだ。

ミッドウェー海戦後の米軍の進攻が、南太平洋のポリネシアのあたりから開始されたことには、相応の軍事的理由があった。だが一兵士として、これと戦うことを強いられた吉田嘉七にとって、それは何よりも民族のアイデンティティーを脅かすものに思われた。この民族《ネーション》は、言語・文化・宗教を同じくするものとして国民の基底になるようなものではない。むしろ日本人という存在を浸す原液のようなもの——その集合体といえばいいだろうか。

そうであるとするならば、帝国陸軍軍曹吉田嘉七は、米軍の進攻を食い止めようとしながら、実のところ、みずからの存在をかく乱してくる輩への攻撃衝動をあらわにしていたということもできる。それは、作品の処々に現れる死の刻印をおびた不穏なリズムからうかがうことができる。

帰らじと予《か》ねて覚悟の
かなと出ゆ、南に進む、
浪いく重、八重潮こえて、
来りたる島ぞ、ソロモン。

さながらに地獄の絵図を
地の果ての人なき島に
夷《ゑびす》らは描くを望むか、
火は沸《たぎ》り、空に、地に満つ。

夜に日つぐ火砲の響き、
絶ゆるなき爆弾の雨。
椰子の樹はなべて折られぬ。
ジャングルは荒野となりぬ。

量たのみ、いかに攻むるも、
勝たずして誰か帰らん。
山容《やまかたち》変え足らざれば
わが肉を以て攻むるとも。

もののふの生くべき道は
死ぬことと聞き伝えたり。
さやけくも負いて来し名ぞ、
この島に今輝かさん。

（「帰らじと」）

「浪いく重、八重潮こえて、／来りたる島ぞ、ソロモン。」と歌われるソロモン諸島は、ニューギニアの南東に位置する南太平洋ポリネシアの要衝である。昭和十七年五月から翌十八年二月のガダルカナル撤退に至るまで米軍との間に激戦が繰り広げられた地としても知られる。吉田嘉七は、インドネシアのジャワからここにおくりこまれ、死を覚悟した戦いに臨んだのである。

だが、ここに語られた覚悟には、「もののふの生くべき道」という言葉では捉えきれないものが付着している。それは、止めえない欲動として全身をうちから浸していくものにほかならない。空を覆い、地を焼き尽くす業火のように沸《たぎ》り立つもの。これこそが、存在の源から沸き起こってくる攻撃衝動といっていいものなのである。詩人としての吉田嘉七は、柳田國男がおそれとともに感知していた米軍進攻の意味を、ほとんど身体的な次元で受け取っていた。

ナショナリズムのウルトラ化

南太平洋のポリネシアのあたりから海流にのってやってくるものに、日本人の始原を見出した柳田にとって、それを仮装する米軍のすがたは、この始原を脅かすものにほかならなかった。同じそれが、吉田には、日本という国に生きてあるおのれの存在を攻撃し破壊しつくすものにみえたのである。その破壊エネルギーからみずからを防衛するためにも、内なる攻撃衝動に全身をまかせるほかはない。そこには、民族や民俗、国家や国民といったカテゴリーを食い破ってしまうものがある。

『ガダルカナル戦詩集』の草稿が、毎日新聞の従軍記者に託され、戦時出版と同時に、多くの若者たちに読みつがれたことは、井上光晴の同名小説に描かれている通りであろう。彼らは、そこに高村光太郎や三好達治の戦争詩とは根本的に異なるものを読み取った。吉田嘉七が、玉砕もいとわずに激戦地で戦い抜く兵士であることに、彼らは動かされたということもできる。だが、ほんとうのところ、彼らが震撼させられたのは、それらの作品に現れたこの攻撃衝動だったのだ。

吉田嘉七の戦争詩について、瀬尾育生は、当時書かれた「愛国詩」「国民詩」が例外なくウルトラナショナルな契機によるものであったのに対し、ナショナルな契機、パトリオティックな契機をくりこんだ数少ない作品であったと述べている（『戦争詩論』）。瀬尾のいうウルトラナショナルには、超国家主義イデオロギーにかぎることのできない普遍的な意味がこめられている。それを一言でいうならば、民族や国民の基底をなすはずのネーションが、超越的なるもの、全体的なるものの根拠としてはたらくということになるだろうか。

このような瀬尾の視点は、十九世紀に成立した国民国家《ネーション・ステート》が、後発近代国家に対して、ナショナリズムのウルトラ化を不可避的にもたらしたという考えから抽出されたものといえる。それは、第一次大戦後のドイツや昭和期の日本に起こった国家主義的な傾向だけでなく、ロシア革命後のインターナショナリズムのなかにもみとめられる。

ロシア革命に思想的な根拠をあたえようとしたレーニンのなかに、近代の国民国家を産業資本の拡大と表裏をなすものとするモチーフがあったことは疑いない。ネーション・ステートは、帝国主義化をまぬがれないのであって、これを食い止めるには、国民国家そのものを解体するほかないというのがレーニンの見取り図だった。だが、実際に革命が起こってみるとそこに現れたのは、ネーションを普遍化するものとしてのインターナショナリズムではなく、ナショナリズムの超越化としてのコミンテルン（共産主義国際組織）だった。

瀬尾は、このような超越化が、ロシアのみならず、ドイツ、日本を巻き込んで世界的な理念形成として進められたとみなすのである。

動因となったのは、近代国民国家を支える国民や民族というものが、修復不可能なたがの弛みを露呈していたことであった。資本主義の膨張・拡大は、外に対して帝国主義的侵略をすすめると同時に内に対して、市民からも国民からも脱落してしまう層を生み出していった。現実的には、繰り返しやってくる経済の停滞と社会の変動によって、あらゆる階級から脱落した人間たちが大量に現れてきたのである。この脱落者であり逸脱者である層のルサンチマンこそ、ナショナリズムをウルトラ化させる動因にほかならなかった。

みずからの内なるルサンチマンを対象化しえないかぎり、どのような近代的意匠をまとった方法も、結局は、この超越化に呑み込まれていくほかなかった。高村光太郎や三好達治に代表される戦争詩を、「愛国詩」「国民詩」とみなしてその根底に、当時の社会経済ゲームに負け続けていった層の反動心理を読み取った瀬尾は、吉田嘉七の戦争詩にみられるナショナルな契機、パトリオティックな契機に何を読み取るだろうか。

私の考えでは、ナショナリズムのウルトラ化が、後発近代国家の経済社会的停滞からもたらされたものであったとしても、それ自体では戦争を引き起こす要因にはならない。市民や国民からはもちろん、農民や労働者からも脱落してしまうモッブ層が大量に吐き出されていくことで、健全な生活を営む層に対する嫉妬が蔓延していくとき、人びとのあいだに怪物的な非融和性が生じてくる。それは同時に、後発国民国家の、先進国民国家への非融和性としてかたちをあらわし、最終的にはネーション・ステート自体の不均衡をもたらすのである。

国民国家は他の国民国家に対して、普遍的な闘争状態をあらわにするといってもいい。それを促していくのが、脱落層のルサンチマンであり、ナショナリズムの偏向化にほかならない。そして、これらすべてを超越化することによって、超国家主義的イデオロギーが現れるのである。それは、内に対する超越化と外に対する優位獲得衝動としてはたらくことによって、確実に戦争の要因をかたちづくっていく。

昭和六年満州事変を皮切りに、昭和十二年日中戦争勃発、昭和十六年太平洋戦争へといたる過程は、この超越化と優位性への偏執を国家的な規模で編成していく過程であった。国体明徴運動、国家総動員法、太平洋戦争開戦詔書と天皇を超越の表徴として、全体化をすすめていった日本は、脱落層の反動感情から知識人のニヒリズム、さらには普通の人びとの自己防衛本能にいたるまで、すべてを吸い上げ戦時体制を築いていったのである。

近代的自我を、社会と自然の関係のなかで自立させようとしてきた高村光太郎でさえも、このような流れにあらがうことができなかった。ニヒリズムともルサンチマンとも縁のないところで、ひたすら近代詩の確立をはかっているかにみえた高村でさえ、「天皇危ふし」の言葉で、これに呼応したのである。高村のなかに、近代というものの動因を、あくなき優位獲得ゲームとみなし、みずからをこのゲームに負け続ける者とする思いが仕舞われていたとするならば、超越的なものの表徴としての天皇への帰依は、避けられなかった。

生と存在の原液を揺らすリズム

『ガダルカナル戦詩集』に現れた吉田嘉七の戦争詩への欲望が、これと異なるとするならば、どういう点においてか。そこにウルトラナショナルな契機を見出すことができないということ。言い換えるならば、脱落層の反動感情、知識人のニヒリズム、普通の人びとの自己防衛本能、さらには近代を身をもって生きた者の優位性への偏執、これらのどれ一つも確たる契機としてみとめられないということ。代わって吉田嘉七を捉えているのが、全身を内側から浸していく欲動であり、存在の源から沸き起こってくる衝動なのである。

それはいかなる超越化にもかかわることなく、それ自体の増殖をはかることで、戦意高揚詩には決してみとめられないリズムを生み出していく。パトリオティック、ナショナルといった形容でとらえることさえ困難な、生と存在の原液を揺らすリズムといってもいい。

行き行けど、行方もわかぬ
木の下闇のいつの日か
果つる日やある、昼ひそみ、
夜のみ歩む南溟《なんめい》の
ガダルカナルの森深し。

負い来し米はつきはてて
名も無き草を喰《くら》いつつ、
辿れる尾根や、断崖や、
つもる朽葉にふみまよい、
幾度もまろびし、つまずきし。

（「ある挺身の兵の語る」『定本　ガダルカナル戦詩集』）

月落ちて山肌くろく
湾に影はつづきて
ひそけしや南溟の波。
砲声は遠く吼《たけ》れど
静もれり椰子の片丘。
もだしつつ今立ち立てば、
腸《わた》を断つおもい新たに
つくるなき怒りは湧くに、
去らんとす、これやこの島。

（「丘に立ちて――転進の夕べに」『定本　ガダルカナル戦詩集』）

私たちは戦争にかかわる詩のなかで唯一つこれに似たリズムに出会ったことがあった。それは、戦争詩というよりも、戦時収容詩といっていいものなのだが、たとえば石原吉郎の以下のような作品にみとめられるものである。

なんという駅を出発して来たのか
もう誰もおぼえていない
ただ　いつも右側は真昼で
左側は真夜中のふしぎな国を

汽車はしりつづけている
駅に着くごとに　かならず
赤いランプが窓をのぞき
よごれた義足やぼろ靴といっしょに
まっ黒なかたまりが
投げこまれる
そいつはみんな生きており
汽車が走っているときでも
みんなずっと生きているのだが
それでいて汽車のなかは
どこでも腐臭がたちこめている

（「葬式列車」『サンチョ・パンサの帰郷』）

ラーゲリの過酷な体験をモチーフにしたこれらの作品のリズムが、吉田のそれと根本的に異なるものであることは明らかだ。石原吉郎は、吉田嘉七の採り入れている五・七調や七・五調の韻律に対して、自覚的な忌避の態度を取っているからである。そこに生まれるリズムが、内省的な統御をほどこされたものであることは、一目瞭然といえる。それにもかかわらず、ここにはどこか共通するものがみとめられる。

このネガティヴな韻律には、ルサンチマンの影も、ニヒリズムの匂いもない。あるのは、それらが超越化の契機としてはたらくことへの強い危機意識だけだ。どのような超越性とも無縁に、生と存在を浮き彫りにするような暗い律動。ここに、吉田嘉七に通ずるものがあるといっていい。相違点があるとするならば、これがそのままのかたちで攻撃衝動として現れることも、死の衝動として現れることもないということだけである。

そのことは、石原吉郎の戦時収容詩の、吉田嘉七の戦争詩に対する作品的な優位性を告げるものともいえる。実際、石原の『サンチョ・パンサの帰郷』が戦後の詩におよぼした波及力は、『ガダルカナル戦詩集』のそれをはるかに越えたものであった。そこには、日本や日本人ということを越えた存在そのものの不安が投影されているのであり、先の戦争が、二十世紀に人類の経験した世界戦争の一環であることを告げ知らせるようなモチーフがこめられているのである。

このようなモチーフは、石原吉郎だけでなく、鮎川信夫、田村隆一といった「荒地」の詩人たち、さらには埴谷雄高、大岡昇平といった戦後作家たちのなかにもみとめられるものである。彼らをとらえていたのは、個人の内面に投影された戦争という現実ということだけでなかった。二十世紀の戦争があらわにした、世界大といっていい存在不安にほかならなかったのだ。実際、国民国家の不均衡とナショナリズムの偏向は、戦後の世界体制を、超大国による均衡と民族・国民・国家の分極化、さらにはそれらのグローバル化へといたらしめた。彼らのモチーフには、そのような世界状況を、あらかじめ映し出すものがあったとさえいえる。

吉田嘉七だけでなく、戦争詩、愛国詩、国民詩を残した詩人たちのなかにこのモチーフを探り当てることは、まず不可能であった。世界大の存在不安は、ルサンチマンやニヒリズムを、どうすれば乗り越えられるかという問題と、直面したところに現れたものだからだ。

とはいえ、これが、存在の源から沸き起こってくる不穏な衝動をどこまで視野におさめているかということになると、話は変わってくる。端的にいって、石原吉郎に象徴される倫理性からは、どのようにしてもこの問題への入り口を見出すことができない。石原吉郎だけでなく、鮎川信夫、田村隆一、埴谷雄高、大岡昇平と並べてみても、戦争が、存在の原液をゆさぶるような体験であったというメッセージを、作品のなかからそのままのかたちで汲み取ることはむずかしいのだ。

生《エロス》の衝動と死《タナトス》の衝動

吉田嘉七の戦争詩にみられる攻撃衝動や死の衝動が、ここに由来するものであるとするならば、それをたずねていくことには意味がある。この点についてたとえば、フロイトの以下のような言葉を手がかりにするならばどうか。

「生命というものはかって——考えもつかぬような昔に想像もできないやり方で——生なき物質から生じたということが真であるならば、その生命を再び解消し無機的状態を復活させようとする欲動が発生したにちがいありません。この欲動の中にわれわれの仮定する自己破壊を再び認めるならば、われわれはこれをいかなる生命過程にも見られるところの死の欲動の現れと解して差し支えありません」

（『精神分析入門（続）』懸田克躬・高橋義孝訳）

「生物は内的な理由から死んで無機物に帰るという仮定が許されるなら、われわれはただ、あらゆる生命の目標は死であるとしかいえない。また、ひるがえってみれば、無機物は生物以前に存在したとしかいえないのである」「有機体は、それぞれの流儀にしたがって死ぬことを望み、これら命を守る番兵も、もとをただせば死に仕える衛兵であったのだ」

（『快感原則の彼岸』井村恒郎訳）

よく知られているように、ウィーンの臨床医であったフロイトは、第一次世界大戦後の荒廃した状況の中で、戦争がどのようにして人間の無意識に傷跡を残すかを分析していった。後に戦争神経症と名づけられる患者たちの治療を進めるなかで、彼らを戦争に駆り立てたものには、社会経済的な動因にかぎることのできない生命存在的といっていい契機がはたらいていたことを突き止めていった。

これを無意識に作用する死の衝動、攻撃衝動とみなしたフロイトは、国家社会の様々な閉塞が生み出すルサンチマンやニヒリズムの奥から、生と死の根源を揺り動かす何かが押し寄せてくることを直観していた。このようなフロイトの直観は、いかなる実証的な裏づけも得られないものであったが、戦争を、人間の生と死という場面からとらえるかぎり、動かしがたい力を及ぼすものであった。

二十世紀の戦争が、膨大な物量と兵力を投入して、前線を先へ先へと進めていくものであるとするならば、たとえば、南太平洋を北上するように進攻してくる米軍が、生命そのものを無機的状態へと帰そうとする破壊的な力をもつものとみなされたとしても不思議はない。吉田嘉七の作品に現れた攻撃衝動や死の衝動が、これにあらがおうとして生じたものであるならば、何よりも、ポリネシアからヤポネシアを辿って列島へと迫ってくるものが、原初の生なき状態から生命へといたりついた軌跡をそのまま覆そうとしてやってくるものと受け取られたからなのだ。

一兵士としての吉田嘉七に、このようなフロイトの直観に呼応するものが仕舞われていたというのではない。ただ、生命というものが気の遠くなるような時間のなかで、生命なき状態から生じてきたものであるという仮定を措くならば、伊良子岬に流れ着いた椰子の実に、何ものかの気配を感じ取った柳田のように、吉田もまた、みずからの体液を揺すぶられるような思いにとらわれたといえるのではないか。

柳田はこれを日本人というアイデンティティーのルートとして受け取ったのだが、その向こうに、私たちの存在そのものが生み出されてきたはるかな過程を感じ取っていなかったとはいえない。そこに描かれた稲の日本人というイメージも、私たちの生と存在を象徴するものと受け取ることができるので、そういう柳田に、体液の論理を読み取った吉本もまた、この生と存在が表出されてきたはるかな時間を考慮に入れていたのである。

これをフロイトは、生の欲動《エロス》と名づけたのだが、注意したいのは、それが考えもつかないような遠い過去から、想像もつかないような仕方で生命をかたちづくってきたものであったとしても、いやそうであればあるほど、その生命を解消し、無機的状態に帰してしまおうとする欲動が現れるという点である。これを、どのような生命過程にもみられる死の欲動《タナトス》と解するのだとフロイトがいうとき、遠い南溟の海から列島へといたる潮の流れを望みながら、不意に断腸の思いにとらわれる一兵士吉田嘉七の無意識を表象しているといっていけないことはない。

ここには、柳田が稲の日本人というものを構想するに当たって、どうしても捉えることのできなかったターニング・ポイントがある。比喩的にいうならば、ポリネシアからヤポネシアを通って列島へとやってくる稲の日本人は、いつでも南太平洋を進攻する米軍に象徴されるものによって、原初の生なき状態へと沈められてしまう。そのことを、生と存在についての思想はあらかじめ捉えておかなければならない。フロイトはそういっているのである。

攻撃衝動といい、死の衝動といい、私たちの生と存在はすでにしてタナトスの浸透を深く受けているのである。これをいかに処するかというモチーフをもたないかぎり、二十世紀の存在不安を、思想として鍛え上げていくことはできない。たとえば、柳田のなかに体液の論理を読み取った吉本は、『母型論』において、このフロイトの問いかけにこそ答えを出そうとしたのである。

吉本の答えのポイントは、柳田のように、稲の日本人を東アジアから稲穂をもってやってきた者たちととらえるのではなく、南太平洋の島々を地上二メートル以下のところを走って移動してきた人々ととらえるところにあった。そのことによって攻撃衝動や死の衝動の未だ届かないはるか以前の生のありかたを構想すること。それは、生命が遠い過去から、想像もつかないような仕方で生命をかたちづくってきた過程を、ある普遍的なイメージで示唆することでもあった。

そのために吉本のしたことは、三木成夫の発生学を典拠にしながら、大洋の波に洗われてえがかれる生命誕生の軌跡を、言語の発生や心的現象に読み取るというものだった。なかでも注目すべきは、モースのいうポトラッチの対抗的な性格に疑問を呈し、生命を「母」から贈与されたものとみなす視点である。そこには、これを「父」からの贈与とみなすことで発生する諸々の対抗理念への批判がこめられていた。「義務」「権利」「強制」による返済を必然的なものとみる立場への返答といってもいい。

攻撃衝動も死の衝動も、吉本からすればこの返済に当たるものなのである。生と存在にとって、タナトスの浸透をそれほど受けることのないあり方とは、生命を「母」からの贈与とみなし、その返済を強制や義務としない母系的なあり方といっていい。『母型論』の吉本は、このような考えをもって人間存在の初源性について考察したのである。

だが、フロイトにとって問題は、生と存在が、「父」「母」「子」という関係において贈与されるということだった。生命が、想像もつかないやり方で生なき物質からかたちづくられてきたというとき、フロイトのなかには、このような関係贈与の理念が仕舞われていた。「父」と「母」を介しての生命贈与は、「父」と「子」の関係に、また、「母」と「子」の関係にさまざまな心的負荷を負わせることになる。それは、ときに死をもって返済されなければならないほど過剰な負荷となって現れる。結果として、その生命を解消し、無機的状態に帰してしまおうとする欲動が生じざるをえない。死の衝動とは、このような構図のもとに現れてくるものなのである。

フロイトのこのような考えが、人間の無意識を「父」「母」「子」の関係において捉えるという方法から導かれたものであることは明らかだ。同時に、この関係贈与の理念は、三者のそれを越えて、人間における葛藤の、普遍的であることを浮き彫りにする。そこには、人間と人間だけでなく、共同体と共同体の、国家と国家の闘争状態が、存在論的なかたちで現れるのである。フロイトは、無意識の奥に隠された衝動に「父」「母」「子」の関係から照明を当てることによって、この原初的な闘争状態を明らかにしたといえる。

このような考えにリアリティをあたえたのは、第一次大戦に象徴される世界戦争の記憶である。総力戦を戦って帰還した兵士たちの心的不全に、戦争神経症の名をあたえたフロイトは、彼らをいちようにとらえる死の衝動に、世界大の存在不安が投影されていることを認めた。この攻撃衝動《タナトス》をいかに処するかという問題を立てないかぎり、人類に未来はないというのが、ナチスの台頭にともなって、ロンドンへの亡命を余儀なくされたフロイトの信念だった。

存在と生の溜りのような場所

南太平洋を北上する米軍に、巨大な攻撃衝動《タナトス》のすがたをかいま見、それに深く感応してしまった吉田嘉七は、『ガダルカナル戦詩集』におさめられた特異な戦争詩を書き継ぎながら、いったい何を考えていたのだろうか。フロイトの信憑に当たるものは望むべくもないとしても、その後の作品のなかにその痕跡が見出されないとはかぎらない。もし、その後というものが、この詩人にありえたとするならば。

現実における吉田は、ガダルカナルの激戦をくぐりぬけ、その後、フィリピン、ビルマ、カンボジア、ベトナムと駐留し、八月十五日をサイゴンで迎えた。昭和十四年、初年兵としてノモンハンに出動して以来、十五年戦争の戦史に残る戦場をたどってきた吉田は、三十センチの差、一秒の差で死地から生還したのである。内地へと帰還した吉田にとって、戦後の社会を生きる自分をいかにして攻撃衝動《タナトス》から解除するかが、最後の課題となったにちがいない。それは、フロイトの思想にとっても最大の問題なのだが、このことについて、吉田が書き残したのはこんな詩句である。

わたしを乗せて来た列車は／もう何処かに行ってしまった／遠い想い出のように、焼跡に／つったった裸の煙突よ／そして、よれよれのこの夏服よ、／上野の山から小松川まで／ぼうぼうとのびた草に／たそがれは深く沁みついている。／板をぶつけたバラックからよろめくのは／配給の塩ほっけを焼く煙りだろうか。〃死んだ方がよかったと／わたしは　思うまい〃からのリュックをべんちに下ろせば／身体をふきぬけるのは晩春の風だ。／潮騒のように響いてくる／闇市のどよめきだ。／むかしながらの西郷さんよ／その足もとの砂利の上に／新聞紙も敷かずに寝転ぶ子らの／見ている夢は何だろうか。〃死んだ方がよかったと／わたしは　思うまい〃真正直に吶喊《とっかん》して、疲れて、飢えて／ぼろのように死んで行った友らよ。／あすこでレールがきしんでいるのは／家に帰る人をのせた電車だ。／ああ、夕闇がせまると／ネオンを点けたのはどの辺だったか。／あれから、日がたち、月がたち、／はるかな道を赤道のむこうまで行って／わたしはようやく帰って来た、／たそがれと煉瓦のちらばっている街に。//死んだ方がよかったと/わたしは　思うまい。（「上野の山で」『定本　ガダルカナル戦詩集』）

吾子よ
汝れこそ証し
この世の中に生まれ来るもの
悲しみばかりにあらざるを

（「吾子」『未刊詩集　砂漠への招待』）

葬式には笛を吹こう/黄色い音《ね》のする竹笛を。//笛を吹くわたしの葬列は/乾季のビルマの街をゆくのだ。/葉煙草《セリイ》の安っぽいにおいと/青いマンゴーの倦怠をこめて/笛の音はまがってゆくのだ——/思いがけない小路から小路を。//わたしの笛は曲るのだ。/乾上った川辺の/腹を見せた舟のあたりで、/ニッパ椰子のよろめいて/やっと立ち上っているあたりで。//埋葬の砂の下から/人人は聞くであろう、/尚ほそぼそと続いている/曲ったわたしの笛の音を。

（「葬笛」『未刊詩集　砂漠への招待』）

吉田嘉七の処し方は、およそ思想とは無縁のものに見える。これらの作品のおかれる場所は、「荒地」をはじめ、戦後詩のどこにも見出すことができないからだ。鮎川信夫や、田村隆一のようにモダニズムの洗礼を受けていない吉田には、詩の形式性が洗練された不安と表裏のものであることを感知することができなかった。同じ帰還者である石原吉郎のように、おのれの詩と思想を、原罪の深みから屹立させるということもなしえなかった。

吉田嘉七がおこなったのは、遺言執行人になることでも、垂直的人間になることでもなかった。さらには、いかなる告発も拒否した単独者となっていくことでもなく、存在と生の溜りのような場所にみずからの言葉を置き去りにすることだった。内心の深みから噴出してくる攻撃衝動《タナトス》を、わずかなりとも薄めることができるならば、ありうるかもしれない死をひとまず延期させることができるかもしれない。そのようにして、この社会のさまざまな対者とのあいだで、微量の不幸を交し合い、微量の幸福を分け合っていくこと。それこそが、吉田嘉七の夢だったのではないか。

ナチス・ドイツに追われてロンドンに亡命するフロイトが、人間の未来を予言するかのように、刻々の死の衝動《タナトス》をはらんだ生の衝動《エロス》について語ったとき、このような普通の人間の生き方が、はるかな下界のあたりに浮遊していることを、視野におさめていなかったであろうか。最後の著書ともいうべき『終わりある分析と終わりなき分析』において、「愛」と「憎悪」についてのエンペドクレスの学説を援用しながら、死の衝動《タナトス》に深くとらえられた人間が、自己回復を遂げるには、何が求められるのかを問うフロイトにとって、生の衝動《エロス》こそが、日々の営みと見分けのつかないまでになったそれを、さらに普遍の領域へと解き放っていく当のものだった。

『定本　ガダルカナル戦詩集』の覚書に「これは詩というべきでなく、詩の化石といった方がふさわしいかもしれない。丘が崩され、家が並び、平和な毎日の生活が営まれているその地下に、忘れられ眠り続けている戦争の化石である。ここが昔は海であったしるしに掘り出された一つの貝殻である」と書き記した吉田嘉七にとってもまた、このような生の衝動《エロス》こそが、化石に意味をあたえるゆいいつのものであった。

第六章　二十一世紀の戦争

瀬尾育生と稲川方人

二極均衡型の世界覇権

二十世紀に人類が経験した二つの戦争。この戦争が、二十一世紀の現在、あらたなかたちをとって現れてきた。このような見通しのもと、考察を進めてきたのだが、最後に、二十世紀の半ばも過ぎた一九六〇年代のベトナム戦争と二十世紀の終わりに当たる九〇年の湾岸戦争にふれることから、二十一世紀の戦争を展望してみたい。

一九四五年における大戦の終結の日は、ポツダム宣言を受託した八月十四日になるのか、降伏文書に調印した九月二日になるのか、それとも終戦の詔勅が下された八月十五日になるのか。この種の議論が、何度もなされてきた。しかし、二十世紀の戦争にとって欠かすことができないのは、八月九日のソ連による満州侵攻ではないだろうか。八月六日の広島原爆投下、九日の長崎原爆投下が大戦の終結を促したと同時に、同じ九日のソ連侵攻がこの戦争の性格を決定したといえるからだ。

それを一言でいうならば、民族の統合と国民・人民の連合をイデオロギーとする国家が、帝国主義的な侵略を進める国家を打ち破り、強大な力の均衡をつくりあげていく戦争だったということになる。

この戦争の戦後処理が、四五年二月におけるヤルタ会談、ナチス・ドイツ降伏後の七月におけるポツダム会談でおこなわれたことは周知のところだ。主導権を握ってきたのが、アメリカのルーズベルト、トゥルーマン両大統領であり、ソ連のスターリン最高会議議長であったことも知られている。ポツダム会談のさなかに原爆実験の成功を伝えられたトゥルーマンが、スターリンの力を借りずとも日本降伏を成し遂げうると判断したのに対して、スターリンは、原爆投下と軌を一にして満州侵攻をおこなったということも。

このような二十世紀の戦争の性格は、戦後の冷戦体制において明らかになっていくのだが、では、アメリカ、ソ連によって侵略国家として指弾されたわが国にとって二十世紀の戦争とは何だったのか。一九〇四年の日露戦争と一九一四年の第一次世界大戦への参戦、そして一九三一年の満州事変から始まる十五年戦争、それらを通してわが国がおこなってきたのは、欧米諸国によるアジア支配を打ち破り、これに対抗するようにアジア民族の統合と連合をイデオロギー的に打ち立てていくことだった。

このことを最も理念的に述べたのが、関東軍参謀石原莞爾による『最終戦争論』である。石原は、一九四〇年に出版されたこの著書において、世界最終戦争というイデーを提起する。根幹は、すでに一九二九年の講話によって明らかにされていたのだが、そこで述べられているのは、今次の世界大戦が最終段階にいたったとき、太平洋をはさんだ地域において最後の最終の戦争が起こるということである。この戦争は、世界に統一をもたらすためには不可避のものであり、勝利をおさめた側による統治こそが、戦争のない世界と永遠の平和を実現する。

では、この戦争はどことどこによって戦われるものであるのか。石原によれば、東アジア諸民族を統合した東亜連盟と北アメリカ諸州の統合からなる合衆国との間で、である。

だが、最終戦争が起こるためには、天皇を盟主とする東亜諸民族の協和が、実効あるものとして成立していなければならない。同時に、アメリカ合衆国が西欧諸国の覇権を握ることによって、ヨーロッパ近代の理念を現実のものとしていなければならない。この戦争は、持久戦争とは異なる決戦戦争であり、敵を殲滅することだけが勝利に導く。そのための兵器は航空機によるものでなければならない。世界を無着陸で周回できる航空機に搭載された破壊兵器こそが、決戦戦争を可能にし、敵国の首都や主要都市を徹底的に破壊する。アメリカ合衆国が、この兵器を開発したならば、大阪、東京、北京、上海など東アジアの都市という都市が廃墟となるにちがいない。決戦戦争は、かくまで究極のものであって、総動員とか総力戦とかいっているうちは、いまだしといわねばならない。

これが石原莞爾の世界最終戦争論の骨子である。

一般的には石原は、このような究極の戦争を予測することで、満州事変以後の関東軍による満州建国、五族協和体制を確固としたものとして打ち立てることを意図したとされる。だが、石原の思惑とは異なって、天皇を盟主とする東亜連盟も、五族協和による王道楽土も現実化することはなかった。それには、日中戦争の拡大と国共合作による中国側の抵抗、さらには、それらを覆い隠すようにして大東亜共栄圏構想と八紘一宇のスローガンを掲げるわが国の国家総動員体制があずかっていた。

石原の最終戦争理念は、漢民族を排除することのない、日本、満州、朝鮮、蒙古各民族の協和と自立、そこから導かれる強力な連合共同体が、西欧近代を統合した北米共同連合に打ち克つというものであった。これは、同時に東アジアのエートスを統合した連合共同体にして、なお、西欧近代が実現した諸力には殲滅される可能性があるという予測でもあった。

石原の予測の幾分かは的中した。強大な軍事力と物量に勝るアメリカは、西欧近代のエートスから鍛え上げたリベラリズムの理念のもと、ドイツのファッシズム、日本の超国家主義体制を打ち破ることに成功したからである。石原のいう、航空機搭載の破壊兵器による都市殲滅という戦略は、広島、長崎における原爆投下として実現された。世界最終戦争は、八月九日の時点において終結したということになる。

石原の予測通り、最終戦争に勝利をおさめた米国は、世界の覇権を握ることによって、恒常的な平和体制を築き上げるかにみえた。だが、八月九日、満州侵攻を遂げたソ連は、リベラリズムによる世界統治に対して、もうひとつの世界統治を示したのである。コミュニズムによる世界統治理念がそれなのだが、最終戦争を、西欧近代のエートスを最も良く体現する連合国家と東アジア的なエートスを体現する連合共同体との決戦とみなした石原は、コミュニズムこそが諸民族をイデオロギーによって統合する国際的な連合組織であることを見落としていた。

そこには、盧溝橋事件をきっかけに国共合作を推し進め、抗日戦線を強化した国民党政府の現実的な戦略を見誤った石原の理念もかかわっていた。東アジアの諸民族は、それぞれの自立とゆるやかな連合によって、西欧近代に対抗しうるものを生み出すことができるという考えは、中国の現実を無視した夢物語にすぎない面があった。大東亜共栄圏構想を打ち立てるわが国の脅威を、国民党支援によって少しでもそごうとする米国の動きは予測できても、コミンテルンの支援による中国共産党が、国民党とともに抗日戦線を推し進めることになるとは予想だにしなかった。その結果、ソ連による満州侵攻と中国共産党による満州制圧が、世界最終戦争の二極化をあらわにしたことは知るよしもなかった。

石原莞爾の予測とは異なって、最終戦争は、自由主義国家と共産主義国家との力の均衡という体制をうみだしたのである。世界の覇権は一極に集中するのではなく、二極に別れ、その均衡によって平和体制が築かれるというものであった。だが、一極集中型と二極均衡型のそれでは、平和理念に根本的な相違が現れる。前者は、まさに最終戦争の結果もたらされたものであり、そこには戦争の不可能性が刻み込まれる。これに対して、後者は、絶えざる局地戦争の可能性をはらんだ平和体制であって、戦争の絶対的な不可能性は、無限延期となるのだ。

ベトナム戦争と湾岸戦争

二十一世紀の戦争を展望するに当たって、二十世紀の戦争が最終的に何をもたらしたかを問うこと。このように問題を設定してみると、戦争の不可能性の無限延期という問題が、あらためて浮上してくる。これを象徴するのが、米ソ冷戦体制下最大の戦争というべきベトナム戦争（六〇年‐七五年）と、ベルリンの壁崩壊後最初に起こった戦争としての湾岸戦争（九〇年八月‐九一年一月）である。一方は、均衡する二つの力による局地的な代理戦争として。他方は、均衡の破綻を知らしめるように現れた新しい力への攻撃として。

このようなことを考えたのは、瀬尾育生『アンユナイテッド・ネイションズ』と稲川方人『聖‐歌章』を読み解くうえで、この二つの戦争についての考察を欠かすことはできないと考えたからだ。前者が、湾岸戦争論争を契機に、多国籍なるものの意味の深みから書き起こされたものであり、後者が、ベトナム戦争がもたらした闇の奥から発語されたといっていい面をもっていることを考え合わせるならば、このことに大きな狂いはない。むしろ、これらが二十一世紀に当たる二〇〇五年、二〇〇七年の刊行になっているため、二十世紀の戦争の意味を踏まえないまま受け取られていくことの危険性にふれておくべきなのだ。

端的にいって、瀬尾のいうユナイテッド・ネーションズには、国際連合や多国籍軍にかぎることのできない民族の連合という意味が示唆されているのであり、稲川が、塹壕の死や物象の崩壊について語るとき、日露戦争における旅順攻略、第一次世界大戦における西部戦線が想起されるのである。湾岸戦争以後とは、二十世紀の戦争が最終的に何をもたらしたかという問いを欠かしては語れないものなのである。

そこで、あらためて世界最終戦争に視点をおいてみよう。石原莞爾の構想の功罪についていえば、罪を象徴するのが、米ソ冷戦下におけるいくつかの局地戦争、その最大の産物としてのベトナム戦争である。功はというならば、五族協和、王道楽土という理念にあらわされる永久平和への嘱望。それは、東アジアにかぎることのできない民族の連合体において実現する。湾岸戦争からイラク戦争に投影されているのは、この連合体の困難という問題なのである。

それは、たとえば十八世紀に永久平和の理念を提唱したカントの構想にもみとめられるものだ。フランス革命にともなう戦争の拡大をめぐって、常備軍の撤廃他六項目の平和への条項を掲げたカントは、世界共和国の建設のために諸国家間の連合を提示する。第一次世界大戦後、アメリカ大統領ウィルソンの提唱によって設立された国際連盟《リーグ・オブ・ネーションズ》が、これによるものであることは周知のところだ。だが、民族自決主義を掲げるウィルソンにとって国際連盟《リーグ・オブ・ネーションズ》とは、諸国家間の連合体であると同時に、民族の連合体《ユナイテッド・ネーションズ》でもあった。

しかし、カントの哲学理念によっても、ウィルソンの政治理念によっても、このような連合体は、実効あるものとして成立することはなかった。そのことを考えるならば、民族連合体の困難という問題は、数世紀来の懸案ということさえできる。そこには、米国による原爆投下とソ連による満州侵攻がもたらした二極均衡による世界制覇のあり方では、決して解かれえないものが込められているということさえできる。

実際、四五年八月九日による侵攻とその後の満州占領は、ソ連による日本人六十五万人のシベリア抑留という結果を招いたのだが、記憶しておかなければならないのは、中国国民党に返還された満州地域が、四八年、毛沢東の指導による人民解放軍によって制圧され、後、中華人民共和国建国の礎となったということである。この間三年、ソ連は中国の共産主義政権樹立に向けて援助を惜しまなかった。自由主義による覇権に対抗するためには、共産主義圏域を拡大していくことが当為とされたのである。その結果が、五〇年の朝鮮戦争をはさんで、六〇年代のベトナム戦争である。

世界の二つの覇権が均衡状態を保ちながら、なおかつ対立し続け、ときに代理的に戦火を交える、このことの不全を最も良くあらわしたのが、泥沼化するベトナムにほかならない。『聖 - 歌章』の、次の一節にこの状況を読み取ることは、あながちうがちすぎとはいえないであろう。

深く遠近を描く森林の泥土を視野として、／戦争は静かな真昼のうちにいくつもの火を焚いている／樹皮に、この年の防備なき日々と／その祈念の物語を短く彫る女の声が嗚咽となるまで、／手から奪われたナイフは汚された名誉のために光る／明らかに人数に足りない果肉はその刃で切り分けたが、／果して誰が飢えを凌いだかは述懐の限りではなく／生き繋げる権利を人間のものとするには、／ただあらわな生命だけが人への愛となるばかりで／誰も誹謗の言葉を声にはしない／いまは（流星の夜が子供らの夢に出る安寧のいまは）／粗い衣服に擦れる若い肌を自責として、／数刻後の出立を待っ

ている

映像作家でもある稲川の真骨頂をあらわした作品ともいうべきこの一節に、『地獄の黙示録』をはじめ、ベトナム戦争を題材とした映像が投影されていることはまちがいない。稲川をはじめとする戦後第一世代にとって、六〇年代のベトナム戦争は、不思議な後ろめたさをともなう闇の戦いだった。一つには、この戦争にわが国は直接的な関わりをもたないということ。さらに、アメリカによる南ベトナムへの攻撃が、何を目的とし、何を標的としているかが理解できないということ。そして、「ベトナムに平和を!市民連合」に象徴される活動が、この戦争の意味を解きえないままに、平和運動として喧伝されていたということ。このことを踏まえるならば、稲川の作品は、四十年の歳月を隔ててはじめて現れた根源的なベトナム戦争詩といっていいものなのである。

そのことを可能にしたのは、二十世紀の戦争を、帝国主義的動因を超えた場所から眺望しようとする稲川の直観である。それは「投機、略奪、煽動、転覆、恐喝、収容そして虐殺／遍在する『世界観学的負荷』」といった詩句に顕著に現れている。これらの詩句によって、稲川は、日露戦争から、第一次世界大戦をへて、日中戦争、太平洋戦争にいたる戦争が、イデオロギー的な覇権と、民族的な覇権との普遍的な闘争状態に由来するものであることを示唆する。それは、広島、長崎への原爆投下によって迎えた第二次世界大戦の終結をもってしても、なお収まることのないものであって、そこにこそ二十世紀の戦争の本質がある。

世界観学的負荷とは何か

一九〇四年に起こった日露戦争が、アジアへの侵攻を進めるロシア帝国と、三国干渉の雪辱を果たそうとする大日本帝国との間で戦われた総力戦であったことは、大方の認知するところだ。この戦争に対して、いちはやく非戦論を唱えたトルストイは、カント的な永久平和理念をよりどころとしていたのではなかった。『戦争と平和』において、十九世紀はじめのナポレオン戦争を描き、『アンナ・カレーニナ』において、一八七〇年代におけるオスマン帝国との戦いを描いたトルストイにとって、問題は、人間のなかに隠された非社交性がどこからやってくるのかということだった。

市民革命以後に浸透してきた自由・平等・友愛の理念が、人々の心の奥に矛盾したエートスを植えつけていったという事実。ナポレオン戦争において、それは戦争の必然を跳ね返す民衆の意志の総和として現れ、ロシア・トルコ戦争においては民族的優位性への欲望として現れたのだが、これを曇りない目でとらえていたトルストイは、二十世紀の戦争が、人間の自由意志をなみするような不平等意識の噴出によって引き起こされることを見抜いていた。

しかもこの意識は、民族的な優位性のみならず、イデオロギー的な優位性への欲望をも目覚めさせ、最終的には世界の覇権を獲得せずばやまないまでにいたる。そのとき、ナポレオン戦争に象徴される十九世紀のそれには、決して起こることのなかった「投機、略奪、煽動、転覆、恐喝、収容そして虐殺」がいたるところでなされる。そう考えたトルストイは、日露戦争を食いとめることに全力を傾けたのである。

そこには、稲川いうところの「遍在する『世界観学的負荷』」をいかに処するかという思念が生動していた。世界最終戦争を唱えた石原莞爾のうちに、このようなトルストイの非戦思想に逆側から通じるものが見出されるといえば言い過ぎになるだろうか。二十世紀にやってくる総力戦とは、決して食い止めることのならないものであって、むしろ、これを最終決戦として遂行してしまうこと、そこにしか永久平和の道はないというのが、石原の理念だったからだ。

だが、残念ながら石原の戦争理念には構想はあっても思想がない。そのため「遍在する『世界観学的負荷』」が、個々の人間のメンタリティーに投影するものを読み取ることができなかった。それが国家の一般利害からも、国民の特殊利害からもこぼれ落ちた民衆の不平等感情、さらにその奥に隠されている嫉妬、怨望、ルサンチマンに火を放つものであることをとらえきれなかった。その結果、世界最終戦争が、一極覇権による戦争の不可能性をもたらすのではなく、二極覇権による力の均衡と局地的な戦争の可能性をもたらすということを予測できなかった。ベトナム戦争の泥沼化が象徴しているのは、このことなのである。

当時、南ベトナム解放民族戦線（ベトコン）に対するアメリカの攻撃が、総力戦の思想そのままに「投機、略奪、煽動、転覆、恐喝、収容そして虐殺」をくり返していることに、誰もが戸惑いと怒りを止めえなかった。そこには強大な国家による容赦ない攻撃にさらされながら、ベトナム民族の解放を求めて戦う独立戦線といった構図が描かれていた。だが、現実のベトナムの状況には、このような構図では解けない問題がいくつもあった。南ベトナム解放民族戦線とは、ベトナム民主共和国（北ベトナム）、中華人民共和国、ソビエト連邦共和国のイデオロギーによって武装し、その援助のもとに活動する集団だったからだ。このことを感知したアメリカは、みずからの威信をかけてこれに攻撃を仕掛けたのである。

そこに浮き彫りになるのは、四五年八月九日における原爆投下と満州侵攻の拡大図にほかならない。稲川いうところの「遍在する『世界観学的負荷』」が、アメリカとソ連双方にはたらいて、覇権闘争のあらたなかたちを招き寄せたのである。

ではいったい、世界観学とはどういうことをいうのか。遍在する負荷とは何なのか。

荷を降ろすためには、相応の義務を果たさなければならないという観念、いうならば、大東亜共栄圏の名のもと超国家主義的体制を築き上げようとするわが国に対して、自由主義イデオロギーによってこれを撃沈することこそ、西欧近代の盟主としての最大の義務であるとする観念。そしてこの義務は、最終的に原爆投下をも辞さない断固たる決意によって遂行されたのである。

長崎への原爆投下の日、満州へと侵攻したソビエト連邦にとって、封建的残滓をかかえたわが国の全体主義体制を崩壊へともたらすことこそ、インターナショナルな革命理念にとって最大の義務だった。そこでもまた、荷を降ろすためには、相応の義務を果たさなければならないという観念が、世界大のかたちをとって遍在していた。

責任を負わされたものは、みずからの義務を是が非でも果たさなければならない。負債は返済されなければならず、贈与は返礼されなければならない。これは一人の人間にとってのことだけではない。共同体から国家にいたるまで、まさに遍在するイデーなのである。

だが、市民革命の理念である自由・平等・友愛には、責任と義務、負債と返済、贈与と返礼といったイデーの入り込む余地はなかった。

自由が放恣と異なるのは、責任をともなうからではなく、平等と友愛への欲望を何ものにも強制されることなく選び取るからだ。平等が同一と異なるのは、負い目を意識するからではなく、友愛と自由な意志によって不平等を克服しようとするからである。そして、友愛が同情と異なるのは、与えることを義務とするからではなく、平等な立場で愛と苦しみを分かち合うところに自由をみとめるからだ。

だが、近代の国民国家《ネーション・ステート》は、市民革命を通して獲得したこの理念を、変成させることで成立したものだった。国家は国民の責任と義務によって統治されるというとき、そこには、負債を返済し、贈与に対して返礼せずにはいられないメンタリティーがいつのまにか忍び込んでいた。それは、国民国家がネーション・ステートであることの根本にかかわる問題ということができる。

ベネディクト・アンダーソンによれば、国民とは、抽象的人格ではなく、言語・宗教・文化を同じくするものとして、国家を構成する主体的人格にほかならない。同一言語、同一文化を享受し、宗教的にもたがいに違和感をもつことがない、そのようなあり方において、国民意識はめばえるのである。アンダーソンは、このようにして成立する国家を、想像の共同体と名づけたのだが、これは、活版印刷の普及と大量の出版物によって言語・文化の均質性と同一性が根拠づけられるようになったとき、現実化した。それらを通してたがいに同一言語、同一文化に浴していることをイメージできるようになったとき、国民国家は成立したのである。

このような指摘がリアリティをもつのは、アンダーソンの言うように、想像の共同体が、近代の出版資本主義《プリント・キャピタリズム》と同期のものであるということにおいてだけではない。また、過去・現在・未来と、均質に流れる時間のなかでこれがイメージされるということにおいてだけでもない。むしろ、いうところの想像の共同性には、間主観性とか共同主観性といった現象学によるタームで引き取りうる点があるということにおいてだ。ここからすれば、そういった意識の経験を通して鍛えられた共同性が、国民国家を下支えするということになる。そこには、民族の共同経験といったものもかかわってくる。いわば、自立した民族の間主観的な共同体こそが、国民国家になっていく、といったぐあいに。

だが、アンダーソンのいう想像の共同体には、そのようにして現れたネーション・ステートが、なぜ覇権をもとめて闘争する共同体になっていったかという問いへの答えがない。

問題は、自立した民族の共同体としての国民国家が、民族《ネーション》にまつわる負荷も抱え込んでしまうという点にある。より多く負債を返済し、贈与に対して過剰なまでの返礼をおこなったものが、優位に立つという観念。少なくとも、民族《ネーション》とは、旧約聖書の時代から他との優位獲得のための闘争をおこなうもののの謂いだった。したがって、ネーション・ステートは民族的な自立を遂げれば遂げるほど、覇権をもとめて闘争する共同体の側面をあらわにするのである。

これを乗り越えるべく現れたのが、第一次世界大戦後、合衆国大統領ウィルソンによって提唱された民族自決主義とその理念のもとに実現した国際連盟《リーグ・オブ・ネーション》だった。そして、当のアメリカが、デモクラシーによる多民族の統合を成し遂げたとき、もはやネーションの痕跡は消し去られたかにみえた。市民革命の理念を掲げたユナイテッド・ステーツは、ネーション・ステートを克服したものであるかにみえたのである。

実際、第二次世界大戦に参戦した西欧諸国のなかで、米国ほど徹底的に全体主義との戦いを推し進めた国はなかった。ところが、アジア諸民族による連合と大東亜共栄圏の構想を掲げるわが国に対したとき、アメリカは、ユナイテッド・ステーツであるよりも、ネーション・ステートであることによりおおくアイデンティティーを見出していった。そのことによって、太平洋戦争は、ネーションにまつわる優位獲得闘争へと変質していったのである。

戦後におけるアメリカの覇権が、自由主義イデオロギーによる優位獲得闘争として現れたのは、このためだったといえる。

これはソビエト連邦にもいえることなので、コミュニズムによる多民族の連合を進めているかにみえたソ連が、どんなにインターナショナリズムを標榜しようが、ネーション・ステートを乗り越えることができないかぎり、世界覇権への道から免れえない。戦後におけるソ連のおこなったのは、いかなる場合においても、アメリカとの優位獲得闘争を怠らないということだった。中華人民共和国、朝鮮民主主義共和国、ベトナム民主共和国といったアジアの社会主義国家を巻き込んで、この闘争は、進められたのである。南ベトナム解放民族戦線とは、このようなエートスを負って、米国と戦ったものにほかならない。

ユナイテッド・ネイションズの陥没地帯

湾岸戦争論争を契機に書き起こされた瀬尾育生の『アンユナイテッド・ネイションズ』には、九一年以後において世界のトピックとなった戦争の実態が、独特の詩的言語によって語り出される。ユーゴスラビア紛争におけるセルビア人による大量虐殺とルワンダ紛争におけるフツ種族による大量虐殺である。それは、国際連合によって採択されたジェノサイドに当たる事例でもあるのだが、瀬尾の視点は、この二つの虐殺について、国連が実効ある解決策を講ずることができなかったところに問題を見出すというものだ。セルビア人勢力に対するNATO軍による空爆、ソマリア内戦の苦い経験からルワンダ紛争への介入が遅れた国連のあり方、それらが二つのジェノサイドの引き金となったといわれている。これを『アンユナイテッド・ネイションズ』は、以下のような言葉においてあらわにする。

あかるみに出されている複数のものの秩序を、隠されたまま動く不変の「力」から守るためには、目に見える国際法廷、目に見える国際警察が必要だ。その行動が実効あるものとなるために、それらは成文法を持ち、指揮系統を持たなければならない。だが国際司法裁判所がすでに存在するとはいえ、常設の国連軍は存在せず、国際刑事裁判所も旧ユーゴ、ルワンダについてそのつど「臨時に」設置されたにとどまっている。なぜそういうことになるのか。ここにあるのはひとつの大きなパラドックス――もしそれらのものがほんとうに常設のものとして、実効あるものとして、存在するとしたら、それこそが他の何にもまして、「国際」の論理を否定するものになる、というパラドックス――である。

詩的論理ともいうべきこの一節において、瀬尾は、国際連合の存立に対して根底から疑いをさしはさんでいるかにみえる。だが、ユナイテッド・ネーションズに対する瀬尾の思いには、容喙することのできないものがあることも事実なので、それは次のような一節に現れている。いわく「『国際』とは、主権をもった国家権力が複数存在するということである。このことがなりたつための条件は、それぞれの国家が、自らの意志と行動を明示し、互いに対して『可視的』であること、複数の権力が明るみに出されて、それらが相互に相容れないとき、つねに対立に向かって開かれている、ということである」。そして、このような複数性を守るためには、国際法廷、国際警察が必要であり、にもかかわらず、九四年のルワンダにおける虐殺、九五年のボスニアにおける虐殺は、それが実効あるものとしてはたらかなかったことに由来する。

では、いったい「国際」の論理とはいかにして成り立つのか。だが答えはない。この問いには、答えがないということに行き当たったとき、「この詩に『ネイションズ』という題名をつけようと」思ったというのである。
これをたとえば、『戦争詩論』におけるウルトラナショナリズムについての分析――民族や国民の基底をなすはずのネーションが、超越的なるもの、全体的なるものの根拠としてはたらくという分析に照らし合わせてみるならば、どうか。「国際」の論理が成り立つためには、国際法廷、国際警察が常設のものとして設置されるよりも、ネーションをウルトラ化させないような連合体、いわばユナイテッド・ネーションズの理念が鍛えあげられなければならないということになる。
それがどのようにして可能かということについて、『アンユナイテッド・ネイションズ』は、一九四八年十二月九日第三回国連総会で採択された「集団的殺害罪の防止及び処罰に関する条約」に記載された「ジェノサイド」についての定義を掲げる。すなわち「特定の国民的、人種的、民族的、宗教的集団の全部または一部を破壊する意図を持って、a集団構成員を殺害し、b重大な危害を加え、c肉体的破壊をもたらすような生活条件を課し、d集団内の出生防止措置をほどこし、e集団の児童を他の集団へ強制的に移すこと」である。以下、これについての、瀬尾のコメントである。

この罪が扱うのはその集団の現実の殲滅ではなく、その殲滅を意図した行為である。つまり「××人(××教徒)は地上に存在すべきでない。彼は××人(××教徒)だ。だから彼を殺してよい」という原理によって行なわれる殺害は、その被害者が数百万人であろうと数千人であろうとあるいは数十人であろうと「ジェノサイド」であると見なされる。

ここにあるのは、民族《ネーション》というものが、宗教抗争の名を借りながら、他との優位獲得のための闘争をおこなってきたことを剔抉する透徹した論理だ。実際、ルワンダにおいても、旧ユーゴにおいても、そのようにして優位獲得闘争がおこなわれ、ツチ種族とフツ種族が、セルビア人とクロアチア人とボスニア人が血で血を洗う抗争をくり返したのである。まさに、民族浄化というほかない事態が発生したのだ。しかも、瀬尾の論理の通りに民族の浄化は、自民族の宗教を唯一とするところに現れるといってよく、ギリシア正教とローマ・カトリックとイスラム教とが三つ巴となって宗教抗争をおこなった。

ボスニア・ヘルツェゴビナ紛争にかぎっていうならば、九一年六月に起こり、九五年八月に終結したこの戦争が、それらの複雑な絡み合いによるものであったということは、おおかたのみとめるところである。そして、これが同じ九一年、国連決議にもとづく多国籍軍の攻撃によって終結させられた湾岸戦争の系譜を引く戦争であったということ。『アンユナイテッド・ネイションズ』が、湾岸戦争論争をモチーフとしているとするならば、このことについての洞察が作品のいたるところに埋め込まれているからなのである。

たとえば、瀬尾は、クウェートへの侵攻をおこなったイラクに対する多国籍軍の攻撃が、国連決議によるものであるという点に、二〇〇三年のイラク戦争との根本的な相違をみとめる。このような見解が、湾岸戦争当時の『「文学者」の討論集会』声明に象徴される平和論への批判にもとづいていることは明らかだ。瀬尾が直接批判した「鳩よ!」における反戦詩や反戦のメッセージというのも、憲法第九条をよりどころに、いかなる戦争への加担もおこなわないとする『「文学者」の討論集会』声明に代表させることができるからだ。

だが、現在から顧みたとき、集約できるのは次の論点だけである。湾岸戦争が、イスラム教とアラブ民族といった問題を背景にしなければ起こりえないものであり、後のユーゴスラビア紛争やルワンダ紛争に先鋭化して現れる民族抗争と宗教抗争の複雑な絡み合いを象徴するような戦争であったということ。もしそうであるとするならば、民族《ネーション》の連合体としての国際連合《ユナイテッド・ネーションズ》が、まず問題として取りあげられなければならない。これが、後になって、瀬尾のなかにはぐくまれていくモチーフだったといえる。

　これに対して件の声明の起草者である柄谷行人だけが、この戦争を、民族《ネーション》というカテゴリーにおいてとらえていた。湾岸戦争をアメリカに代表される自由主義世界と、アラブの大義をかかげるイラクとの戦いとみるならば、そこにはナショナリズムの問題がかかわっていると述べることで（「『湾岸』戦時下の文学者」「文學界」九二年四月号）、反戦倫理や厭戦気分の蔓延に対して、明確な批判と警鐘を鳴らしていたからである。柄谷は、みずから提唱するネーションの問題が国際連合《ユナイテッド・ネーションズ》の問題と根底においてかかわることを、当時において明瞭に感知していた。このことは、後になってあとづけられたカント的な世界共和国の理念が、国際連盟《リーグ・オブ・ネーションズ》と国際連合《ユナイテッド・ネーションズ》の脱構築というかたちで提示されている点からも明らかである。

　柄谷のこのような理念形成が、『全体主義の起源』におけるアレントの国民国家批判から抽出されたものであることはまちがいない。このことを考えるならば、同様の理念形成を、異なった思考経路を通っておこなっていた瀬尾の斬新性が、あらためて浮き彫りになるだろう。国連決議や多国籍軍の攻撃の正当性を言挙げしたことにおいてではなく、そのことの問題性を提起することで、一方にユナイテッド・ネーションズの陥没地帯ともいうべきものを示唆したことにおいて。それはたとえば、次のような一節に現れている。

　集結して長い時間がたっていた。すでに深夜を回っていた。そのとき私たちはいつもと違う緑色の布で貌を覆っていた。遠くから見ているマデロの兵たちに正体を見誤らせる必要があったからだ。命令が小さな声でやってきた。ふたたび集結したとき私たちは百数十人であった。足音を立てずにその建築の背後に到着するとすでに脇の扉は先遣された者たちによって破壊されていた。私たちは古い階段室に踏み込み朽ちた机や家具の隙間を三階まで伝い登った。前方がわずかに匂いうっすらと煙が流れる。誰かが火をつけたにちがいなかった。煙をついて三階の踊り場から廊下へ侵入すると部屋部屋の床から火の手が上がっていた。私たちはさらに油を撒き散らしながら敵を西の出口へ追い詰めていった。彼らは床を這う炎の中で黒い影となって右左へ移動していた。立ちこめる煙の中で姿勢を低くし階段の手すりの粗い漆喰を砕いた破片を前方の炎の中へ投げ込みながら私たちは数人単位で前進した。炎の向こうに西の出口へ向かって走るいくつかの人影が認められた。中央の階段室まで来たところでそれ以上の侵入が危険になった。私たち自身が煙と炎の中で道を失う可能性があったからだ。すでに深夜を二三時間過ぎていると思われた。

（「正午（異稿）」）

一九一一年にはじまったメキシコ革命戦争を題材としたこの作品において、瀬尾は、革命軍の深部に潜行しつつ、このようなゲリラ部隊の攻撃が、たとえば、ベトナム戦争における解放民族戦線（ベトコン）のそれにも通じていることを示唆する。ここにおいて、湾岸戦争からはじまった瀬尾のモチーフは、ベトナム戦争まで一挙に遡行する。ユナイテッド・ネーションズが、米ソの冷戦体制の下でうごめく諸民族の抗争状態をいかに乗り越えるかという問題をたえずはらんでいたということが示唆されていくのである。

想像の共同体としての国民国家《ネーション・ステート》の再構築

ベネディクト・アンダーソンは『想像の共同体』の序において、「いまひそかにマルクス主義とマルクス主義運動の歴史に根底的変容が起こりつつある。その最も明らかな兆候は、ヴェトナム、カンボジア、中国のあいだの最近の戦争である」と述べて、一九七〇年代の終わりに起こったベトナムのカンボジア侵攻、中国のベトナム攻撃（中越戦争）について言及している。この二つの戦争が、すぐれた東南アジア研究家であるアンダーソンをして、国民《ネーション》の成立と国民国家《ネーション・ステート》の形成の考察に向かわせた契機であったということ。では、何が問題であったのか。

十五年にわたるアメリカとの戦いをへて成立したベトナム社会主義共和国による、カンボジアのポル・ポト派政権クメール・ルージュへの侵攻と、これを援助する中華人民共和国によるベトナム攻撃といった構図には、ソ連型社会主義とインターナショナリズムによっては解くことのできないものが込められている。そう考えたうえで、アンダーソンは次のようにいう。「現実はきわめて明白である。かくも長きにわたって予言されてきたあの『ナショナリズムの時代の終焉』は地平の彼方にすら現れてはいない。実際、国民《ネーションネス》を構成するということは、我々の時代の政治生活におけるもっとも普遍的で正統的な価値となっている」と。

だが、アンダーソンの予測はそれから三十年経った現在も、なんら変わっていない。私たちの時代の最も普遍的で正統的な価値である想像の共同体としての国民国家は、ネーションそのもののはらむ二重性によってたえず危機にさらされている。そしてこの二重性の底を抜くならば、時代錯誤とでもいうほかはない急進主義が顔をのぞかせるのである。それは、たとえば、これらの紛争の引き金となったポル・ポト派による大量虐殺であり、その前哨ともいうべき毛沢東主義による大躍進政策と文化大革命である。そしてこれらの急進主義が、アジア的共同体に特有の近代化忌避と農本主義思想に根ざしていることを考えると、かつて、アジアの命運をかけて掲げられた大東亜共栄圏構想とは何だったのかを顧ずにいられない。それほどまでに、民族主義《ナショナリズム》の根は深い。

一般的には、ベトナムのカンボジア侵攻は、ポル・ポト派による大量虐殺の結果生じた大量難民の処置をめぐってなされたとされている。もし、これが真実であるとするならば、ここでもまた、稲川方人のいう「投機、略奪、煽動、転覆、恐喝、収容そして虐殺／遍在する『世界観学的負荷』」がはたらいているといわなければならない。大東亜共栄圏を掲げた日本の侵攻に対して、国民党と共同戦線を張って戦った中国共産党が、後になって、まったく同じように「投機、略奪、煽動、転覆、恐喝、収容そして虐殺」をおこなうという構図。そこに稲川は、遍在する「世界観学的負荷」を読み取るのだが、このことについて、瀬尾のように詩的論理によるあとづけを一切おこなわない。そのことで、むしろ稲川の詩句は、言葉によるラディカリズムを最大限に発揮するのである。

主権者のいない草原を　背後のない人間の足は急ぎ　人間は「陽溜りに眠っている猫の名は？」と問うていた　「ピロです、歴史的に」とまた人間が答える　生きるものの価値よ　私の根源は振り子のように規則的だった　乳液のような国境　救い主の家は銃弾を浴びている　難民の町はどこか？　罵声が飛び交う港でも私は静かな家を思って耐えた　生きるものの価値よ　汚染された「詩の声」が聞こえてくる

晴れた日の地に／戦争は止み難し／私の世代は何をも淘汰せず／愛を鞭打った／私の世代は何をも治癒せず／生を綴じた

内省の星座を南に見て　大雑把の枯れ木を負った難民が来た　私は物干し台に当たる西陽を猫の背の恵みと思う　こんな日には著しい死者が尾根を下っているだろう　雪崩の下の友たちを探しに旅立った過去はいかにも不法だと宣告された

多民族の町の貨物の駅で誰が帽子を濡らしていたのか　私の身体は久しく水を吐いていたものだ　川岸に生まれた鶺鴒の雛が老女のように歩いている

どうしてかこんな場所に死んでいる多数の人びとよ／こんな場所に私は生きている

物語を恥じれば　ここから幾百の人の泳ぐ湖も見える　川は流れたのかといまも僧侶は橋の上で尋ねている　水をくれまいか倒れた犬に　その犬ほどの来歴を惜しまぬように水を汲んではくれまいか
どうしてかこんな場所に死んでいる多数の人びとよ

「主権者のいない草原」、「乳液のような国境」、「銃弾を浴びた救い主の家」、「難民の町」、「罵声が飛び交う港」、「枯れ木を負った難民」、「尾根を下っていく死者」、「多民族の町の貨物の駅」。これらの詩句をそのまま、瀬尾育生の「正午（異稿）」につないでいくならば、二十世紀初頭におけるメキシコ革命の武装蜂起が、一九七〇年代の、ベトナム、カンボジア、中国による局地戦争へと直結することが分かる。

　マデロの革命といわれるそれは、土地改革を求める急進的な農民層の支持をえておこなわれたものの、結局は農村共同体的な理念を持たなかったために、反革命勢力によって倒されたとされる。とするならば、ここには、二十世紀の民族抗争・宗教抗争のラテン・アメリカ的、アジア的形態が描かれているともいえる。文化大革命を遂げた毛沢東思想の農本主義的理念が、カンボジアのポル・ポト派も巻き込んで、大量の難民と、難民を組織した民族戦線による攻勢と紛争を生み出したという経緯に照らしても、このことはまちがいない。

　国際連合によって採択された「難民の地位に関する条約」によれば、これらの難民は、「人種・宗教・国籍・政治的信条などが原因で、自国の政府から迫害を受ける恐れがあるために国外に逃れた者」とされる。二十世紀の戦争は、ナチスの迫害を逃れて国外に脱出した多数のユダヤ人に象徴されるように、未曾有の難民を生み出すことになった。このことは、一九四五年八月九日における大戦の終結後もまったく変わらなかった。米ソ冷戦体制における最大の局地戦争であるベトナム戦争が、この難民問題に火をつけ、さらには湾岸戦争以後のボスニア戦争、ルワンダ戦争においてさらに加速された。

　二十一世紀になっても、アメリカによるアフガニスタン侵攻、アフリカ各地の内戦による大量の難民は後を絶たない。そこに映し出されているのは、人種・宗教・国籍・政治的信条などを原因とする紛争が、いまなお絶えることがないという事実である。『聖‐歌章』の言葉は、そのことを告げている。

　ベネディクト・アンダーソンが「『ナショナリズムの時代の終焉』は地平の彼方にすら現れてはいない」と述べて、想像の共同体としての国民国家《ネーション・ステート》の再構築をくわだててから四半世紀以上の時間が流れた。とするならば、〇年代の終わりである現在、均質な時間と同一の言語・文化を共有する国民《ネーション》の共同体は、どのようなかたちをとって現れているのであろうか。そして、それらの複数性を容れてかたちづくられる、ネーション・ステートの連合体としてのユナイテッド・ネーションズは？　だが、それがなおかつ、稲川のいう「遍在する『世界観学的負荷』」によって壊滅の危機にさらされていないとは誰もいえないのである。

第七章　贈与と蕩尽　二〇〇八年展望

民族《ネーション》の引き起こす闘争状態

二〇〇八年とは、どういう年だったのか。この問いは、二十一世紀の最初の十年とはどういう年代になるのかという問いと切り離すことができません。

失われた九〇年代などという言葉がありますが、わが国の経済についていわれるこの指標は、世界にまで拡大することができます。九一年の湾岸戦争から〇一年の同時多発テロへ、失われたものに回復の兆しなく、喪失の度合いは、さらに進んだといっていいでしょう。それを象徴的にあらわしているのは、二〇〇三年イラク戦争を機に、世界全体にひろがった停滞状況です。

二〇〇八年に、それは、サブプライムローンの破綻をきっかけに起こった世界的な金融危機に現れます。日本におけるバブル経済の崩壊が、九一年に起こっていることを考慮に入れれば、経済的な停滞と政治の停滞とは、この二十年、世界を覆っていたということになります。

このような動きの予兆になる事件が、八九年に起こっています。ベルリンの壁崩壊と、日本でいえば、昭和天皇の崩御です。この二項から、昭和天皇というのを、世界の問題として読み解く鍵が得られます。昭和天皇とは、冷戦時代の象徴といえます。例のマッカーサーとの会見から、東京裁判での免責まで、戦後日本の象徴であっただけではなく、米ソ冷戦という戦後体制を維持すべく、極東の地で最もシンボリックにありつづけていた存在だった。

それでは、冷戦とは何だったのか。強大な力による均衡状態といっていいでしょう。この力の均衡ということが、半世紀もの間つづいたことは、近代の歴史において、あまりないことなのです。私たちは、徳川三〇〇年の歴史に慣らされているものだからそうは思えないのですが、事実として疑いえないのです。それだけでなく、むしろこれを幸いにと高度成長をとげてきた。そうして、八〇年代のポストモダン・バブルです。その終焉が、天皇崩御とともにやってきた。世界規模では、冷戦の終焉です。

そうすると、九一年の湾岸戦争とは、新しい力の台頭とそれをめぐっての闘争と定義することができます。新しい力は、民族《ネーション》と切り離すことができません。しかし、このときの民族《ネーション》とは、言語宗教を同じくするものとして国家や国民の基底になるものとはかぎらない。圧倒的な力によって抑えつけられた歴史的メンタリティーの象徴として現れるものです。サダム・フセインは、そういうメンタリティーの代表＝代行として、力を誇示し、戦争に打って出た。

考えてみれば、近代の国民国家が、ネーション・ステートとして現れたとき、ほとんど同じ原理で、侵略や闘争や戦争が惹起された。しかし、二つの戦争を経て生じた力の均衡は、民族《ネーション》の引き起こす闘争状態が世界を揺るがすものとはなりえないことを明らかにしました。米ソ両大国は、どちらも強大な多民族国家から成っていますが、民族間に起こりうる闘争を平定したところに、イデオロギーによる覇権国家が現れたといえます。

九一年におけるソ連邦の崩壊は、その後、さまざまな民族問題を派生させました。それは、国民国家や帝国主義の時代の民族《ネーション》の問題が、あらたなかたちをとって現れてきたからです。これを先取りしていたのが、湾岸戦争だったといっていいでしょう。イラクに代表される新しい力とは、ナショナリズムのなかから、文化的優劣、人種主義といった要因を抽出することで成ったものでした。それは、民族《ネーション》を超えて、イスラムとか聖戦とか原理といった理念へとまとめあげられていった。その根底にはたらいていたのは、優位-劣位をめぐっての歴史的なメンタリティーだったといえます。

湾岸戦争が、イスラムの台頭を象徴する事件であることをいちはやくに捉えたのは、ボードリヤールです。九一年一月から三月、湾岸戦争の推移に重ねるように「湾岸戦争は起こらないだろう」「湾岸戦争はほんとうに起こっているのか？」「湾岸戦争は起こらなかった」と三つの論文を発表しています。日本でも、半年を待たずに翻訳され、話題となったのですが、私もふくめて、大半の論者は、ボードリヤールの趣旨がいったいどこにあるのか読みきれないでいたように思われます。

理由は明らかなので、湾岸戦争を史上初めてのハイパーリアルな戦い、いわばシミュレーションとしての戦争として分析しているだけで、この戦争の意味はどこにあるのかという問いには答えていないように思われたからです。しかし、ボードリヤールのシミュレーション理論が、彼の象徴交換論と一対のものであることを押さえていれば、この戦争が、『象徴交換と死』で説かれた、世界的な破局の予兆であることは明らかだった。資本主義システムのもたらす死とか、カタストロフィーという言い方で、それは論じられるのですが、注意したいのは、この死や破局が、贈与と返済という範疇において問題にされているということです。

ボードリヤールは、モースの贈与論とバタイユの普遍経済論を媒介にしながら、対抗贈与とあくなき蕩尽ということについて語ります。現在の資本主義が、巨大なシステム化をすすめることによって、至るところに死を撒き散らしていると述べながら、それは生産と消費の経済が終わりを告げ、贈与と返済の経済があらたなかたちで現れてきたからだと述べます。

力の均衡やイデオロギーによる覇権、さらには資本主義の勝利といった解釈には収まらない新しい力が、対抗的に出現し、世界を湯水のごとくに使い果たしていくというのです。カタストロフィーは、この力によってもたらされる。しかも、この対抗的な力を出現させるのは、巨大なシステムそのものにほかならない。

『象徴交換と死』が出版されたのは、一九七五年ですから、ボードリヤールは、二十年も前から、二十世紀の終わりから二十一世紀にかけて何が起こるかを予言していたということになります。しかし、そういうボードリヤールでも、この対抗贈与が、国民国家以来の民族《ネーション》の問題に根ざしていることを明らかにしているとはいいがたい。ベルリンの壁崩壊後に現れた新しい力というのが、完全を目指すシステムそれ自体の鬼子のようなものであったとしても、そこには、確実に優位‐劣位をめぐる歴史的なメンタリティーがはたらいていた。イスラム‐聖戦‐原理といった理念は、十九世紀、オスマン帝国の衰退とともに恒常的に劣位に置かれてきた民族の負い目なくしては現れなかった。

こうしてみるならば、湾岸戦争から同時多発テロへ、さらにイラク戦争から、現在の世界的な金融危機へという動きのきっかけとなったのが、贈与と返済をもたらす負債の意識であり、その根源には、優位‐劣位をめぐる人間的心理がかかわっていた。ボードリヤールは、そのことを『湾岸戦争は起こらなかった』において、確実に示唆しているのですが、これが人間的心理にかぎらない歴史的メンタリティーであることまで言及することはなかった。

しかし、ボードリヤールが参照している、モース、バタイユ、レヴィ＝ストロース、フーコーの思想をたどっていくならば、贈与‐返済、交換‐蕩尽というコンセプトが、大きな比重を占めていることが明らかになります。これらの思想の厚みこそが、ボードリヤールをして、九〇年代から二〇〇〇年代を予告させたのです。

このことについて、自戒をこめていわなければならないのですが、私たちの思想は、少数の例外を除いて、この間、相変わらずロゴス批判、多数性への依拠、名づけえない者への加担、根源の不在といった理念を弄んできました。そういう理念を動かしているメンタリティーこそ、対抗贈与をもたらすものであり、それをさらにたどっていくならば、民族《ネーション》の問題に行き着くはずであり、さらには歴史的メンタリティーの問題にまで遡らなければならないはずなのに、といっていいでしょうか。

破滅的に蕩尽する力

この問題について考えるきっかけをあたえたのは、〇八年三月中国南西部チベット自治区の中心都市ラサで起こった暴動です。その後、四川省チベット族自治州にも起こったとされている事件が、ボードリヤールのいう、八九年以後に出現した新しい力の一環と捉えることはできないかというのが、私の直観でした。

一般的にラマ教といわれている仏教を信仰するチベット族が、十九世紀に起こった民族《ネーション》の問題に直面するのは、イギリスがインド支配から清国への進出をくわだてていた頃です。英国からも中華民国からも自立性を認められることのなかったこのチベット仏教をいただく民族は、しかし、優位‐劣位をめぐる歴史的なメンタリティーのなかで、類例のない選択をおこないます。劣位にあることとの負い目を、内的な信仰のなかで浄化していくというものです。それには、歴代の指導者であるダライ・ラマの、暴力に対する忌避の姿勢があずかっているとされているのですが、この選択が、普遍的なものでないことは、バタイユが『呪われた部分』において詳細に論じています。

もともとバタイユには、人間社会がつくりだした過剰なエネルギーを、破滅的な方法で蕩尽するところに、贈与と返済の普遍経済が現れるという考えがあります。産業革命以来の莫大なエネルギーの蓄積は、世界大の戦争によって使い果たすほかにすべがなかったという意味のことまで述べるのですが、ともあれ、このような思想が、国民国家以来の民族《ネーション》の問題にまで射程をのばしているように思われるのは、ラマ教におけるメンタリティーを、オスマン帝国衰退以来のイスラム教のそれに対比させているからです。

一言でいって、イスラムとは、贈与－返済の影響を西欧近代とまったく同様に受けざるをえない存在だった。それは、ここから受けた負い目や疚しさや怨恨を、ラマ教のように瞑想生活のなかで清めていくのではなく、機会があれば、それをまったく新しい力に変えて、対抗的に蕩尽していくというものだったということを意味します。

しかし、このバタイユの対比は、モースのポトラッチや、それを受けたボードリヤールの対抗贈与の考えに照らし合わせてみると、妥当性に欠けているといわなければなりません。むしろ、バタイユは、イスラムにみられる対抗的な蕩尽は、いずれラマ教の瞑想をも食い破り、歴史的メンタリティーに連なるような新しい力として噴出するにちがいないというべきだったのです。

実際、ベルリンの壁が崩壊し、昭和天皇が崩御した八九年、チベットでは、今回の事件の先駆けとなるような大規模な暴動が起こっています。にもかかわらず、これが、九一年の湾岸戦争のような事態にまではいたらなかった。それらのエトスを代表＝代行するのが、片やサダム・フセインであり、片やダライ・ラマ十四世であるということもあるかもしれません。しかし私の考えでは、同じ八九年、中国で起こった天安門事件において、ベルリンの壁の崩壊や天皇崩御に類する事態が、ついに起こらなかったということ、そこにこそ原因があるのです。

〇八年の「現代詩手帖」で、二つの中国特集が組まれています。二月号の「日中現代詩シンポジウム」と八月号の「いま詩の力とは何か　四川大地震を前に」です。前者のシンポジウムに出席させていただいた一人として、この二つの特集をどう読むかという問題が、以前から頭にありました。これまでの叙述は、このことを踏まえてなされています。

そして、ここまで考えてきたことからすれば、二つの中国特集は、湾岸戦争にも九・一一事件にもイラク戦争にもチベット問題にもまったくふれていないということになります。それらをすべて回避したところで組まれたのがこの特集だった。ここには民族《ネーション》の問題も歴史的メンタリティーの問題も破滅的に蕩尽する力の問題もふれられていない。ということは、二十一世紀の問題をすべて欠かすことによって成り立った特集だったということになります。

寄稿した私もふくめて、中国、日本の大多数の詩人の感度の鈍さに幻滅せざるをえないということになるでしょうか。

私に関していえば、半信半疑で出席した日中シンポジウムにおいて、むしろ、中国の何人かの詩人たちの語る言葉が、二十一世紀の問題に直結していることに気がつき、驚きました。理由は明らかです。彼らは、天安門事件を存在の根を揺るがすような事態と受けとめることによって、八九年の問題性を肌で感じていたからなのです。

彼らのなかには、湾岸戦争の起こった九一年、ヨーロッパやアメリカに亡命していた詩人もいたようにうかがいましたが、その発言にふれてみれば、彼らの力やチベット暴動において噴出した力が、対抗的なものとして完遂されなかったというそのことからこそ、二十一世紀の展望がひらかれなければならないということになるのです。

そのことは、後者の「いま詩の力とは何か　四川大地震を前に」という特集に、はっきりと現れています。

その前に、地震をはじめとする自然災害とは何かということについて、私の考えを述べさせていただきます。モースのいう贈与－返済のコンセプトを借りるならば、それは、生命贈与－死の返済ということで定義することができます。これは、決して対抗的な力を生むことがありません。死の贈与－生命返済という事態において、二項の変換が起こるだけです。そして、自然災害におけるこの理念が二十一世紀的であるとするならば、四川大地震やミャンマーのサイクロン被害が、地球温暖化によってもたらされるとされるカタストロフィーとリンクするかぎりにおいてです。

対抗贈与と死の破局を超えるもの

現在の産業社会が、このまま大量生産と大量消費を進めていけば、いずれ自然そのものを破局へともたらさざるをえない。これは、二酸化炭素の排出量をどう削減するかという問題とは直接つながりません。むしろバタイユ的な「死にいたるまでの蕩尽」という問題なのです。

地球温暖化問題を倫理のそれとみなす新種のソフトスターリニズムも、これに対して極端な嫌悪を示す科学者たちの変形反スターリニズムも、基本的には生と存在についての思想を欠如させているといわざるをえません。そういう意味でいえば、自然災害による被害に対して、倫理的態度で臨もうとする理念も、これを極端に嫌って倫理性への批判をもってする理念も、同様に、生と存在についての思想を問われているといわねばならない。

存在が贈与されたものであり、それゆえに生命もまた贈与されたものであるという思想を、です。これは同時に、存在も生命もいずれは返済されなければならないという当為をうみます。この返済を、バタイユは蕩尽という理念で語ったのであり、ボードリヤールは象徴交換という理念で語ったのです。そして、蕩尽は死にいたるまでつづけられ、象徴交換もまた死をもたらさずにはいません。個体の死や対なる存在の死をバタイユのエロティシズムから汲み取るのならば、それは、存在そのものの死とともにやってくると解すべきです。存在そのものとは、私たちの社会であり自然であり、世界そのものにほかなりません。地球環境破壊というのは、このことのメタファーなのです。実際バタイユは、これを宇宙的とまで語っています。

さすがにボードリヤールは、そこまで神がかりにはなりません。むしろ冷徹な認識のもと、この返済が、自然災害や環境破壊からもたらされたとしても、根本的には対抗贈与からもたらされるという考えを示します。モースやフーコーや、さらにはニーチェからこの理念を受け取ってきたボードリヤールには、贈与が返済を促すのは、そこに負い目がはたらくからであるという考えがあるからです。

この負い目を、『道徳の系譜』のニーチェは、疚しさや罪の意識としてだけでなく、嫉妬、怨望、ルサンチマンとして捉えました。対抗贈与とは、そういう人間的心理と切り離すことのできないものであり、それは同時に民族《ネーション》の問題として歴史的メンタリティーにまでつながるものなのです。たとえそこまで言及することはないとしても、ボードリヤールは、まちがいなくこれが対抗贈与をうながし、私たちの社会と自然を破局に陥れ、世界そのものにカタストロフィーをもたらすと考えていました。

それならば、どうすればこの対抗的な力をとどめることができるのか。ボードリヤールは、巨大化するシステムそのものがすでにして死をはらんでいるのであるから、これをとどめることはできないという見通しを示します。現在までのところ、この予測は当たっているといえます。しかし、これから五十年後、一〇〇年後もそうでしょうか。もしそうなら、人類に未来はないということになります。

しかしたとえば、天安門事件を存在の根を揺るがすような事態と受けとめた中国の詩人たちは、今回の四川大地震に対していかなる返済もなしえない、絶対贈与という理念を示しました。それは、こんな言葉によってです。

もし生きる力が足りなければ死んだ力をくれ
大地震に砕かれた磁器のような学校と外科医院は
なぜもっと徹底的に砕けないのだ？
なぜ燕の身体から空の鷹の冷血を吸わないのだ？
なぜ両眼で太陽をまっすぐ見ても何も見えないのだ？

天と人と涙なく
あの少女の眼はまだ私に代わって道を見ているか？
私が思いを馳せ黙禱して、招魂をした二〇〇八

私がこのゆえに悲嘆に暮れ、このゆえに恐れ戦き、このゆえに地に跪いた二〇〇八
これほどの長久、空空漠漠
心が張り裂けた、その裂け目の深淵のような空空漠漠
いっそう空空漠漠いっそう長久の、古代の招魂をもう一つ
通過しても、それは存在に対する問いかけでもなく、存在そのものですらないのだ。

（欧陽江河《オウヤンチアンホウ》「天と人と涙なく」竹内新訳）

そして、一九六八年を潜り抜けてきた日本の詩人は、文政十一年（一八二八年）新潟越後大地震に遭遇した良寛の書簡のなかから、こんな言葉を引いてきました。

うちつけに死なば　死なずてながらえて　かゝるうきめをみるがわびしき
しかし災難に逢う時節には　災難に逢うがよく候　死ぬ時節には　死ぬがよく候
是はこれ　災難をのがるる妙法にて候

（佐々木幹郎「震災という文化」に引用された良寛の言葉）

もはや二十一世紀に対抗贈与はありえない。あるのは、絶対贈与だけではないか、二人の詩人はそういっているように、私には思われました。それは、たしかに死んだ力をもたらし、死ぬ時節の到来をいやおうなく招きます。しかし、これをボードリヤールのいうカタストロフィーと解してはならない。いや、そういうカタストロフィーにさえも絶対贈与のモティーフがかすかにうかがわれるとするならば、そこには、この絶対贈与とは絶対蕩尽にほかならないというバタイユ的理念が脈打っているからなので

す。そして、「もし生きる力が足りなければ死んだ力をくれ」と語る欧陽江河《オウヤンチアンホウ》のなかに、「死ぬ時節には　死ぬがよく候」という良寛の言葉を引く佐々木幹郎のなかに、死にいたるまでのエロスの蕩尽を、死にいたるまでの生の蕩尽を思い見たいというのが、二十一世紀への私の展望です。

第Ⅱ部　九・一一以後の作家たち

序章　九・一一以後の作家たち

自分を譲ることなき諸存在の自同性

二〇〇三年、イラク戦争開戦の年の一月から、書評紙において文芸時評を担当してきた。一般紙の時評が、月々に発表される文芸作品の紹介批評に傾きがちなのに、飽き足りない思いがあった。引き受けるに当たっての条件として、半年、一年といった期限付きではなく、一定期間続けること。文芸作品のみならず、作品が生み出される社会状況にも言及すること。評価の定まった作家の作品よりも、未知数の作家の作品を積極的に取りあげていくこと。

以上、三点を措いてはじめたのだが、社会状況に言及するという条件は、イラク戦争を背景におのずから満たされることになった。九・一一以後、文学はいかに可能かという問題を抜きに、批評は成立しない。その考えを、一月の最初に述べていたのが、現実と化した観があった。

文学は、戦争という現実を回避することはできない。とりわけ、九・一一以後の文学は、テロリズムと深いところで交叉しないかぎり、アクチュアリティーをもつことはできない。これは、恣意的な観念による現実裁断とは異なる。そのことを明らかにするためにも、九・一一以後における戦争とテロリズムについて、まずは短見を述べておこうと思う。

「ヨハネによる黙示録」によれば、再臨したキリストは、千年にわたって人間の罪を審問するという。ミレニアムとは、無辜のままに闇に沈んでいった幾多の人々の失地回復が、千年にわたってはかられるという思想だ。

だが、この思想にはさらに奥がある。失地回復とは、端的に言って、いわれなく罪過を負わされた者たちの負債を返済することなのだ。理由なき負い目に身を焦がす者、彼らの怨望は、千年にわたって贖われなければならない。九・一一同時多発テロにおいて、明らかになったのは、このような千年の贖いという思想ではないか。

そのことを、はじめに述べたのは、社会学者の見田宗介である。

二〇〇三年の年が明ける二カ月ほど前に催された「九・一一以後の国家と社会」と題されたシンポジウム（明治学院大学主催）での発言だが、そこで、見田は、テロを首謀したとされるイスラム原理主義者のなかに、この黙示録の理念がやどっていることを指摘した。ロレンスの『アポカリプス』を引き合いに出しながら、千年王国を待ち望んだ「不遇なキリスト教徒」と、自爆テロに走らずにいられない「イスラム原理主義者」とが、二千年の時を隔てて重ねあわされるという。

ニューヨークのワールド・トレーディング・センターの崩壊を待ち望んだ者たちと、バビロンの都の崩壊を喝采をもって迎えた者たちとの同質性が、語られるのである。そして、彼らをつなぎとめるのは、強大な権力を誇り、すべてに優位を占める者たち、この世界の覇権を握る者たちに対する心理的憎悪である。

この心理的憎悪こそが、テロリズムの奥深くに潜行するのみならず、戦争を誘引する根本要因にほかならない。というのが、見田宗介から継承した私見なのだが、たとえば、エマニュエル・レヴィナスは、これを「自分を譲ることとなき諸存在」の「根源的自同性」という言葉で表現する。

燃え上がる純粋存在のこの暗い輝きのうちで、ある存在論的出来事が浮かび上がり、それまで自同性のうちに繋ぎ留められていた諸存在を変動に捲き込む。自分を譲ることとなき諸存在を、誰一人逃れられない客観的命令によって動員するのもこの存在論的出来事である。（『全体性と無限』合田正人訳）

レヴィナスは、こう述べることによって、「戦争」とは、決して非常事態などではなく、人間にとって避けることのできない現実であるという。「戦争」は、「根源的な自同性」のなかにつながれていた人間を、共同体や国家の意志であるかのように動かす。同時に「自分を譲ることとなき諸存在」が、密かに飼い慣らした心理的反感、これを世界の覇権者たちへの憎悪へと育て上げる。テロリズムの恐怖は、そこに間違いなく現れるのだ。

なぜ人間は、内心の奥深くで、たがいに譲ることとなき自己をもてあまし、自同性の虜《とりこ》となるのか。たとえそういう現実があったとしても、ゆるし合い、認め合うことによって、あらたな現実をつくりあげていくのも人間なのではないのか。にもかかわらず、「戦争」という現実がこれを踏みにじる。イラク戦争においても例外ではなかった。

こたえは、千年王国を待ち望んだ「不遇なキリスト教徒」という言葉にある。自分だけが、なにゆえに苦難のなかに投げ出されなければならないのかという問い。この問いのなかに隠されたニヒリズムこそが問われなければならない。

文学が、戦争という現実を避けることができないというのは、この意味においてである。このような心情、このようなニヒリズムにかたちをあたえることができるのは、文学をおいてないからだ。そして、リアルタイムで現れる文芸作品が、どこまでこのことをモチーフとしているか。自覚された動機としてであれ、無意識のそれであれ、そのことを問いかけることに、批評の意味を見出したいというのが、偽らざる思いであった。

物語の脱臼者と凶暴な放浪者

この思いは、評価の定まった作家の作品よりも、未知数の作家の作品を積極的に取りあげていくという条件とあいまって、思いがけなく実現されることになった。後に「九・一一以後の作家たち」としてあとづけることになる、二十代から三十代半ばの作家たち、正確にいえば、一九七〇年前後にこの世に生を享け、二〇〇〇年を境に作品を問うことになる作家たちの作品に、このニヒリズムの痕跡を見出したからである。

それは、たしかに救いがたい心情として作品の底に沈められている。しかし、決して毒気を含んだものでもなければ、悪意をもって噴出するものでもない。むしろ、毒気や悪意は、巧妙に陰画化され、まるでネガフィルムのように明と暗が反転しているのである。「物語の脱臼者」であるとともに「凶暴な放浪者」であるようなスタンス。「九・一一以後」の作家たちは、これを身をもって体得しているのである。

なぜ、それが可能なのか。彼らの一人である中原昌也の毒に注目してみるならば、その片鱗がうかがわれるだろう。この作家の露悪的な、毒を含んだ、凶暴な言葉。その言葉が、決して憎悪や反感に回収されることなく、敵意や軽蔑も帯びることなく、ただただ異常というしかない「症状」（斎藤環）として現れるということ。そこにこそ、「戦争とテロリズム」を白日の下にさらす仕方がある。

『名もなき孤児たちの墓』に収められた「私の『パソコンタイムズ』顚末記」という作品を見てみることにしよう。例によって人を喰ったタイトルは、すでに中原昌也節といっていいものだ。物語の脱臼のさせ方も、ほとんど板についたものといってよく、そうかといって、そのことにことさらな意味を見出そうとしているようでもない。

フリーライターらしき「私」は、「パソコン」という言葉をページから抹殺することで、共通の紙面づくりを目指しているユニークな雑誌「月刊パソコンタイムズ」の編集長平賀吉成氏の紹介記事を、数年前に週刊誌に発表する。博愛精神に貫かれた人格者の評判高いこの平賀氏というのが、実際に会ってみると、蘇生した「餓鬼阿彌」と見紛うような「凶暴」さを秘めた人物であることが判明する。その顚末が小説的興趣を誘うようにみえるのだが、実際にはそうではないのだ。むしろ、次のような平賀氏の発言の過激さ。

「可能な限り手当たり次第、目に付いた女性は陵辱し、家畜のように撲殺すべきだ」。「人目など憚ることなく、遠慮など野暮なものはいらぬ」。「女性を何の良心の呵責もなく家畜のように撲殺した経験のない奴に、本当の優しさなんてわかってたまるかよ、人間の値うちなんてわかるかよ」。

「過去何度か何の罪もない人が殺される機会に出くわしたのですが、決して後味が良いものとは言えませんよ。被害者の断末魔の叫びはどんなにその後に素晴らしい音楽を聞いても耳から消えることはなく、また被害者の亡くなる寸前の苦悶に満ちた表情を消し去るためには家に帰って無修正の激しいSEXが満載のハードコアポルノをウィスキーがぶ飲み状態で鑑賞する以外に逃げ道はありませんよ」。

こんな暴言を吐いていた平賀氏も、雑誌の廃刊とともに「不慮の交通事故に遭い、酔っぱらい運転のダンプカーの後輪に巻き込まれて死亡したという」、そんな話を耳にした夜、「私」のなかに不意の感慨が湧いてくる。「いままでは自分が母親の子宮の中で、優しい温もりに包まれながら漂っていたような甘い幻想の中にいた。しかし、現実には下水道を彷徨い、永遠に処理場に流されぬ大便に過ぎないのだ」と、「雨は残酷な報告を告げる」のである。

その平賀氏のこんな言葉を引いてみよう。

自分のやっていることに疑問を持つなどということは許されないのだ。まず自分に自信を持つこと。狂信的なまでに。「自分は絶対に正しいのだ」と念仏のように、一瞬も休むことなく常に唱えるべきであろう。「自分は絶対に正しいのだ」「自分は絶対に正しいのだ」と二度続けて言う間に、自分に不信感を抱く考えが忍び込む暇さえ与えずに「自分は絶対に正しいのだ」と心の中で言う。

これは、あやしげなヒーリング組織の教祖が述べる言葉ではない。「自分を譲ることなき諸存在」の、救いがたいニヒリズムが発する言葉なのである。しかし、同時にこれを、「結局、唯一信じるに値するのはかつての殺戮の記憶と、ハードコアポルノの魅力的なヴィジュアルだけ。他に何があなたの心に残りましたか？」と支離滅裂な言動を繰り返す人物の言葉として、作品に持ち込むところに、中原昌也の毒がある。

もはや、そこには、どのような意味も抜き取られた精神の「症状」しかないということ、あるいは、この人物は、脳に決定的な障害をもつにすぎないということ、そう思わせ、その通りに、最後にはダンプカーに引きずられて、息絶えさせる。「豚どもは清水よりも、むしろ泥を喜ぶ」というヘラクレイトスの言葉通りに、「下水道を彷徨い、永遠に処理場に流されぬ」汚泥となるのだ。

毒をもって毒を制するとは、このことを言うのである。

「自分を譲ることなき諸存在」を戦争へと駆り立てる、と同時に、世界の覇権を握る者たちへのテロリズムを引き起こす、その心理的反感を、いかにしてこちら側から瓦解させるか。「九・一一以後」を刻印された作家たちは、中原昌也にかぎらない。舞城王太郎にしても中村文則にしても、佐藤友哉にしても、青木淳悟、田口賢司、小林紀晴、鹿島田真希、そして未知数の浅尾大輔や横田創といった作家たちにしろ、みなそれぞれの仕方で人間の救いがたいニヒリズムを瓦解させてゆく。そこに現在の文学の最もアクチュアルな光景がみとめられると、そのことを語ることに、批評は、やぶさかであってはならない。

第一章　二〇〇三年文芸時評

一月　千年王国という幻想

その頃から、もう、何年が経っているだろうか。千年紀やミレニアムという言葉とともに、千年王国の到来が囁かれ、ノストラダムスの大予言が、人々の口の端にのぼった頃のことだ。それから、二〇〇〇年は何事もなくやってきて、誰もが、飴のようにのびた時間のなかに、変りばえのない過去の幻影を認め、ひそかに安堵の吐息をついたりもした。その矢先に、九・一一のテロ事件である。

「ヨハネによる黙示録」によれば、再臨したイエス・キリストは、千年にわたって、人間の罪を審問し続けるという。悔い改めよという言葉が、どこからともなくやってきて、私たちから、安らかな眠りを奪う。「最後の審判」は、すでにくだされ、千年王国はその全貌を明らかにしつつある。そう言って、ひそかに「黙示録」が読みつがれ、語りつがれているというのだ。アメリカの精神世界にかぎった話ではない。

〇二年十一月二日、明治学院大学でおこなわれた「九・一一以後の国家と社会」と題するシンポジウムにおいて、見田宗介は、ロレンスの『アポカリプス』と吉本隆明の『マチウ書試論』を引き合いに出しながら、ミレニアムを待ち望んだ「不遇なキリスト教徒」と自爆テロに走らざるをえない「イスラム原理主義者」とを、「関係の絶対性の殉教者たち」という言葉で一括りにしてみせた。『マチウ書試論』の結びの文章「原始キリスト教の苛烈な攻撃的パトスと、陰惨なまでの心理的憎悪感を、正当化しうるものがあったとしたら、それはただ、関係の絶対性という視点が加担するよりほかに術がないのである」を引きながら、その「陰惨なまでの心理的憎悪感」の、現在的なあり方に、照明を当てたのである。

当の吉本は、「群像」(〇一年十二月号)で加藤典洋とおこなった対談「存在倫理について」をさらに深化、展開するかたちで、上下二巻のインタビュー記録『超「戦争論」』(アスキーコミュニケーションズ)を上梓。田近伸和の的確な質問に答えながら、最上のラディカリズムを演じてみせた。「関係の絶対性の殉教者たち」という見田の問題提起を先取りしていたかのように、九・一一を契機に広がりつつある「新しい戦争」の根、その「苛烈な」覇権主義と「陰惨な」憎悪感を、根本的に批判するのである。

批判の根拠は、唯ひとつ、「存在倫理」という理念。ミレニアムや「最後の審判」が、ある絶対的な義の場所から、倫理的な正当性を付与しようとするものであるとするならば、人間が存在するという、そのことだけにかかわる倫理において、罪を審問すること。徒手空拳の、それゆえにこそ原的といっていい倫理において。

文学は、このような倫理的審問に、どこまでこたえることができるか。三浦雅士と川本三郎は、昨年話題になった『海辺のカフカ』『憂い顔の童子』『本格小説』『葬送』といった小説を読み解きながら、「階級の消滅と父親の不在」という主題で、この問題にメスを入れている(「大作&問題作の二〇〇二年」「文學界」)。彼らの批評的言辞は、テキスト読みにはめったに感じることのない躍動感で溢れている。人間が存在するということだけにかかわる倫理。小説は、それをこそ問題にしなければならない。

これに対して、「九・一一から二十一世紀は始まった」(西谷修、丹生谷貴志、山城むつみによる集中討議、「新潮」)における丹生谷貴志の発言は、徹底してそうした倫理の無根拠性にこだわる。どのような倫理的審問からも脱落していくもの。その理不尽なまでに無意味な存在をいかにして掬いあげるか。それもまた、文学固有の問題にほかならない。

優れた批評は、優れた作品を誘導する。丹生谷の批評に応《こた》えるかのように、赤坂真理「響き線」(「群像」)は、みずからの存在と性からたえず脱落していく女性を描いている。弟への近親相姦的な愛を通して、アイデンティティーをさぐろうとしながら、結局は行き場を失ってしまうヒロインの心象風景。砕けたガラスの破片のような文体で描かれてゆくその風景は、どこか「『〝宇宙的な心細さのけむり〟』が立ちのぼり、そこに誰ともしれない『幽霊』の姿が立っていた」という吉田文憲の描く風景にも、響き合う（「浦島の目と残された日記」「群像」）。虚の倫理というべきであろうか。

　人間が存在するという、そのことを、小説は真っ向から問題にしなければならない。川本三郎と三浦雅士が提示するその批評理念に応えるのは、島田雅彦「エトロフの恋」（「新潮」）である。人生の道半ばにして、暗い森に迷ってしまった一人の男の、信念回復の物語とでもいえばいいだろうか。最果ての島、エトロフ島を舞台にした、シャーマンの血をひく女性との交情を通して、森と大地の呼吸する音に包まれていく主人公の、高貴なまでの孤独。島田雅彦という作家の、独自の存在倫理を明示した、秀作といわねばならない。

　ニーナとよばれるその女性の、男性遍歴を語る場面。そこでの、不思議な挿話に光をあててみよう。

　強姦することでしか相手を愛することのできない、「自分勝手で、その場しのぎで、アルコール中毒で、劣等感の塊」のような男への思いを、「キリストは世界で最も孤独な、虐げられた者の姿を借りて、人々の前に現れるという話を聞いたことはありませんか？　汝の敵を愛せ、というキリストの教えに従う気があるのなら、人の恩を仇で返すような、最低の男をこそ愛さなければならないのです」と語るニーナの背後から、それを愛ということはできない、だが、そういうぼろぼろな倫理というものが、この世にないとは誰も言えない、そうではないだろうかと問う声が、する。そして、それこそが再臨したキリストの「最後の審判」に対置しうる、唯一の力なのだ、と。

　とはいえ、このような倫理が一方で、過剰なインプレッションをもたらさないとはかぎらない。それを差し引いても、島田雅彦は、現代的な貴種流離の物語を通して、そのことをつたえようとしたのである。

　至福千年という幻想に対峙しうる力。その力を、どのようにして汲み出すことができるのか。私たちの文学は、いま、そう問われている。

二月　生誕の無根拠性

昨年刊行された小説のなかで、村上春樹の『海辺のカフカ』ほど、毀誉褒貶の相半ばした作品はない。オイディプスの悲劇をモチーフにしたこの小説が、存在論的な謎解きへと読者を誘う、すぐれてスリリングな作品であることはまちがいない。だが、その試みはというと、必ずしも、成功したとはいいがたい。

父殺しの神託をうけたオイディプスは、故国を後にし、自分でもどうすることもできない何かに促されて、さまよい歩く。村上は、必然の糸にもてあそばれるオイディプスの悲劇を、一人の少年のさまよいの物語として形象化した。それが、存在の根をも揺るがすものとして現れているならば、この小説は、大きな足跡を私たちの記憶に刻むものとなったにちがいない。

だが、決してそうとばかりは言い切れない面が見受けられるのだ。

そもそも、オイディプスの彷徨とは、父とは誰か、母とは誰かといった問いを、もっとも根源的な場所から発するところに現れたものといえる。あてどのなさの根は、ここにもとめられる。一方、村上には、これを近親相姦のかたちをとった恋愛の物語として展開せずにはいられない面がある。しかも、死をはらんだ恋愛の物語として。

恋愛が死のアナロジーとして現れるのは、人間存在が徹底して内密なものであるからだ。もっともインティメートなものが、それでも連続性と対なるものへと傾斜せずにいられないという点に、恋愛にとっての存在の問題が生起する。他方、存在とは「父」「母」「子」による関係において贈与されるものにほかならない。これをいかに返済するかという問いからは、倫理の問題が起こってくる。恋愛が、死のアナロジーとしてだけでなく、倫理のかたちをとるのは、ここにおいてである。

『海辺のカフカ』に描かれた死と暴力には、この問題に深いところでふれるものがある。にもかかわらず、ついに抵触しきれないものも感じられるのだ。カフカ少年の父親殺しに象徴される暗く出口のない物語と、これを異化するようなナカタさんのイノセントなるものの物語。そして、母に当たる女性である佐伯さんが秘めた恋愛幻想。それらがどのようにして、物語そのものの侵犯をなしとげていくか。問題は、そこにあるといっていい。

とはいえ、作品は、しばしば作者の意図したところよりも、さらに深い場所へと読者を赴かせる。そこには、自分がこの世に生を享けたことには、何の根拠もないという意識が浮き彫りにされる。少年の彷徨は、そこから始まるとされるのだ。父を殺し、母と交わるということには、だから、自己の存在にまつわる深い欠落の意識がかかわっているのだ、と。

そのような読みを提示する加藤典洋は、「『海辺のカフカ』と「換喩的な世界」」(「群像」)においてこの欠落に、ひとつのかたちをあたえようとする。「テクストから遠く離れて」という題のもとにすすめられている批判的試みの一環なのだが、そこで加藤が援用するのは、ラカンの精神分析である。

いわゆる「テクスト論」が、作品のすべてを作者に還元する方法に対して、批判の矢を向けるのは、言語表現の「形式化」や、作者の意図を超えた多義性に注目するためだけではない。そこには、この「形式化」によって導かれた「作者の死」という理念を、どう受けとるかという問題がかかわっている。

デリダやバルトが、その重大さに気づきながら、決してリアルなかたちでおもてにすることをしなかった「作者の死」という事態。それを、加藤は、デリダ、バルトではなく、ラカンに拠りながら、次のようにとらえるのである。

作者はそこで、いなくなり、作品解釈の多義性だけがのこされると取るのではなく、「いなくなることで、死者=外部存在として、生きはじめる」と取るべきなのだ、と。

つまり、こういうことではないだろうか。作品を書くということを、あるやみがたさに促されておこなうとき、作者は、みずからの内に穿たれた深い欠落に直面する。それは、作者にとって、自己の存在を、死にいたらしめるような事態にほかならないのだが、そのことによってむしろ、作者は、作品のうちに生きはじめるのである。

そうであるならば、作品の価値とは、そこにどれだけ作者の意図を読み取ることができるかで決まるのではなく、作者が生きているこの「欠落」を、いかに読み取ることができるかで決まる。作者の「微弱な『死』」「微弱な『不在(ないこと)』」をどのように汲みとることができるか、それが批評の根幹となるのである。

『海辺のカフカ』において、この欠落は、「完全に損なわれた人間がいるとして、彼は、どうであれば、回復しうるのか」という問いを通して、捉えられる。父を殺し、母と交わることでしか、存在の根拠に出会うことのできない、さまよえるオイディプス。その悲劇を、自己の生誕の無根拠性から照らし出すこと。

少年のさまよいを、そう捉える加藤は、村上の意図をさらに深い場所へと連れ出していく。そうして降ろされた批評の測鉛が、吉本のいう「存在倫理」という岩盤にいたりつくには、生誕の問題を贈与と返済の問題として解くことが、いずれ、もとめられるのではないだろうか。

伊井直行「お母さんの恋人」(「群像」)は、不思議ななつかしさと無垢のただよいを感じさせる秀作である。大きな川が流れ、右岸と左岸を橋でつないだ街を舞台に、青春の彷徨が、一種ドラマ仕立てで描かれる。作者の意図は、世界から足を踏み外した十七歳の高校生、大島康明の恋愛と憧憬を描き出すところにあるといえるのだが、この劣等生として周囲から疎んじられている十七歳のさまよいは、『海辺のカフカ』の十五歳少年、田村カフカのそれをほうふつとさせる。

「完全に損なわれた人間がいるとして、彼は、どうであれば、回復しうるのか」。彼もまたこの問いをになわされて、カフカ少年とはまたちがった破天荒な彷徨を繰り返す。だが、作者である伊井には、あの深い「欠落」を回復しえないものとしてではなく、未回復なるものとしてとらえる視点があるのだ。それを可能にしたのは、伊井のなかにある人間存在の内密性を半分幻想とみる眼だ。

「作者の死」の場所には、カフカ少年が求めた佐伯さんというどこか存在感のない中年女性ではなく、主人公以上に生の道を踏み迷う三十六歳の孤独な女性、小林由希子の、やはりさまよいの姿がある。

どうしてもこの二人は結ばれ、そして運命の糸に操られて、切り離されるにちがいない。そのように物語は進行するのだが、伊井の物語は、紙一重のところで、オイディプスの悲劇を回避する。父殺しに匹敵する行いと、母との交わりに近い行為が描かれながら、意図の向こうに隠された「欠落」は、作者によってではなく、作者の「微弱な『死』」からの更生によって、埋められるのである。

またとないほどに、幸福な生誕。父親にあたる不良高校生、大島康明と母親にあたる孤独な女性、小林由希子との一度限りの恋を語るのは、彼らのその恋によってこの世に送り出された「わたし」であるという、一見通俗的な構成がそこで明かされる。そして、これが読者を引き付けるのだが、引き付けてやまないのは、幸福な生誕というものへの、作者の強い信憑のゆえなのである。

米谷ふみ子「サンデイ・ドライブ」(「すばる」)が描くさまよいは、もはや恋も、憧れも擦り切れた日常のなかで、障害をもった息子とともになされるのだが、ここには、作者の意図の向こうにある深い「欠落」を、強靱な文体のもとに露出させようとする力が、まったき実在感をもってあらわされる。そのとき、「欠落」はもはや「欠落」ではなく、「作者の死」は「死」を生きる「生」へと確実にかわる。

「作者の死」を、いかなる贈与の返礼として捉え返すか、そこに、文学にとっての課題がある。そういっていいのではないだろうか。

三月　穿たれた深い欠落

記憶の根に埋め込まれた文体、というのがある。それが、どういうものであるのかを、容易に明かすことができない。膨大な数の作品の言葉をたどっているとき、ある確信をもって、その存在を目の当たりにすることがあるのだ。過ぎていく物語のむこうから、不意に顔を覗かせ、記憶の陥没地点へと誘い込むもの。

そういう文体に出会ったとき、作品のもたらす「深い慰め」に、思いを馳せずにいられなくなる。まるで母親の胎内のように、懐かしい場所。と同時に、遠く広がる記憶の波立ちのなかで、幾度も救助の手を呼び求めるもの。そして、ついに差し延べられることのない深い欠落。

高橋たか子「きれいな人」(「群像」)を読みながら、幾度もそのことを思っていた。この文体には、確かにおぼえがある。心淋しく、懐かしく、心的なポテンシャルが、極端に落ち込んでいるとき、とりわけ心地よくしみ込んでくる、あの文体にちがいない、と。

たとえば、それは、こんな一節に、まちがいなく読み取ることができる。

「夕方、ここへ着いた時、ぼくは、あれは何だろう、と思った。草だということはわかっている。右にも左にも、広い草地がひろがっている、そうとはわかっている。でも白いような銀色がかったような金色がかったような色の、丈の高い細いものが無数に立っていて、一本一本が見てとれないほど細いので、全体として大きなものが広く広く茫とかすんでいて。その印象は、きっと、夕陽の傾き具合にもよるらしい。そういう時刻の陽の色が、そうした枯草の一本一本へ、そして一本と一本との間へ、いわば仲間入りしている。そして、ひとときの色を創りあげている。こんなものをぼくは見たことがあるだろうか。いや、一瞬、その時刻に通りかかったので、一瞬にだけ、それが見えた、という感じのものだった」。

一九二〇年代の、フランス、ブルターニュ地方の夕陽に照らされた草原の光景の、何という既視感。この光景には、いつかどこかで出会ったことがある。未生以前の、遠い記憶のなかに仕舞われていた光景、そういっていいのかもしれない。

確かに、そんなことを思わせるように、この語りは、続くのである。

「夕方そこへ着いた時に馬車から見た眺めを、ミッシェルは宵の散歩中に説明したのでした。

『草の名前を知りたいのですか』

「『いいえ。そんなふうな色と体積と広がりがあるのに、重さが感じられない。右にも左にも、軽い、とてもとても軽いものが、あの時には、ずうっと拡がって光っていました』」

恋愛小説のかたちはとっているが、ここに、恋愛の主題は、ない。こういってよければ、このミッシェルは、草の輝きに引き込まれるようにして、一種の超越的な体験のなかにいるのである。みずからの存在に穿たれた深い欠落の向こうに、「ずうっと拡がって光っているもの」、それと出会っているのである。

急いで付け加えなければならないのだが、「ミッシェル」とは、この小説で、「私」の四十年来の知友であるマダム・シモーヌ・ヴィトラックの、百歳の誕生パーティで出会った青年である。出会ったといっても、マダム・ヴィトラックを敬愛して、同じように齢を重ねたイヴォンヌという土地の女の、語りのなかに登場する青年。イヴォンヌの、生涯にわたってかなえられることのない愛を向けられた青年の、戦時下における数奇な体験と、見神から入信にいたる経験を語ったのが、この小説である。

だが、私には、この小説にかぎらず、小説一般の結構について語ることに、あまり熱心になれないところがある。作者自身が、みずからのうちなる語りえない何かを、おもてにするために、どのような困難に出会ってきたかが、推しはかられるからだ。それは、笠井潔と三浦雅士による対談「現代文学の最前線」(「群像」)によるならば、「形式体系の内部にとどまって自壊に導く」(笠井)ということの困難さであり、「私という謎、世界という謎、そしてその謎に直面するというかたちでしかありえない自分」(三浦)にとどまり続けることの困難さである。

こういう困難をかかえて、ともかくも作品を書き続けてきた作家たちとして、三浦雅士は、笠井潔、村上春樹、山田正紀、村上龍、高橋源一郎、島田雅彦、川上弘美といった名前をあげるのだが、この高橋たか子こそ、最低の鞍部において、このような困難を荷い続けてきた人ではないかと、この稀有な作品に出会って、思わずにいられなかった。みずからの内に穿たれた深い欠落に直面し続けることによって、「作者の死」(デリダ)を、もっとも低いところで受けとめてきたのが、この作家ではないかと、そう思われてならなかったのだ。

もし、この作品に、いや、この作品を最低の鞍部とする現代の文学に課題があるとするならば、三浦雅士のいう「なぜ人間は絶対的に悪としかいいようのないものに遭遇しなくちゃならないのかという問題」にほかならない。それは、三浦のいうように「スタヴローギン的問題」であり、「カラマーゾフ的問題」なのだが、ともあれ、高橋たか子が、この作品において、「この長編の主要な思想は、しんじつ美しい人間を描くことです」(ドストエフスキー)という言葉の、ひとつのかたちを、私たちに示してくれたことだけは、うたがいないのだ。

ブルターニュの荒野をさまよい歩くミッシェルの、その見神と入信の経験の向こうには、自分がこの世に生を享けたということの根拠に出会いたいという思いが、息づいている。そして、人は、そのようなさまよいのさなかに、「絶対的に悪としかいいようのないものに遭遇」するのである。であるとするならば、そういう存在論的な問いを棄却した悪が、結局は、ルサンチマンの物語にそめあげられてしまうのは、致しかたないことといわねばならない。

現代文学の諸々の作品が、いかにこの陥穽に陥っているかを思うならば、佐藤亜有子「暗殺者」（「文藝」春）は、その境界線上に危うく位置する秀作といっていいであろう。みずからの生存の根拠を失って、もはや死ぬしかないと思いつめた一人の女性の、信念回復の物語といっていいこの作品に、にもかかわらず、瑕瑾がみとめられるとするならば、物語としての結構の完璧さと文体の荒さの混在にある。

作家は、あるやみがたさに促されて語り始めるとき、すでにして道を踏み迷っている。そのことを、私たちにつたえてくれるのは、そのようにしか語れないという、その語りの仕方にほかならない。そして、それだけが、私たちに「人間の消滅」と、それゆえの「深い慰め」をもたらしてくれる。そういって、いいのではないだろうか。

四月　人間が存在するという倫理

米軍のイラク攻撃が開始された三月二十日は、ここしばらく続いたハードな仕事の最終日だった。早朝に出掛け、夜遅くに帰宅するという毎日を過ごしているあいだ、活字といっては、この時評のために文芸誌を読むぐらいのもの。あとは、ひたすら身体を動かすことに専念していた。

余計なことを考えなくてすむのは、こんなに精神衛生上いいことだったかと、あらためて思った。だが、活字抜きの生活というのは、思考能力を麻痺させ、感性の秩序を骨抜きにしてしまう。

帰路のカーラジオから聞こえてきた、巡航ミサイル、トマホークの発射音に、一瞬、耳を疑った。キーンという、硬質なものを引き裂くような炸裂音が、次々に続き、どこかから激震が襲ってきた。追い詰められて、どこにも行き場をなくしたものが、そのとき、私のなかで、声をあげていると思った。

いったい、これは、どういうことなのだろうか。

九・一一のテロ事件をきっかけに、世界は、「新しい戦争」の時代に突入した。国家対国家の戦闘ならば、宣戦布告も、休戦協定もありえたが、この戦争は、国民国家《ネーション・ステート》の枠組みに収まらない「姿の見えない敵」との戦いである。たとえ、国家のかたちをとっていようと、決して交渉の相手となることはない。いわば、相手を殲滅させることだけが狙いとなるような、「永久戦争」。ブッシュ大統領の唱える「新しい戦争」とは、そういうことなのだと述べたのは、『超「戦争論」』（アスキーコミュニケーションズ）の、吉本隆明だった。

だが、それにもかかわらず、この戦争が、国家の犯す「犯罪」であることは、間違いない。それは、テロが「犯罪」であり、大量破壊兵器の隠匿が「犯罪」であるのと少しも変わらない。いや、それ以上に、「罪」は重い。なぜなら、それは、人間が存在するということ自体の「倫理」に抵触するからだ。そう、吉本はいうのだが、では、この「存在倫理」とは、どういうことだったのか。

テロや戦争が、「犯罪」であるのは、どのような根拠もなく生誕し、存在する人間の、その無根拠性をあからさまにするからである。この世界に生誕したことに、人は、いかなる責任も負うことができない。そのことは、生誕したことと生誕しなかったこととが、等価であるということを意味する。もしかしたら、生誕しなかったかもしれない者に、もう一度、存在の闇へと堕せしめる理不尽な暴力こそ、戦争であり、テロ行為なのだ。

この「新しい戦争」を審問するのは、「法」や「政治」や「社会」の倫理ではない、と吉本は言う。ただ、存在することの「倫理性」だけが、その「犯罪性」を裁きうるのだ、と。

これに対して、「アンユナイテッド・ネイションズ」（「現代詩手帖」）というタイトルで、連載詩をすすめてきた瀬尾育生は、「倫理」ではなく、あくまでも一つの「合意」を、いわば、至上なるものが、互いに相手を認め合うところに成立する「世界状態」をと、示唆する。だが、そう語る瀬尾の作品をたどっていくとき、この「合意」が、「法」や「政治」や「社会」にかかわるものではなく、ただ、存在の深い闇から姿をあらわすものであることが、明かされていくのである。

吉本のいう存在倫理には、存在が無根拠であるのは、それがいつでも「父」に象徴されるものからの贈与であるからという考えが投影されている。この贈与は、必ずといっていいほど返済を強制される。無根拠であることには耐えられないというメンタリティーをうみだすのである。

それは、最終的に、存在を死にいたらしめずにいない。吉本は、このような死の返済に対して、もうひとつの贈与のあり方を示唆する。『母型論』において語られる、「母」からの贈与というのがそれなのだが、しかし、そこで明らかになるのは、贈与が「父」「母」「子」の関係においてなされるものであり、これをいかにして三者の合意へといたらしめるかという問題の困難さである。

漱石の『明暗』の、こんな場面を思い起こしてみる。清子への思いを捨てきれない夫の津田に対して、自分を安心させてほしい、助けると思って安心しろといってほしいと訴えかけるお延への、津田の「合意」への誘いである。津田は、こんなふうに言うのだ。「お前がおれを信用すると云ひさへすれば、それでいいんだ。万一の場合が出てきた時は引き受けて下さいつて云へばいいんだ。そうすればおれの方ぢや、よろしい受け合つたと、かう答へるのさ。どうだねその辺の所で妥協は出来ないかね」。

津田のいう「合意」が、どのような証文も、即座に反故になしうる、政治力学のうえでこそ、効力を発揮するものであることは、いうまでもない。現在の「新しい戦争」は、もはやそのような「合意」は成り立たないという最後通告のもとに、すすめられているようにみえる。だが、それにもかかわらず、この戦争は、追い詰められて、どこにも行き場をなくした者の、存在の闇から発せられる声に耳を傾けることをしない。至上なるものから贈与された生命は、いずれ、返済されなければならないという衝動だけがそこにはある。

津田への猜疑からのがれられず、狂ったように「愛」をもとめるお延の、存在の闇を、津田が理解できないのと、それは、同等なのである。

土居良一「こわれもの」(「群像」)が、手を届かせようとしているのは、そのような闇の深さに、である。ここに登場する佳代という女性の、抗うつ剤を四十錠も飲んだり、二階のベランダで首吊りをはかったりと、自殺未遂を繰り返しては、見えない敵におびえつづけるすがた。夫の「私」もまた、精神安定剤を離すことができず、ときに、了解不能の不穏な衝動に見舞われて、暴力に身を任せる。だが、この「私」には、『明暗』の津田と違って、みずからの存在自体が、妻に対して抑圧と不信をもたらしていることへの自省がはたらいているのだ。

それは、同時に、私小説の書き割りを採った作者の思いに通じるものといっていいのだが、妻との離婚調停、離れ離れになった子供たち、安定しない職業、そういった諸々の不如意を身に受けながら、なおかつ、みずからの存在の闇に眼を向けることをやめないこの「私」のありようを、作者は、一種慈愛をこめて描いているかにみえる。

北海道の荒涼とした風景のなか、車を駆って走り回る「私」を、こんな感慨がふいに襲う。「死は観念でなく、凍てつく道路に潜んでいた。乾いた峠道の日陰で待ち伏せするブラック・アイスバーンに気づき、私は瞬時にギアを落としてエンジン・ブレーキをかける。そのときハンドルがブレて車線をはみ出し、向こうから大型車が来ていたら、ひとたまりもなく弾き飛ばされる。いかなる高邁な思想で武装しようと、死はいつも十メートル先のカーブにあり、偶然が重なれば呆気なく散るモノだった」。

死を、どのような観念や思想によっても覆うことなく、私たちの生の根源に潜んでいるモノとみなすこと。それは、存在の無根拠性を、それとして受けとめる紛うことのない仕方なのだ。

中原昌也「待望の短編は忘却の彼方に」（「文藝」春）の、不思議な登場人物たち。追い詰められ、行き場を失っていることはまちがいないのに、そのことについてまったくノンシャランであるようなすがたにも、それは確かに認められる。「一目で、この階には便所がないのが判った。／そして次の瞬間、五郎は部屋の中で最も日光が行き届いていない暗い場所から、何者かの視線を感じた。二つの目が僅かな日光を捕えて反射していたのだ」。

暗い場所で、おびえるような視線を向ける剝製の動物。文学の言葉は、いま世界大において、そのような場所、そのような視線に眼を向けなければならない。

五月　大審問官の人間認識

米英軍によるイラク攻撃は、約三週間で決着をみた。二十数年に及ぶフセイン独裁体制の崩壊をまのあたりにして、武力による解放ということを、どう受け取ったらいいのだろうかという思いだけがのこった。矢先に、バグダッド市街における略奪の横行である。国立博物館内を撮った映像が、繰り返し流され、学芸員の嘆き悲しむ姿が、映し出される。戦争の虚しさ、ここにきわまれり。

ドストエフスキー『カラマーゾフの兄弟』の、イヴァンによる「大審問官」の物語。異端審問の火の燃え盛る十六世紀スペインのセヴィリアに、襤褸をまとった「その人」が、すがたをあらわす。群衆の間に、動揺と叫喚と慟哭が起こる。不穏な空気を感知した大審問官は、これをただちに獄舎につなぎ、人々の前から隔離してしまう。

「その人」が主であることを直感しつつ、この老人は、ぼろ布のようにうずくまる囚人を前に、こんなふうに語るのだ。

「人間というのは、下劣で、身勝手で、始末に負えない卑劣漢にほかならず、汚れた幸福のためならば、どんな権力にも屈服する汚らしい羊の群れなのだ」「彼らは、意気地なしで、不身持で、一文の値打ちもない暴徒だから。あの意気地のない、永久に不身持な、永久に下司ばった人間の目から見て、天上のパンが地上のパンとくらべものになるだろうか」。

バグダッド市街の略奪や暴動の映像を見ながら、この場面を思い起こしていた。暴徒と化した民衆の姿を前に、モスレムやアラブの風土や貧困ということを言挙げしても、始まらない。まさに、大審問官の人間認識が、露呈されているのである。

とはいえ、問題は、民衆よりも、圧制者の側にある。圧制者とは、いつの世においても、このような人間認識のもと、民衆を統制する者をいうのだ。だが、それは、彼自身のなかに渦巻く、他者への不信と嫉妬と猜疑の投影にほかならない。互いに鉄の鎖で相手を縛りながら、自分のなかの大切な何かを平然と枯らしてしまう。それは、民衆であるより先に、当の圧制者のありようなのだ。

そういう圧制者を根絶すること、そのことによって民衆を鉄の鎖から解放すること、それこそが、この戦争の「正義」にほかならない。

これが三週間にわたる総攻撃で、フセイン政権を倒した自由主義イデオロギーの側の論理だ。そうであるのならば、この「正義」は、はたして大審問官の「九十年の星霜をへた血の気のない唇に静かに接吻する」、ぼろ布のような囚人の信の深さに、棹さすものであるのかどうか。

栄光を求め、世界の覇権を握ろうとする政治力学に対して、文学が問うことのできる場所は、そこにしかない。

立松和平「浅間」(「新潮」)。天明三年の浅間山大噴火を描いたこの作品、深沢七郎の『笛吹川』を思わせるこの稗史小説ともいうべき作品に登場する人々の、何と慈しみに満ち満ちていることか。彼らは、下劣で、身勝手で、一文の値打ちもない暴徒のごとき者たちと、およそ対蹠的なところに生きている。信義に厚く、慈悲に富み、自分を抑えることを、誰よりもよくわきまえた人々。そういう人々のもとに、自然は猛威をふるい、容赦なく襲いかかるのである。

自然の暴虐も、人為の暴政も、そのもとで生き死にする人間にとっては、理不尽な力以外の何ものでもない。抗うことのできない力を前に、屈服し、地を這い、そして最後まで怨恨をため込んでいく者たち。そのような民衆のルサンチマンを描くことが、現代小説に課せられた課題であるとするならば、立松和平のこの作品は、微妙なところでこれを回避しているといえる。

だが、そのことは、何らこの作品の価値を貶める理由にならない。むしろ、作者は、大審問官の人間認識とは別のところで生き続ける民衆の、原イメージを描きたかったのだ。

中山道の宿場の飯盛り女として奉公し、三年の年季が明けるや、故郷の鎌原村に戻って、養蚕をはじめるゆい。そのゆいと夫婦になる馬方の万次郎。そして、朋輩の善兵衛と女房のさき。ゆいの年季明けを誰よりも心待ちにしていた母と祖母、そして、彼らに人の道、仏の道を講ずる延命寺の和尚。浅間山の大噴火は、これら情誼に厚い菩薩のような人々を、瞬く間に熱い砂と石と灰のなかに埋めてしまう。

自然の暴虐を、あるがままに受容する彼らのすがたを、語り手は、ゆいの飼う「お蚕さま」に託して、こんなふうに語るのである。「北風が吹いて急に温度がさがると、お蚕さまは何も食べなくなり、消え入るように死んでしまう」「この世にしがみつくことがないからこそ、汚れのないあんなにも美しい糸を生みだすことができるのだ」。

その「お蚕さま」が、浅間の灰とともに「黒く小さく縮んで一匹残らず死んでしまう」。そのようにして、すべてを奪われ、無一物となったゆいの、再生を語る掉尾の一節。「『かんにんしてくんろ』同じことをゆいもいっているうちに、涙が流れてきた。そうしながら、ゆいは知るのだ。人とお蚕さまとは同じではないか。お蚕さまは四つの苦しみを受け、その度に甦る。ゆいも、四度の苦難の果てに、こうして生まれ変わったのである」。

ここには、生死を超えて、脈々とあり続けるものへの、作者の、万感の思いが込められている。大審問官の人間認識と交差することなく、だが、それもまた、まごうことない民衆のすがたであるという、そのすがたを、立松和平は、深沢七郎よりも少しばかり巧まれた結構のもとに、描いてみせたのである。

とはいえ、文学は、ただ、一場のあやまちのように、「九十年の星霜をへた血の気のない唇に静かに接吻する」「その人」の、襤褸のような信の深さに、棹さすものでなければならない。圧制者の「ルサンチマン」と、圧制者を根絶やしにする「正義」とから最も遠い場所で、にもかかわらず、これらを内側から滅ぼしていくこと。

この方法を最もよくなしえた作品の一つとして、現代文学は、埴谷雄高の『死霊』を有している。高橋源一郎は、「『死霊』の新しさ」(「群像」)と題した鶴見俊輔との対談において、それを、こんなふうに述べるのである。

「民主や愛国という形で『公』の言論を考えていったら、埴谷さんがいっているようなことは何も入らなくなってしまう。民主や愛国は、百年や二百年の、もしかしたら千年の言論かもしれないけれども、埴谷さんは万年の言論だから、(笑)何しろ、射程が国家死滅の後まで及んでいるわけですから」。

高橋源一郎の言葉には、どこかノーテンキな響きがあるが、このくらい言わなければ、『死霊』がおこなった観念の実験の澱を取り除くことができないという思いが、あるのかもしれない。

では、「死滅する眼」とは何か。「公」と「私」の向こうで、ただ、ぼろ布のようにうずくまる囚人の俯きがちの眼。『死霊』の新しさとは、この壮大な観念小説の向こうに、息たえだえの微弱な存在、その朦朧とした眼を感知することなのだ。それは、世界と宇宙の死滅を待ち望む眼であるよりも、それらの死滅してなお生き続け、ゆるされてあり続けるものへの、慈愛に満ちたまなざしではないだろうか。埴谷は、これを最後の最終のことばとして、私たちにつたえている。

正木としか「天国日和」(「群像」)の、かもし出す不思議なか細さには、もしかしてこの「死滅する眼」からと思わせるものがあった。いまはこの世にいない者からの手紙、そしてその手紙をもってやってきた青年、その青年とのしばしの同棲、そして消滅。「淡くひかっている空男の鼻を、息をひそめてつまんだ。起きるかも、と思ったけれど、眉をわずかにしかめただけで眼はとじたままだった。鼻をつまんでいるあいだだけ、寝息がやんだ。親指とひとさし指を鼻から静かに離すと寝息が戻り、わたしの鼓動もゆっくりとおさまっていった」。「起きたとき、空男はいなかった。床の上にはタオルケットが抜け殻みたいに置いてあった」。

大審問官の「九十年の星霜をへた血の気のない唇に静かに接吻」した「その人」もまた、こんなふうにして、消滅したのかもしれない。そう思わずにはいられなかった。

六月 「戦争状態」をくぐりぬけたところ

二〇〇三年という年号は、私たちが、戦争という圧倒的な現実の力をあらためてまのあたりにした年として、記憶にとどめられるにちがいない。

九一年の湾岸戦争の際には、まだ、言葉の「無力」について語る言葉があった。戦争の虚しさや、武力による解決の是非について論じる余地もあった。だが、今回のイラク戦争では、国連決議を待たずに、武力行使に踏み切った米政府の専横を批判する言説が、見えない力のもとで、次々に骨抜きにされていくようなのだ。

このことの恐ろしさを、社会や政治や思想について語る言葉は、どこまでとらえているのだろう。たとえば、「《イラク戦争》演劇的考察――ユマニスムの試練」と題された渡辺淳の刺激的な文章(「すばる」)。その精細な情報とユニークな視点にもかかわらず、そこで提唱された、現実を異化する演劇的効果も、この圧倒的な現実によって、逆に異化されてしまいかねないのだ。

これが一カ月前のものとなると、なおさらである。米政府とブッシュ政権の独善性を徹底的に批判した西谷修の「アメリカが世界の怒りをあおった日」（「新潮」五月号）など、先鋭であればあるほど、どこかで空回りしているのではないかという印象を拭いきれない。

「ファルス」と題された丹生谷貴志の文章（「新潮」今号）には、さすがに、この現実のもたらす苦さが投影されている。描かれているのは、米軍も米政府も、もはや世界の覇権を握ろうとする意欲をなくしてしまった世界だ。そこに実現した米国の、世界の現場からの可能なかぎりの撤退・沈黙は、奇妙な真空空間を生み出してしまう。「単数形の〝米国〟ではなく複数形の〈合衆国〉であること」を選んだ架空の非現実的世界にあって、「私」は、いつのまにか「自分たちが何か知れない『海』の中に水没し、知らぬ間に水棲の生物に変わってしまったことを認めざるを得」なくなっているのである。

これを、たんなるアイロニーとみなしたのでは、事の重大さをとらえ損ねてしまう。戦争という現実には、もともと、個々の政治的な思惑を越えた巨大な力がはたらいている。私たちが、現実の動じがたさに出会って、いかんともしがたい思いにとらえられるとき、そのときだけ、この圧倒的な現実の、片鱗にふれるのだ。

イラク戦争は、このような現実のあり方を、これ以上ないまでに露出してみせた。アイロニーというならば、この現実に出くわして、言葉はどのように封印され、そして、どのように紡ぎ出されるか。それこそが、真にアイロニックな問題といえる。

「『キャッチャー・イン・ザ・ライ』訳者解説」（「文學界」）において、村上春樹は、サリンジャーのこの作品が、一九四四年におけるドイツ軍との戦闘を一兵士として経験した彼自身の「個人的な『戦争小説』」ということもできると述べている。それは、村上の指摘する「敷石の上に歯や血を飛び散らせて死んでいるジェームズ・キャッスルの死体の描写」にかぎらない。あの「ライ麦畑のキャッチャーだったら、なってもいい」という、ホールデン・コールフィールドの言葉自体が、圧倒的な現実を前に、敗れ去るほかなかった者への思いの底から現れたものといえるからだ。

それならば、一九四四年の戦闘をも、バグダッドの市街戦をも直接経験していない私たちにとって、「個人的な『戦争小説』」は、いかにして可能か。

中村文則「遮光」（「新潮」）は、サリンジャーとはまた異なった場所から、一九四〇年代の戦争を受けとめたサルトルの『嘔吐』を、エピグラフとして引いてくる。

「一挙に私は人間の外観を失った。彼らは、非常に人間的なこの部屋から、後ずさりして逃げて行った一匹の蟹を見たのだ」。

この引用が、作品のすべてを語っている。ある回復不可能な不全にとらえられた人間の、現代的な生のあり方。作品のモチーフに、思いきり抽象的な言辞をあたえるならば、そんなところだろうか。

ところが、ここに描かれた「人間の外観を失った」存在、人間的な部屋から後ずさりして逃げていく「一匹の蟹」には、みずからが陥った深い穴が、どのようなものかがまったく知らされていない。

『キャッチャー・イン・ザ・ライ』のホールデンには、この世界のすべてが我慢ならないとしても、深い崖から次々に転落していく未生の存在たちをキャッチする役目なら引き受けようという思いがあった。マロニエの根を前に、存在そのもののざらざらとした感触に震撼された『嘔吐』のロカンタンには、それでも、まったき自由へと向かうタブラ・ラサの状態が用意されていた。

だが、中村文則のこの作品の「私」には、なにもない。交通事故でなくなった恋人の指をホルマリン漬けにして保存するこの「私」には、それがどういうことで、何の意味があるのかまったく分からない。ただ、そうせずにいられないというやみくもな思いだけが、彼をとらえている。

そういう意味でならば、この「私」は、ホールデンよりもロカンタンよりも『異邦人』のムルソーに似ている。事実、彼は何の動機もなしに、女友達のパートナーを撲殺してしまう。そしてそのことについて、罪の意識を見出すことができない。

だが、彼はムルソーのように、「世界のやさしい無関心」に心開かれるということもない。むしろ、徹底的に陰惨で、内閉的で、暴力的なのだ。

「私はその間、『お前のせいだ』と声に出して繰り返していた。摑んでいた髪が血で滑るため、途中から、近くにあったアイロンを手に取り、それで男を殴った。男はテーブルの上に頭をのせたままうつ伏せになっていたが、私はその頭を狙って、必死になりながら何度もそれをくりかえした」。

これが、中村文則という現代的な作家の「戦争小説」なのだ。そのどきどきと胸騒ぎするような文体。暗く澱んだ鬱の気分といったもの。それらのいいがたいリアリティーに打たれつつ、それでもこれを真の「戦争小説」というにはためらいがあると思うのは、なぜなのか。

圧倒的な現実を前に徒手空拳のまま立ち止まるということ、サリンジャーも、サルトルも、カミュもそれぞれに立ち止まったその場所が、この小説からは見えにくいという、そのことなのである。

だが、それをもってこの作品の価値を低く見積もることはできない。少なくとも、この作家は、自分を駆り立てているのが、ある種の「戦争状態」にほかならないということをまちがいなく摑んでいるからである。

そして、この「戦争状態」を、決して血なまぐさくもなく、暴力的でもなく、独特のユーモアとやつしでもって描いたのが、絲山秋子「イッツ・オンリー・トーク」(「文學界」)である。この作品の「私」の、稀にみるやさぐれ具合が、いったいどこからやってきたのかと考えたとき、これもまた内なる「戦争状態」をくぐりぬけたところに現れたものであることに気づくのである。「愛情というか、いとおしみというか、とにかく何かそのような滾るもので対象を遇している」という辻原登の評言の、その滾るようなあるものこそ、「戦争小説」を「戦争小説」たらしめる不可欠の要因にちがいない。

そのことを、この絲山秋子という新人作家は、巧まざる仕方で私たちの文学につたえてくれたのである。

七月　全的崩壊の経験

一九六八年を、思想や文化における歴史的な切断の年とする見方が、広まりつつある。提唱者の一人である絓秀実によれば、一九四五年の敗戦体験よりもさらに深い断絶を、この六八年体験はもたらしたということになる。

これを、単なる世代的な体験の落差として捉えることはできない。問題は、二〇〇〇年という黙示録的な年号を経た今日、なぜあらためて六八年が切断の年として浮上してきたのかというところにある。

「日本『六八年』小説論」と副題された渡部直己の評論集(『かくも繊細なる横暴』講談社)を評しながら、

丹生谷貴志は、次のような見解を明らかにしている。六八年体験とは、個の孤独な死と、全世界の崩壊とが具体的に同調してしまう「全的崩壊」の経験にほかならない、と（「世界と個の未決性を担い続けること」「新潮」）。

興味深いのは、この丹生谷の見解には、六八年体験を、敗戦体験を含めた他の諸々から差異化しようという意図がみとめられないということだ。それはむしろ、大戦が私たちの想像力に強いる、個と全世界との壊滅というところから問題化される。

これを、いいかえるならば、ある根源的な滅亡の経験、九・一一の同時多発テロから、三・二〇のイラク攻撃までを含めた新しい戦争の経験こそが、この六八年体験に実質を付与しているということになる。

「六八年」的なものの切断と継承が問題になるとするならば、ここにおいてだ。私たちが、この新しい戦争をどのように通過しようとしているか。それだけが、これを真に「革命」に値するものたらしめるのである。

おそらく、ここには、もう一つの年代記がかかわっている。阪神大震災から、地下鉄サリン事件、そして酒鬼薔薇聖斗事件と続く九〇年代後半の終末論的な世界をいかに通過したか。そこにおいて、もう一度この「六八年」は問題とされる。

このことを強く意識させられたのは、村上春樹の『海辺のカフカ』をはじめとする終末論的世界観によるかのような作品群の登場である。当の村上は、十五歳少年田村カフカに、酒鬼薔薇聖斗の面影が投影されているとしても、それは意図するところではないとしている。だが、もし村上が、九〇年代後半の世界をさらに深いところで通過していたとするならば、地下鉄サリン事件のみならず、この事件に象徴される「全的崩壊」の感覚を、もっとリアルに形象化していたにちがいない。

『阿修羅ガール』（新潮社）で三島由紀夫賞を受賞した舞城王太郎になると、事情が一変する。この世代にとって、九〇年代後半の世界は、不可避の現実なのだ。そこを避けることは、現在に背を向けることである。したがって、問題はどのように通過したかではなく、これをどのように全世界的経験へとリンクしえたかなのだ。

女子高生アイコの奔放な語りからなるこの作品が、選考委員の顰蹙をかうような品のなさを印象づけたとしても、それはたいした問題ではない。むしろ、書割として使われているカルト宗教と猟奇的な殺人とが、どこまで九〇年代後半の世界からリアリティをえたものであるか、そちらの方が重要なのである。そして、率直な印象をいえば、舞城の試みは、完全な成功を得たとはいいがたい。

その理由は、「山ん中の獅見朋成雄」（「群像」）を読んでみれば、明らかである。十五歳少年獅見朋成雄の成長を綴った特異な教養小説ともいうべきこの作品が、『阿修羅ガール』と同様、カルト的な書割からなっていることは、すぐに読み取ることができる。

だが、そこまでである。

相撲好きが高じて家の玄関脇に土俵を作らせ、時にマワシ一丁で外に飛び出すモヒ寛という人物、「人盆」と称せられる人肉食いの宴。それらのもたらすインパクトを考慮に入れてもなお、この小説には全身を震撼させるような力が感じられない。結局は、背に鬣のような毛の生えた獅見朋一族の末裔である成雄の自我再生の物語に収まってしまう。「全的崩壊」にいたりつくことのない、ある種の安定した制御装置とでもいえばいいだろうか。

だが、これをもって舞城王太郎という新時代の才能を否定し去るつもりは、ない。少なくとも、この作家には、現在の世界が、九〇年代後半の世界と地続きであることがはっきりと摑まれている。そして、それが黙示録的世界につながることも、直感されている。そのことが、空気のような日常と身辺の瑣末な事情を書き流しているだけの作家たちと、この作家を隔てる決定的な要因なのだ。

舞城と同世代の文芸評論家田中和生は、「『私小説』の行方――零度の文章意識の方へ」（「群像」）において、八〇年代のポストモダン文学を通過するなかで、どのような作品と表現が、現在的なリアリティを獲得するにいたったかを、成熟した筆致で論証していく。田中によれば、消費と記号の氾濫する世界において、最後の自然としての「身体」にいかなる拠りどころも見出すことのできなくなった作家たちは、皮膚感覚にまで崩壊した「性」の世界を描くことに、リアリティを見出すほかなくなった。

田中は、そういう作家たちの最も現在的な存在として、山田詠美、内田春菊、柳美里、赤坂真理という女流たちをあげていく。だが、彼女たちの描く「性あり」の世界の先に、町田康や車谷長吉の道化的もしくは戯画的な世界をおくとき、批評のリアリティは、たちまちのうちに失せていくようなのだ。

理由は、九〇年代と現在を結ぶ「全的崩壊の経験」にかかわる。町田康、車谷長吉といった作家たちへの思い入れだけではない。田中が依拠するロラン・バルトでは、もはや現在の黙示録的世界をとらえることができないという、そのことである。この才能ある批評家が、二十一世紀の革命的な文章意識を見出すかどうかは、江藤淳‐加藤典洋から受け継いだ「自然の崩壊」を、存在自体の「全的な崩壊」にまで拉致させうるかどうかにかかっている。

小川洋子「博士の愛した数式」(「新潮」)は、この流れから全くはずれたところに位置する作品に見える。ここには、皮膚感覚にまで崩壊した「性」の世界も描かれていなければ、存在自体の「全的な崩壊」も描かれていない。にもかかわらず、これを現在的な課題とは無縁な作品と断ずることができない。なぜか。

ここに登場する、十数年前の事故で記憶を失った天才数学者やその事故に巻き込まれて孤独な老年を送る義姉というのが、オウムによるサリン禍にあって記憶を失った人々を彷彿とさせるからだ。『妊娠カレンダー』や『完璧な病室』において、内閉的な性のかたちを極限まで追いつめた小川洋子に、「全的な崩壊の経験」がやってこなかったはずはない。だが彼女は、これを私的な抽象へと結晶させるのではなく、あくまでも倫理的な現実へと解き放とうとした。

記憶を失った初老の数学者と、身の回りの世話をする若い家政婦。そして彼女の十歳の息子。彼らのあいだに交わされるえもいわれない慈しみには、「性あり」の世界とはまた異なった、不思議にセクシュアルな表情がかいま見られる。そこに、九〇年代後半の世紀末的な経験が影を落としているとするのは、ひとえに彼らの生きている現実のあり方によるのだ。

現在の黙示録的な世界を、いかなる観念的武装からも遠く、どのような私小説的やつしとも無縁に生きること。そのことだけが、私たちにリアルな年代記をかたちづくらせる。

八月　権力装置の効用

長崎市の幼児誘拐殺害事件で補導された、十二歳の少年の精神鑑定が実施されるという。東京赤坂の小六女児四人監禁事件で自死した容疑者は、被疑者死亡のまま、逮捕監禁、誘拐容疑で書類送検。九州福岡の一家四人殺害事件にいたっては、いまだ犯人が特定されないままである。

このところ、人心を騒がせた特異な事件の経緯を挙げてみた。現在の社会が、九五年のオウム・サリン事件以来の猟奇とカルトの影を引きずっていることを、これらの事件は、如実に示している。

問題は、どこにあるのか。事件を引き起こした犯人像が、いよいよ見えにくくなってきているということ。社会の病根のもっとも深いところに鍾を下ろせば、焦点を結ぶかに思われるのだが、事はそう簡単に運びそうもない。

「汚辱に塗れた人々の生」と題された文章において、ミシェル・フーコーは、十八世紀フランス社会の裏面に葬られた極悪人、破廉恥漢、浮浪僧、性倒錯者といった存在に焦点を当てようとする。彼らが体現した、悪意・嫉妬・劣情・意地・不運といったものを、いかにして掘り起こすことができるか。そのことに、異様なまでの関心を向けるのである。

このようなフーコーの関心は、現在の文学の最上の担い手たちに共有されているかにみえる。三島賞の舞城王太郎、芥川賞の吉村萬壱、同候補の中村文則、絲山秋子といった作家たちを動かしているのは、まさに汚辱に塗れた者たちとの同一化なのだ。彼らにとって、九五年以来、次々に起こった世紀末的な事件は、そのことを意識化させ、方法化させる格好の契機であったといえる。

だが、問題がないわけではない。彼らの方法で、事件の底に沈んでいる汚泥のようなものを、本当に掬い上げることができるのだろうか。

極度なまでの内閉化、反俗化、異端化は、文学を内側から腐らせる。フーコーの言葉を借りるならば、「最も悪しきもの、もっとも秘匿されたもの、もっとも呵責なきもの、もっとも恥ずべきものを語るのが文学なのである」が、同時に「文学のそうした特異な位置は」、「ある権力装置の効果に」すぎないのである。

このことを、現在の才能ある作家たちがどこまで自覚できるか。竹田青嗣の長編評論「絶対知と欲望——近代精神の本質」(「群像」)は、この問いに対する回答ということができる。

ここ十年来、文芸評論家としての関心をなげうって、哲学に沈潜してきた竹田が、ここにおいて一つの思想的な里程標を打ち立てたとみなすことのできるこの評論の、いったいどこが、現在の作家たちへの回答になっているのか。

できるかぎり、簡明にいってみよう。

近代というのが、「最も悪しきもの、もっとも秘匿されたもの、もっとも呵責なきもの」を隠蔽することによって成立したものであるという見方を、根底から疑うこと。むしろ、近代こそが、そういうものの現存から目をそらすことなく、決して「権力装置の効用」に収まることのない原理を模索してきたということ。そのことを明らかにしたところに、世紀末的な世界像を、どう捉えるかという問題に対する竹田独自の回答が見出される、と。

このような竹田思想の論拠になっているのは、ドイツ観念論の完成者とされるヘーゲルである。ロゴス批判、真理批判を徹底してすすめる現代思想にとって、ヘーゲル哲学の絶対精神とは、悪しき神学いがいの何物でもない。だが、しかし、そういうヘーゲルに、竹田は、思想的な可能性の中心を見出すのである。

では、ヘーゲルにおける可能性の中心とは、どういうものか。

死をおそれつつなお労働するものとみずからを認めること。そのことで、現実に存在する不合理や桎梏から自由になろうとする意識を、最も現実的なものとみなす視点である。これが、現実的であるのは、たんに自由を求める意識が現実的であるというだけでなく、自己と他者との承認をめぐる闘争を通して、最終的には、自己も他者も共に生かしめるような現実的関係の原理を構築しようとするからである。

このことを、竹田は、コジェーヴ、ハーバーマス、ロールズといった、どちらかというと現代思想の系譜の外側に位置する思想家たちを検証することで明らかにしていく。だが、その基底にあって彼を動かしているのは、社会全体の利益を追求するなかに個人の幸福のあり方を求めたJ・S・ミルの功利思想と、「情状性」と「気遣い」という理念で、自己と他者との関係のあり方を模索したハイデガーの実存思想である。

竹田は、ヘーゲル哲学における絶対知への希求の根底にあるのは、「個々の人間はだれもみな互いに誰か他の人間にとって『有用なもの』として存在している、という観念」であるという。

重要なのは、この認識が、他者の自由を承認することにおいて、他者との関係のみならず、この関係を調整する社会的な原理を構想するという竹田年来の近代市民社会論の土台となっているということなのだ。

たとえば、カントの道徳論を、その可能性の中心において捉えた柄谷行人は、自由というのが他者への責任と応答において立ち現れるという倫理を明らかにした。そこで、カントの根底にあるのは、「他者を手段（自然）としてのみならず、同時に目的（自由）として扱え」（『倫理21』）という理念であるという。

こういう柄谷の考えの根にあるのは、国民国家と資本主義において実現した近代の原理が、他者を手段とすることによって成り立っているということへの冷徹な認識である。柄谷からすれば、竹田がヘーゲルから読み取った「有用性の連関」とは、近代から現代の過程において一度死んだ原理にすぎないのである。

それだけではない。「最も悪しきもの、もっとも秘匿されたもの、もっとも恥ずべきもの」を隠蔽することにおいて成立したのが近代なのであって、そのつけは、現在の社会に回って、これを背後から絶えず脅かす要因となっているといっても過言ではないのだ。

だが、近代精神を根本から捉え返そうとする竹田の試みは、これに対しても、明確なパースペクティヴを手にしている。むしろ、これこそが、世紀末的な世界像と悪の現存をモチーフとする新しい作家たちへの回答になるといっていいのだが、では、それはどのようにしてか。

たとえば、汚辱に塗れた人々の生に異様なまでの関心を向けたフーコーには、近代の限界性に対しての徹底した認識があった。だが、同時にフーコーは、自らの関心が、そのままのかたちでは、誰一人をも救うことができないということをわきまえていた。そういう関心こそ、「ある権力装置の効果にすぎない」ということが、明瞭に捉えられていたのである。

竹田思想のパースペクティヴとは、こういうフーコーの思想を反転したものといえないだろうか。「有用性の連関」といい「自由の相互承認」といい、それがどのようにして、汚辱に塗れた者たちの現存にふれることができるのか。そのことの困難さを思うならば、結局はそれもまた「近代という幻想」の一つにすぎない。そういって、退けられることは、十分ありうる。そのことを覚悟のうえで、なおかつこれを、人間が、他者や社会とつながりをつける根本原理として提出すること。

そこに、世紀末的な世界像をモチーフとする作家たちだけでなく、現在の黙示録的な社会を生きる私たちへの回答を見出すことができる。そして、これが、現在の社会にとっても文学にとっても、最も緊迫した問題であることは、疑う余地がない。そこには同時に、贈与と返済を、返礼ではなく三者の合意へと導くには何が必要かという困難な問題も、示唆されていると思われるからである。

九月　未生以前から寄せくるもの

芥川賞の吉村萬壱が、受賞後の感想をつづった文章のなかで、こんなことを述べていた。自分は、午前中の早い時間、喫茶店の決まった席に腰を下ろして、言葉を書くということを、作業のようにおこなう。手にしていた商品の説明書、窓外にうつる商店街の看板、言葉は無意味なものであればそれだけいい。そのことを日課のように繰り返すことで、さなぎから羽化するように、小説の言葉へと向かうことができる、と。

吉村萬壱だけではない。おそらく、現在の才能ある作家たちのなかには、これに似たイニシエーションを、ひそかに実践することによって、作品を生み出している者が少なくないはずだ。彼らのなかにはたらいているのは、言葉を失うということについての鋭敏な感受性である。

たとえば、言葉を失ったとき、不意に口をついて出てくるフレーズというのは、どのようなものだろうか。ゴーギャンが、自殺未遂をはかる直前に描いたという大作のタイトル「われわれはどこからきて、どこへ行くのか」というのも、その一つにちがいない。

タヒチの神話をあしらったかのような、かの不思議な作品を通して、ゴーギャンはいったい何をいおうとしたのだろう。

私たちの生と死が、存在そのものと決して同期ではないということ。それゆえに、ある絶対的な届かなさのうちにあるということ。

だが、そのことは、決して取り返しのつかない事態というのではない。むしろ、未生以前と死後とが、同質のものとして現れてくるまたとない機会なのだ。そこにおいて、ゴーギャンの問いは、「われわれは、どこへ行き、そしてどこからやってきたのか」と問い直されるのである。

保坂和志との対談「タイムマシンとしての小説」(「新潮」)において、高橋源一郎は、不思議な話を披露する。小説とは、過去の自分に会いに行く仕方ではないだろうか、と。その証拠が、夏目漱石の『こころ』だ。

冒頭、若い「私」と先生がはじめて鎌倉の海岸で出会う場面。「私」は先生に向かって、「どこかでお会いしたような気がするけれども、どうしても思い出せない」と言う。だが、先生は、会った覚えはないと答えて、そこでこの話は途切れるのだが、これは実は、先生が、「過去の自分に会いに行った、あれは一種のタイムマシンなのだ」というのである。

「タイムマシン」というたとえの奇抜さに、惑わされてはならない。これは、すぐれて存在論的な問題なのだ。

つまるところ、すぐれた作品とは、「われわれは、どこへ行き、そしてどこからやってきたのか」というゴーギャン的問いを内包して、成り立っているということなのである。

このことは、他方、作品において語っているのは誰なのか、作者とは、いったい何者なのかという問いを導かずにいない。

「『仮面の告白』と作者殺し」(「群像」)と題された長編評論において、加藤典洋が問い掛けているのも、このことなのだ。テクスト論批評が支柱とする「作者の死」という理念の不徹底を批判してきた加藤は、ここにおいて、デリダ、ラカンでなく、フーコーの権力論を検討しながら、そこでいわれる「主体の死」と「複数の自己の散乱」という理念が、ある種の対抗的でネガティヴな通路を通って現れてきたものであることを論証していく。

三島由紀夫の『仮面の告白』と、水村美苗の『続明暗』をとりあげ、そこで語っているのは、「作者」を一度死にいたらしめることによってよみがえった虚構の主体であり、たとえ「作者」が失われたとしても、なお語ろうとして生き続ける欲望にほかならない――そんなふうに展開される加藤の周到な論に、もし補足すべき点があるとするならば、この虚構も欲望も、生の深い断絶と、にもかかわらず、あらわれる未生以前の語りとでもいうべきもののなかで、遂げられるということではないだろうか。

漱石の語りとは、そういうものとして現前するのであって、それは、『こころ』のみならず『明暗』においても、同様なのである。

そして、「われわれは、どこへ行き、そしてどこからやってきたのか」という問いは、「人間の消滅」を「何という深い慰めであろう」という言葉で受け取ったフーコーの問題にも、どこかで重なるように思えるのだ。

「新潮」八月号に掲載され話題になった島田雅彦の「美しい魂」について、各紙誌の時評は、こぞってこの作品の題材となった天皇家にかかわる禁忌の恋に言及している。なかには、小森陽一「文芸時評」(「群像」)のように、いわくつきの出版の経緯と天皇制のみえない抑圧について、批判的な言辞を弄する者も見受けられる。

だが、この小説が、小森の述べるように、天皇家に嫁ぐことで、中宮あるいは斎宮となるはずの女性に恋をする男の物語、いわば『伊勢物語』や『源氏物語』の系譜につらなる「色好み」の物語であったとして、では、どこまでそこに、あの語りの層が現前しているかといえるだろうか。それを考えると、やはり留保せざるをえないのである。

理由を述べる前に、もう一度ここでの主題を確認しておく。

私たちをして、この生の尽きた果てへとおもむかせ、さらには、未生以前から寄せくるものへと向かわせるのは、私たちにかかわる一つとして、存在そのものと同期ではないということ。それゆえに、私たちの生が、ある絶対的な届かなさのうちにあるということ、そのことのゆえであった。

禁忌の恋とは、したがって、そのような届かなさのなかで、数奇な運命をたどる天才的なオペラ歌手野田カヲルの落魄の物語として語り出されるとき、たしかなリアリティをもつものなのだ。事実、「美しい魂」の続編として、すでに発表された「エトロフの恋」(「新潮」一月号)において、島田雅彦は、そういう語りを、まるで深い井戸から汲み出すようにして、小説のいたるところに湛えていったのである。

であるとするならば、この「美しい魂」とは、そのような語りにいたるまでの長大な序章といえるのではないだろうか。あたかも、王朝の色好みの物語が、かなわぬ恋のゆえに、流離する貴種の物語となって、一層のリアリティを得てゆくように。

平野啓一郎「最後の変身」(「新潮」)は、そういう意味でいうならば、カフカの『変身』の序章といってもいい作品である。この、グレゴール・ザムザに擬した一人の引きこもりの男を描いた作品において、平野は、日課のように意味のない言葉をノートに書きつづる吉村萬壱の場所で、すでに小説を書き始めている。小説の語りを引き寄せようとする言葉が、そのまま小説の助走となっているのである。

それは、作家の手法の相違という問題でもなく、いわんや作品の優劣の問題でもない。作品の語りの最も低い鞍部というものがどこにあるのかということなのだ。そして、そのことにおいて、吉村も平野も間違いのない認識を手にしている。

それゆえ、こうもいえる。彼らが、これらの序章からはじめて、たゆむことなく「われわれは、どこへ行き、そしてどこからやってきたのか」と問い続け、やがては「変身」にも「こころ」にも匹敵する作品へといたりつくこと——現在の若い才能ある作家たちに、それを期待することは、決して虚妄ではない、と。

十月　往って、還ってくるということ

いまになってみると、不思議な言葉に思われてならないのだが、吉本隆明が、『最後の親鸞』において、しきりに述べた「往相」と「還相」というのは、いったいどういうことを意味していたのだろうか。

衆生の救済が遂げられるのは、称名念仏をすすめた果てに、浄土へとおもむき、ふたたびこの世へと戻ってくるときである。そういって、吉本は、知のあり方もこれと変わらない、「頂を極め、そのまま寂かに〈非知〉に向かって着地することができればというのが、おおよそ、どんな種類の〈知〉にとっても最後の課題である」と、述べていた。

だが、この言葉には、私たちの生と死のあり方を、そして、存在そのものの相を、太洋の底の海溝のように映し出しているところがあるのだ。それをたどっていくとき、どこかから、「われわれはどこへ往き、そして、どこから還ってきたのか」という言葉が聞こえてくるように思われるのである。

「茫々と、折口信夫の海へ」（高橋英夫）「山と海へ『帰りゆく』聖なる乞食《カタヰ》」（饗庭孝男）「折口信夫の反復」（中沢新一）「『モノ』の幻」（川村湊）――「特集折口信夫歿後五十年」（「新潮」）に寄せられた文章のタイトルを並べてみた。こうして、挙げていくと、折口信夫もまた「われわれはどこへ往き、そして、どこから還ってきたのか」という問いかけを、たえずおこなっていた一人であることに気づかされるのである。

なかでも、高橋英夫は、「死者の書」をはじめ、折口作品にくり返し現れるオノマトペに注意を向けながら、「こう　こう　こう」とか「した　した　した」といった音の向こうに、この「どこへ往き、どこから還ってきたのか」という声を聞き取っているようなのだ。大王崎からはるか遠くの海原を見渡したとき、思わずもれ出た「ほう」という溜息。その「ほうとする」ような思いのなかで、折口は、はるかな魂のふるさとへと思いを馳せていたのではないか――そう高橋は、いうのだが、では、いったいそこで、折口が思いを馳せている魂のふるさととは、どういうものか。「異郷」とも「常世」とも「妣が国」ともいわれるそれを、私たちの生と死とが、存在そのものへとかぎりなく同一化しようとする場所。そこにおいて未生以前と死後とが、同質のものとして現れてくる場所。そんなふうに、いうことができるのではないだろうか。

そこからやってくる「人にして神」であるものが、実は、こちら側からひとたびは、そこへと往ったものであること。すべてを失い、無一物となって、暗い海を越えていったもの。その者こそが、弊衣をまとった「乞食《カタヰ》」の姿をとって、ふたたびこちら側の世界へと還ってくる。そういう往還こそが、来訪する神「まれびと」の、内実をかたちづくっているのである。

玄侑宗久「拝む女」（「新潮」）は、これを禅の立場から、「阿頼耶識」という言葉であらわそうとする。暗く、滞留したエロスの耀《かがよ》いを随所に感じさせるこの作品において、若い母親である真砂子の、後見のような立場にある禅僧の宗隆は、たえず、彼女の不思議な誘《いざな》いに引き寄せられる。そのたびに、みずからの意識を、この「阿頼耶識」のなかで鎮めるのであるが、そのたびに、「宗隆は夜の海の水面に、或いは阿頼耶識の深淵に、偶々灯台の光が照射した波だけを次々追うように話される言葉の群飛を、摑まえて論理的に再構築」しようとするのである。

輪廻からの解脱をくわだてる禅からするならば、未生以前も、死後も、ある絶対的な時間のなかで現成するものにほかならない。往還とは、結局は輪廻の、かたちを変えた現れにすぎないのである。そういう理念のなかにある宗隆にとって、真砂子がみずからのうちに流れる淫蕩の血を、「おがみや」と称する老女にただしてもらおうとすることが、理解できない。

だが、真砂子とともに、何度かその「おがみや」のもとにおもむくに従い、しだいに未生以前の暗い海から寄せてくるものに、感応していくのをおぼえるのである。宗隆は、ついに「暗く深い阿頼耶識の海の底から夥しい海星が浮かんでくるようだと」思うようになっていく。

「満月を透かして淡い宵藍色に輝く薄雲から、小さな白い羽虫が落ちてくる。ダッフルコートの袖に付着したそれは、一瞬、季節を間違えて生まれてきた死にかけの蛾に見えた」。桜井亜美「卒業旅行」(「群像」)の書き出しを、玄侑宗久「拝む女」の末尾に続けてみた。こうして、ひと連なりのものとして読んでいくと、これらの文体自体に、一種、往還の趣きがあることが感じられるのである。なぜだろうと思って、桜井作品をたどっていくと、しだいに理由が明らかになっていく。

ここに描かれているのは、インターネットの自殺サイトで知り合った若い男女の死出の旅なのである。「フェアウェル・ツァー」に参加した、死にたい歴五年以上という数人の自殺志願の男女の、富士の樹海への道行き。「チェルシー」とか「ポッキー」といったインターネット上のハンドルネームで呼び合い、最後のセックスに興じる若者たち。そこに、少しも死の影がさしていないように思われるのは、彼らが、ひとたびは死後の世界へと往き、こちらへと還ってきた者たちだからではないのだろうか。

桜井亜美という若い書き手に、そのことを自覚的にモチーフとする力があれば、この作品は、さらに陰影深いものになったのではないかと惜しまれるのだが、にもかかわらず、ここに描かれた幾層にもわたる生死の樹海は、作者を駆り立てているものが、どういうものであるかをうかがわせるに十分なリアリティをもっている。

千葉一幹「漱石と倫理――文学の幼年時代」(「文學界」)という、すぐれた評論を読み進めていくにしたがい、漱石もまた、「われわれはどこへ往き、どこから還ってきたのか」と問い続けた者であることが、浮き彫りになっていく。この緻密で、しなやかな論理のもとに展開された批評作品には、生死の根源、倫理の起源にふれようとするものだけが発する輝きが認められる。

われわれが、ひとたびは往って、還ってきた者であること、それゆえに決して、無垢なる者として、この世界にやってきた者ではないということ、そのことを肝に銘じているがゆえに、際限なく往路をたどろうとする者たちから成る現在の世界に対して、根本的な批判者たりうるということ、そのことを千葉は、漱石作品をたどりながら論証しようとしている。

往って還ってくるということ、千葉の論法でいえば、遅れてやってくるということ、あるいは、一番最後に到着するということ、そこに倫理の起源があるとするならば、そういう者であることを、『それから』の代助や『門』の宗助のように、みずから選び取るからにほかならない。

そのことによって、この世に生を享けたことは、祝福されてあることであり、子は親から返済不可能な愛情を注がれてあるという事実を、あらためてみずからのものとして背負い直すのだ。イノセンスもメルヘンもアナクロニズムも、そのような倫理的選択においてこそ、実質をもったものとして立ち現れてくる。「文学の幼年時代」という千葉の問いかけは、かくまでの深度をそなえて、現在の文学を照らし出すものということができる。

十一月　成り、熟していく場所

文学や思想にとって、成熟とはどのようにしてやってくるのだろうか。成熟することが、何かを喪失することであるとして、ではいったい人は、そこで何を失うのか。

ありえたかもしれない思考と感性の可能性を、ひとつひとつ遺棄してゆき、ある原型にまで遡っていくこと。成熟とは、したがって失ったその場所、遺棄ということがおこなわれたその地点まで、還っていくことによって遂げられるのだ。

そこで、何が成り、熟すのかというならば、存在そのものが、いやむしろ、存在そのものへと同一化しようとして、ついには完遂することがない、その不全こそが、一個の果実のように成り、熟すのである。

松浦寿輝「ひかがみ」(「群像」)を読みすすめていくと、この作家のなかでたえることなく鳴り続けている主題が、喪失・遺棄・帰趨・成熟といった言葉であらわすことのできる何かであること、そのことが、確実につたわってくる。

ここに描かれているのは、下町の、廃れた鳥獣店の店主である真崎という中年男の、現とも幻とも定めがたいさまよいの過程である。

一度は繁盛したこともあったに違いない鳥獣店の、売れ残った数匹の蛇に囲まれ、夢幻の女である珠実という女給との交情に溺れていく真崎のすがたを、作者は、哀歓をこめて描いていく。擦り切れ、くたびれていく現実のなかで、彼を駆り立てるのは、「ここから帰ってゆくのだ、何度も何度も帰っていったし、これからもきりもなく繰り返しつづけるのだ」という思いにほかならない。それはやがて、闇の奥の胎内下りともいうべきイメージへと結実して、真崎を、眩しいまでの無の空洞へと駆り立てるのである。

とはいえ、こういった物語の進み行きに、一種、ロマン主義的な主題を見出し、現在的な文学の地勢図から退けるということも、できないことではない。現在においてもっともアクチュアルな問題は、すでに帰るべき場所は失われているということ、私たちには、もはや、どこへ帰るのかという問いも、何が失われたのかという問いも、封印されているということにほかならないからだ。

意のある作家たちは、そのことを前提として、生きる理由も、行為の動機もなくして、無機物のように投げ出された生というものに、照明を当てようとしている。しかし、そういう作家たちの一人である藤沢周の「光追うこと」(「文藝」冬)に目を移してみると、そこに起こっていることが、いわば存在論的な転回といってもいい事態であることに、気づかされるのである。

短編小説と銘打っているものの、幼年への遡行を主題としたこの作品において、「私」は、生まれ育った日本海に沿った町の、たえず波の音のきこえる新川という材木置き場に、不思議な光り輝く闇を見出す。「目に見えるものがあるのに、その裏側には途方もない谷というか、奈落のようなものがあって、滝になっている。だが、その滝の向こう側には間違いなく金色の光が満ちていて、一体それは何かと考えると、祖父に話して貰った宇宙の果てを考えるのと同じで頭がおかしくなりそうになる」、そう考えて、思わず耳を塞ぐ幼年の「私」のなかに、この作家はいったい何を見ようとしているのだろうか。

帰っていく場所。そういっていけないのであれば、自己の原型へと向かって、かぎりなく成熟していく場所。喪失も遺棄も、悔恨も罪障も、すべて受け容れたうえで、そうでしかありえなかったという、存在の根源的な欠落へと向かって、成り、熟していくこと。そこに見出されたのが、途方もない奈落のような滝の向こうに、満ち溢れる金色の光なのである。

ところで、この金色の光とは、文字通り黄金の彩りになるものであろうか。むしろそれは、ネガフィルムのように、明と暗が、反転したかたちであらわれるものではないのか。ある決定的な不全、それがネガの光となって溢れる場所、そういう場所においてこそ、成熟ということが遂げられるからだ。そのことを、柄谷行人「カントとフロイト」(「文學界」)は、一つの思想的水準にまで引き上げた上で、立証する。

「トランスクリティークII」と副題されたこの長編評論において、柄谷が試みようとするのは、カントとフロイトのトランスクリティカルな読解ということである。だが、そのような批評的構えが問題であるわけではない。重要なのは、カントとフロイトから、どのようなネガの光が、汲み取られたのかということ、これである。そして、柄谷の読みは、ある種徹底したものといわざるをえない。

「非社交的社交性」(カント)と「死の欲動」(フロイト)。喪失でも、遺棄でもなく、悔恨や悲嘆などではもちろんない。それらすべてを、ロマン主義的な理念として退けた後に、ゆいいつ残されたのが、最もネガティヴなものとしての「攻撃性」と「敵対性」なのである。いわば、存在そのものへと同一化しようとして、決して完遂することがない、その不全とは、「罪」と「悪」の反照のようにして現れる、黒い光ともいうべきものなのだ。

成熟するとは、このネガティヴな光を存在の根源に見出し、まぎれもない原型として所有することにほかならない。そのことによって、超越論的な自己Xを、「内」からやってくるものとしてみとめること、そして最終的には、良心の自覚へと到達することなのである。

このことを、柄谷は、カントとフロイトのトランスクリティカルな読解を通してすすめるのだが、そこに提示されたいくつもの創見に、目を瞠る思いにさせられながら、脳裏に浮かんだのは、やはり、思想や文学にとって「成熟」とは何かということだった。柄谷もまたここで、ありえたかもしれない可能性を、ひとつひとつ遺棄していくことによって、この「攻撃性」と「敵対性」と「死への欲動」というものを、ある原型のようにして取り出したのである。

　カントが、道徳と幸福の解きがたいアンチノミーに直面した果てに、最高善という理念を見出したとき、「非社交的社交性」といってもいい、ある種のネガティヴな光の照り返しを受けていたということ。同時に、フロイトが、「超自我」を「内」から現れ、人をして良心へと目覚めさせるものとみなしたとき、背後から差し込む、決して和解することのできない「攻撃性」の光を受けていたということ。

　そこから、発想したということがすべてなので、そこに結実した理念に、現実的な有効性があるか否かは、別種の問題なのだ。

　したがって、このようなネガティヴィティーの最終的な乗り越えとして、「世界平和」や「世界共和国」といったカント的構想を述べる柄谷に、マルクス主義的な理想理念に憑かれた思想の行く末をみるだけでは、片手落ちといわねばならない。「文学」や「思想」にとって問題となるのは、どのような情熱を、いかなる理念を形象化したかということではない。いわんや、そういう情熱や理念が、いかに現実を動かしうるかということにおいてをやだ。

「文学」や「思想」の本質を、現実的な有効性や可能性にみるのではなく、「遅れてやって来たもの」「一番最後に到着するもの」（千葉一幹）の倫理的な現前としてとらえること、そこにこそ「成熟」ということの、深い意味が見出されるのだ。

十二月　死にゆく人に読まれない小説

　癌再発のために、何度目かの手術を受けた友人から小冊子が送られてきた。なかに、こんな記述があった。宮沢賢治の研究者でもある彼は、術後、小康を得たなかで漱石全集を少しずつ読んでいくのだが、『明暗』にいたって、思わず、何と「馬鹿馬鹿しい」「不愉快な小説」だろうという読後感をもらすのである。

　不愉快さの原因は、漱石によって造形された登場人物のエゴイスティックなあり方にある。加えて、それまでの漱石作品では、主人公の側からしか心理が描かれなかったのが、『明暗』では、登場人物の一人一人の内面にまで入り込んで、しかも誰に対しても感情移入できない、うるさいまでの叙述が延々と続けられる、そのあたりにあるのではないかというのだ。

『明暗』を、日本近代文学に例を見ない本格小説であり、現在にいたるまでこれを超える小説は現れていないという私などの考えからするならば、そのような読後感は、到底受け入れられるものではない。さまざまな人物の意識の動きや心理の襞を絡めとって、筋肉の動きや皮膚の皺のごとくに実在させようとする過激な情熱。『明暗』を成り立たせているのは、そういう情熱であって、それは同時に、この世界のすべての存在を関係の関数値として計測してしまう酷薄な現実を、背後に浮かび上がらせる。

　だが、こういう見方が、どんなに正当性を付与されようと、決して受け入れられることのない場所、そのような場所がありうるということを、否定するものではない。それどころか、作品の評価というのは、いかなる基準をもはねのけて、直截的におこなわれうるので、そのことを、批評の側はわきまえていなければならない。

『明暗』を「馬鹿馬鹿しい」「不愉快な小説」と裁断する彼の見方が、そういうものであるかどうかはともあれ、作品に対する、あまりに原的な感受の仕方が、時に、われわれの文学の核心を明るみに出すということ。たとえば、漱石や鷗外や石川啄木を登場人物にした高橋源一郎の『日本文学盛衰史』は、そのことを、自身の胃潰瘍での入院の顚末を交えたこんな場面に描き出す。

　明治と現代が交錯しているうち、作者である高橋が、小説に入り込んで、胃病で入院中の漱石と隣り合わせの病室になる。友人で編集者のカネコさんから、その間、何度か携帯に電話が入るのだが、末期癌の告知を受け、あと一年の命というこの編集者は、携帯の向こう側からこんなふうにたずねるのである。

　好きなことは十分やった、だから、あと一年、自分の魂でも見て暮らしたい、そんな「死にゆく患者の退屈を紛らわしてくれるもの」いったい、「なに?」と。

これに対して「モーツァルトと夏目漱石」と答える高橋に、三日後、カネコさんから入った携帯の、掠れた声でいうその言葉は「モーツァルトは素晴らしい、あれは至上の音楽だ、あとからあとから涙が溢れ、見知らぬ誰かが耳もとで、『きみは赦された』と囁く声さえ聞こえたよ」というものだった。

だが、このカネコさんにして「漱石は読むのがつらくて耐えられない」という。その言葉にふれた高橋は、何を思ったか、隣室の漱石に向かって、こんなふうに語りかけるのである。「病の床に伏せっている時、わたしもあなたの小説を読むことができませんでした、『坊っちゃん』を唯一の美しい例外として」。

漱石は、では、どう答えたか。高橋の小説には、そのことに対する言及は、ない。ただ、「死にゆく人に読まれない小説」という言葉だけが、余韻のようにのこるのである。

「死にゆく人に読まれない小説」? では、いったいどんなものなのか。高橋が、同時並行的に連載している「ミヤザワケンジ全集」(「すばる」)と「メイキングオブ同時多発エロ」(「群像」)とは、そのような試みの一端といえばいいのだろうか。

『現代詩手帖特集版・高橋源一郎』(思潮社)には、「死にゆく人に読まれうる小説」の条件が、いくつか挙げられている。「笑いながら悲しくなる」ような「やさしさ」(三浦雅士)「別々のものが別々の名をもち、別々の文体で別々に語りだ」すこと(瀬尾育生)「『壊れちゃった』ものを記録する行為」(城戸朱理)「『われら』は常にすでに『死に瀕している』という具体的な事実」(丹生谷貴志)「つまり蠟燭みたいなものなんですよ。暗いところだと美しい」(加藤典洋)。

なるほど、その通りだ。それは、どのようなメッセージからも遠く、善悪や正邪を区別することも、倫理的判断を下すこともなく、完成された広さが生みだす全体性より、壊れてしまったところから生まれる無限の広さ、果てしのない単純さ、それでいて波動曲線を描いて進行していることがはっきりと計測される言葉の連なり、そういったものの実現こそが、高橋の連載小説の意図するところなのかもしれない。

だが、と私は考える。「死にゆく人に読まれうる小説」とは、それ自体矛盾した試みというべきではないだろうか。いってみるならば、『明暗』の漱石もまた、そのような小説を目指しながら、志半ばにして倒れたのである。たとえ『坊っちゃん』が、「美しい例外」であったとしても、それは、漱石の、肯んずるところではなかったはずだ。

矛盾した、ほとんど不可能な「試み」。「死にゆく人」は、そういう不可能な「試み」によって幾重にも試されながら、その果ての果てに、暗いほどに美しく点る、蠟燭のようなものに、出会っていくのではないか。

小説にできるのは、「死にゆく人」を慰撫することでも、慰藉することでもない。「死にゆくこと」の意味に直面させ、そこをいかにして通り過ぎていくかを示唆すること。登場人物の全情熱と、描かれた現実の迫真性を賭けてそれをおこなう、そこに、小説の本来がある。

絲山秋子「海の仙人」(「新潮」)は、そういう意味での「死にゆく人に読まれうる小説」の条件を備えた、数少ない作品の一つということができる。結構をたずねてみれば、家族とも世間とも折り合いをつけることのできない、もう青年とはいいがたい年齢にさしかかった河野という男の、信念更生の物語といっていいのだが、目を瞠る思いにさせられるのは、そこに登場する「ファンタジー」と呼ばれるくたびれた中年の「神」、その「神」のすがたと言動である。

死にゆく恋人に、奇跡の起こることを願う主人公に対して「ファンタジー」は、こんなふうにいう。「『俺様にはどうにもでききん』河野の言葉を途中で遮って、ファンタジーは答えた。その姿はだんだん色褪せて壁に溶け込んでいき、最後には壁の小さなシミと見分けがつかなくなって、そして消えた」。

その消えた後のシミのようなもの、もし、「死にゆく人」を慰藉するものがありうるとするならば、美しい言葉でも、正しい理念でもなく、そんな取るに足りないシミみたいなものではないだろうか。そして、小説とは、それをメッセージとしてではなく、登場人物のあり方として、彼らの言動やかかわりのなかに描き出していくものであるということを、この絲山秋子という若い書き手は、実によくわきまえているのである。

最終章にいたって、恋人の死と自らの受難を乗り越え、なおかつ新たな愛の甦りへと促すのは、やはり「ファンタジー」という、一種やさぐれた冴えない「神」なのである。

「初冬の空には雲が低く垂れこめ、海は鈍い色を空に映していた。西の空に雷雲を含んだその風景は盲目の河野が肉眼で最後に見た光景と同じものだった」という掉尾の一節の、一種胸騒ぎするような無辺の趣が、この小説の巧みを印象づけている。

「死にゆく人に読まれうる小説」とは、いったいどんなものなのか。この問を内にはらんだ作品こそが、それに値するというべきであろうか。

第二章　二〇〇四年文芸時評

一月　過ちのようになされる犠牲

作品が、普遍性をもつ必要条件とはどういうものだろう。言葉が、どれだけ不遇性に耐えているかということ。正当に評価されることはないとしても、どんな片言隻句であれ、発した者の生と死と深く切り結んでいる言葉。そういう言葉こそが、あまねき広がりのなかへと羽ばたいていくのではないか。

そのような言葉に出会ったとき、この世の矩《のり》を越えるということについて思わざるをえない。完成された作品や結構の整った小説よりも、限度を越えた、ほとんど常軌を逸した言葉にめぐり会いたいというのは、批評にとって根源的な欲望なのである。

ロシアの映画作家アレクサンドル・ソクーロフの言葉は、こういう批評の欲望を満たしてくれる数少ない例の一つだ。誰もが、口に出していうことが憚られるものの、いったん口に出してしまえば、世界を凍らせてしまうような言葉を、この映画作家は、淡々と語りかける。

「ソクーロフ　アイランド」と題されたシンポジウムの記録（城戸朱理・宮岡秀行監修『Edge―映画と詩の間』ART SQUARE）において、彼は、二つのことを述べる。

人間の生涯は、始まりから終わりにいたるまで、悲哀と別れに満たされている。生誕における母親との別離、そして死におけるあらゆるものとの離別。望もうが望むまいが、本当の作品と呼ばれるものには、必ずこの悲しみの巨大なエネルギーが秘められている。もう一点。美とは、何か。犠牲である。キリストの犠牲は、あまりにも品格が高いので、美にまで昇華されたのだが、人間が犠牲の美に達することができるのは、たくさんの過ちをおかすことによってだ。私たちが永遠に求める美は、この過ちのようになされる犠牲のうちに現れる。

　彼ソクーロフは、かつて島田雅彦との対談（『アレクサンドル・ソクーロフの宇宙』（ダゲレオ出版）において、文学には文学言語があり、どのような民族も自分の文学言語を持っているが、映画にはまだ映画言語が確立されていないと述べ、映画作家それぞれの試みのなかに、芸術や美を実現させようとする情熱を見出したいと語っていた。

　だが、事情は、ほとんど反転している。文学こそが、一見完成した文学言語のなかで、迷路にはまっている。しかも、そのことに気づきさえしないというのが実情に近い。

「特集　映画の現在」（「文學界」）における、蓮實重彦、阿部和重、中原昌也といった作家たちの言葉には、この危機感が確実に認められる。しかし、彼らとても、「ソクーロフ　アイランド」の諏訪敦彦、李纓といった映画作家たちの発言の迫真性に及ばない。彼らがあまりにも映画を映画としてしか語らないからではないのか。

　これに対して、「萌の朱雀」の河瀬直美のエッセイ「まなざしのむかうところ」（「群像」）になると、文学言語といったものに拘束されることのない言葉のリアリティが確実に感じられる。祖父の悲報に接した時の思いを綴ったこの短いエッセイが、不思議な力で読むものを引き込んでゆくのは、そこに「悲しみの巨大なエネルギー」がこめられているからではないか。

　自分を無条件に愛してくれた祖父を思いながら、死という絶対的な隔絶に圧倒されてゆく「わたし」の「小さな世界の向こう」に、「海の底のような、暮れかけた雨の日の、湿度の高い、深い青の町並み」が現れる。だが、その向こうには「萌の朱雀」の、青光りするような廃坑の隧道が、どこまでも続いている。河瀬において、文学言語は、まちがいなく映画言語と地続きなのである。

　三浦雅士の新連載評論「出生の秘密」（「群像」）は、幾層にも連なる文学言語の厚みのなかをくぐりながら、ある普遍的な課題に達しようとする意欲的な試みといえる。三浦は、ここで「人間の生涯は、始まりから終わりにいたるまで、悲哀と別れに満たされている」というソクーロフ的な主題を、自己存在の不遇性ということに焦点を当てて、展開する。

素材とされるのは、丸谷才一の『樹影譚』という短編である。主人公の作家が、愛読者と称する老女に招かれて、見知らぬ女に抱かれた二歳か三歳の幼児の写真を見せられ、隠された真実を告げられるというこの話に、三浦は、誰もが無意識の奥に秘めている、出生の不確実性への思いを読み取る。自分は、実の親に忌避され、遺棄された子ではないかという疑いが、神話や伝説、さらには小説の起源にあると語りながら、そういう精神分析的批評理念の、さらに奥へと向かおうとする。

日ごろから、夕日の返照に映える樹木の影に対して偏愛を示すこの作家の、内心のおびえを白日のもとにさらすかのような老女のたくらみと、そこに現れた無意識の畏怖。これに対する言及を、三浦は、村上春樹の『若い読者のための短編小説案内』に見出す。だが、ここに一般的な捨子、継子譚の逆回しをみとめる村上とは異なって、あくまでも存在論的な畏怖を読み取ろうとするである。

「人間は意識して生まれてくるわけではない。生まれてきて、しかるべき時を経てはじめて世界を、そして自分自身を意識する。この空白が、恐怖の源泉なのだ」と述べる三浦のモチーフの根には、芥川龍之介の『河童』から、太宰治の『二十世紀旗手』を経て、三島由紀夫の『仮面の告白』へと連なる、生誕についての違和の主題が脈打っている。

三浦の試みが、そういう文学言語の厚みを意識したうえでなされているということ。この点を考慮に入れるとき、はじまったばかりのこの試みが、埴谷雄高や大岡昇平といった戦後作家から、志賀直哉、谷崎潤一郎、夏目漱石、二葉亭四迷といった近代文学を根底において荷った作家たちの「秘密」に迫るものであることが、予測されるのである。

同時に、この主題は、現在の作家たちにも共有されているものといえる。捨てられた幼年の記憶を、不思議な手触りのなかで反芻する松浦寿輝「まず小さな丸いものが」(「すばる」)。志半ばにして逝った畏友の記憶をひもとくなかで、その不遇の才をいとおしむ平出隆「物言う円盤」(「新潮」)。彼らを動かしているのもまた、まぎれもなく「悲しみの巨大なエネルギー」なのである。

だが、一方において、このような主題が、老いと死を意識する年齢にさしかかった作家たちに、特有の主題とみなすこともできないことではない。誰も避けることのできない別離を前にする時、いったい自己の存在は、しかるべく遇せられたものかどうかという問いが湧き起こってくるのは、当然といえば当然なのである。

若い世代のノンシャランな意識を代表するかに思われる舞城王太郎の「スクールアタック・シンドローム」(「新潮」)、「好き好き大好き超愛してる。」(「群像」)に目を移してみると、独特の陽性の語りを通して実現しようとしているのもまた、この世に容れられることのない存在を、いかにして遇するかという主題であることに気づかされる。学校襲撃の暴力計画を内に秘めている十五歳の息子崇史を、本人に疎まれながらも、最後まで許し、愛し続けようとする、同様に暴力的な三田村という父親。その言動を綴った「スクールアタック・シンドローム」にしろ、不治の病のために若くしてこの世から消えていく柿緒という恋人への思いを綴った「好き好き大好き超愛してる。」にしろ、生半可とはいえない「悲しみの巨大なエネルギー」が、光のシャワーのように降り注いでくるのが感じられるのだ。

舞城王太郎、端倪すべからず。いや、舞城王太郎にかぎらず、どんなに常軌を逸した言葉であれ、そこに「過ちのようになされる犠牲」のふるまいが込められているならば、必ずやこちらを震撼させてやまない。

二月　生命と死の循環を超えて

埴谷雄高の『死霊』第五章が「群像」に発表された当時、江藤淳はこれを時評で採り上げ、なぜこの小説は、こうも眠気を誘うのだろうかと問いかけていた。江藤の問いとは異なるものの、小説を読んでいると、なぜこうも、うとうとと眠くなるのかという思いを、払拭することができない。こちらの「読む力」が、減衰しているということなのだろうか。

だが、小説の方にも問題はある。たとえば、「死にゆく人に読まれうる小説」とは何かという問いに並べて、眠りへと落ちていこうとする人を、目覚めさせる小説とは、どんなものなのかと問うてみる。満足なこたえを得られるケースが多くはないことに気がつくだろう。

レオナルド・ダ・ヴィンチの手記に「おお　眠る人よ　眠りとはなにか——眠りとは死の比喩である」(菅谷規矩雄訳)という言葉が見られる。眠りには、生誕と死のさらに向こうへと誘い込み、意識を存在の空洞へと同致させようとするはたらきがある。私たちが、眠りのなかで、根源的な不自由さを経験するのは、そのためといえる。

眠りへと落ちていく人を、目覚めさせる小説とは、この束縛を、解き放ってくれるものだ。そういう小説に出会ったとき、意識と身体とがこもごもに放たれ、一種無碍なるもののへと誘われていく。存在を突き抜けた向こうの、無何有の郷ともいうべき地平へ。

小川洋子「海」(「新潮」)は、三十枚に満たない短編ながら、この種の小説の条件をよく満たしたものということができる。この短い小説が、どんなふうに読む人を、眠りから解放してくれるか。そのことについて知りたいのであれば、言葉の向こうから、波のように打ち寄せる不思議な響きに、耳をすましてみることだ。

小説自体の筋立ては、ホームドラマの一篇のように、他愛ない。泉さんと結婚することになった「僕」は、連れ立って泉さんの実家を訪ねることになる。海の近くの小さな町にお父さん、お母さん、おばあちゃん、「小さな弟」の家族が住んでいる。慣れない家族との交歓の後、「僕」は、泉さんの「小さな弟」の部屋で一緒に寝床に就くことになる。まだ幼さを残した就眠儀式に付き合ううちに、彼が、「鳴鱗琴」という不思議な楽器を奏でることを知らされる。

ラグビーボールを膨らました位の大きさのこの楽器は、ザトウクジラの浮袋でできているという。「へえ……」と驚く「僕」に、「弟」は、さらに説明を加える。

「浮き袋の表面には魚の鱗がびっしり張りつけてあって、中には飛び魚の胸びれで作った弦が仕掛けてあります。それが振動源となって、空気の震えを鱗に伝えるのです」。

ぜひ、その「メイリンキン」の音を聞きたいという「僕」の申し出に対して、「小さな弟」は、申し訳なさそうに、海からの風が届かないと、鳴鱗琴は鳴らないのだと説明する。風が通り抜けるときの弦の震えを、浮き袋全体に共鳴させ、鱗に伝えることによって、メロディーは奏でられる。

だから、演奏する主役は、自分ではなく、海からの風なのだ。そう話す彼の言葉に耳を傾けていると、微かだが、揺るぎない響きが聞こえてくる。「それは海の底から長い時間を経て、ようやくたどり着いたという安堵と、更に遠くへ旅立ってゆこうとする果てのなさの、両方を合わせ持っていた」。

こうして、「メイリンキン」が、海からの風に吹かれて、えもいわれぬ音を奏でる、そのすがたを思いながら、眠りにつく「僕」。そこには、生命と死の循環を超えて生きつづけるものへの、はるかな思いが込められている。死の比喩としての眠りを、生と死の起源へと解き放つことによって、果てのない安堵へと誘い込むもの。そのものへの思いが、である。

小説が、普遍性を獲得するためには、一度は、こういう地平に思いを届かせなければならない。言語の音韻には、自己表出以前の自己表出、言語以前の「母斑」のようなものが跡をとどめていると述べたのは、『言語にとって美とはなにか』の吉本隆明だが、小説の根源にもまた、これに似た響きのようなものが見出されるのではないだろうか。

いや、それを響きといってそぐわないのであれば、言葉本来の意味での「詩的なるもの」ということもできるのである。それは、読む人を眠りへと誘っていくとともに、眠りのなかで、意識をある広やかなものへと開示してゆくものにほかならない。

多和田葉子「旅をする裸の眼」(「群像」)もまた、言葉の背後から不思議な響きの聞こえてくる作品といえる。三五〇枚のこの長編を読み通すことは、ある意味で、何度も襲ってくる睡魔とのたたかいである。だが、それは、『死霊』第五章「夢魔の世界」が、なぜこれほどまで眠りへと誘い込むのかと、江藤淳を嘆息させた伝でではない。眠りへの誘引は、作品の背後から絶えず聞こえてくるかすかな響き、メカニカルで、どこか不協和な、しかし確実に、意識を生と死の起源へと解放してゆく響きによってなされるのだ。

都合十三章から成るこの作品の結構を説明することには、さして意味があるとも思えない。ヒロインであるベトナム国籍の「わたし」が、高校生の身で、ベルリンで開かれる「全国青少年大会」に招かれるところから場面ははじまる。「わたし」は、結局ベルリンにたどり着くことも、「大会」で発表することもならず、オランダの国境に近いボーフムという町で、ヨルクというドイツ人学生に囲われて、生活することになる。

　二人だけの、内閉的な性の世界に沈潜するものの、外の世界への思いやむことなく、程なくして、モスクワ行きの列車に飛び乗ってしまう。その列車のなかで、偶然に知り合った同国人である愛雲《アイ・ヴァン》の導きで、パリにたどり着き、夫のジャンとの間に居候として入り込むのである。

　年月とともに、不法入国、不法滞在の状態が続くことになった「わたし」は、詳鈴《トウオン・リン》というベトナム人男性と偽装結婚し、パスポートを手に入れることを企てる。だが、計画は挫折し、拘束と病に陥ることになってしまうのだが、そんな「わたし」の彷徨を、異国の見知らぬ都市の、映画館で上映されるいくつかの映画の場面に重ね合わせながら描いたのが、この小説作品ということになる。

　さまざまな場面の交錯するこの小説を深いところで統御しているのは、こうして取り出される尋常な物語の結構ではない。ここで試みられているのは、ジェイムズ・ジョイスやヴァージニア・ウルフの「意識の流れ」に通ずる手法なのだ。それをさらに奥深くで生かしめているのが、起源としての「詩的なるもの」とでもいえばいいだろうか。死の比喩としての眠りを、生命の循環へと解き放つ言葉以前の「母斑」のようなもの。それが、どんなに崩落と解体と錯綜とを印象づけようと、それ自体が揺るぎのないものへとつながっている。そのことを、この小説の醸し出す不思議に無機的な響きは、あかしたてている。

「描かれた目、気絶した身体にくっ付いている。何も見えていない。視る力はカメラに奪われてしまった。名前のないカメラの視線だけが、文法を失った探偵のように床を嘗めてまわる」。こんな書き出しの一節が、しだいに厚みを増し、成熟してゆく。そういう場面に立ち会うことができるのは、途切れ途切れにやってくる眠気も、決して不毛性へのアレルギーではないという信憑が、こちら側に用意されているからなのだ。

　喪失と崩壊と不明とを、いたずらに嘆くのではなく、存在そのものの欠如の先から聞こえてくる不思議な響きに耳を澄ますこと。九〇年代の文学を、世界の果てからの帰還として捉え、恐怖と、クライシスの彼方に「新大陸」の発見を企てる仲俣暁生「極西文学論序説」(「群像」)の、次のような結びの一節が示唆しているのもまた、そのような信憑ということができる。

「わたしたちの足元には土地があるのだが、植えられる言葉だけがまだ足りない。私たちがいちばん必要としているのは、どんな土壌でも葉を伸ばしてゆけるような、強い強い言葉なのだ」。

三月　底なしの破綻

芥川賞に、女性作家二人同時受賞。十九歳と二十歳、史上最年少。ということで、金原ひとみ「蛇にピアス」綿矢りさ「蹴りたい背中」の掲載された「文藝春秋」三月号が、一〇〇万部を越える勢いで出ているという。話題先行の感、なきにしもあらずだが、文芸誌を出自とする作品が、何百万人の手に渡って読まれるということは、やはりよろこばしいことにちがいない。

いわゆる純文学作品がひろくゆきわたる条件とは、何だろうか。話題性だけでは足りないことは、いうまでもない。それが、小説以外の何ものでもないという

アイデンティティーの強度。田中和生「『キョロちゃん』のリアリズム」(「新潮」)がエピグラフに引く江藤淳の言葉を借りるならば、言語の内面性が、「必然的に過去に持続し、他者と社会に開かれたもの」(『リアリズムの源流』)となること、これである。

ハンナ・アレントは、これを「多数性」「公共性」という言葉でとらえる。重要なのは、「人間のそれぞれ孤独な心の暗闇の中をさまようように運命づけられ」(アレント『人間の条件』)た者が、それでもなお他者や社会とかかわっていくところに、小説言語の普遍性が見出されるということである。

田中和生の力作評論は、このかかわりを、レヴィナスの他者概念に拠りながら展開する。

他者とは、畏怖の対象であるとともに、誘惑の対象である。私たちを、かぎりなく引き寄せ、慰撫し、拝跪させさえする者。と同時に、私たちを侮蔑し、嫉妬に狂わせ、怖れさせてやまない者。そういう他者とのかかわりのなかで、倫理性を鍛えていくところに、小説言語の無限性がかたちづくられるのだ。

では、「蛇にピアス」「蹴りたい背中」の二作に、このものが刻まれているといえるだろうか。率直にいっ

て、初出文芸誌でふれたときの印象では、否である。理由は、選考委員の何人かが美点として挙げた「破綻のなさ」「結構の見事さ」「歯切れのよさ」にある。二十歳そこそこで、こんなに破れ目のない整った作品をと思い、首を傾げざるをえなかった。

だが、今回再読してみて、思うところがあった。その破綻のなさは、純文学の垣根を越えていく契機にはなっても、普遍性を獲得する契機にはなりえないという考えに、変わりはない。発見は、ヒロインが、もっとも親密なはずの他者とかかわっていくなかで、底なしに破綻していくという、その点にある。

「蹴りたい背中」の「ハツ」は、アイドルスターに、文字通り拝跪さえするオタクの「にな川」を、侮蔑し、嫉妬し、怖れさえしながら、深いところで引き寄せられずにいない。「蛇にピアス」の「ルイ」もまた、刺青師の「シバさん」に引き寄せられ、奇妙な存在感に慰撫されながら、ときに神のように拝跪し、かつ自分を蔑むように蔑むのである。それは、恋人である「アマ」との無意識の三角関係のなかに反映され、彼を、死にいたらしめずにいない。

その破れていくほかはないヒロインの痛々しさが、それほど痛々しくも内面的でもない結構のなかに、浮き彫りにされる。その「破綻のなさ」「歯切れのよさ」は、いずれ見直されなければならないのではないか。

そう思っていた矢先の、金原ひとみ受賞第一作「アッシュベイビー」(「すばる」)である。ここで、金原は、「蛇にピアス」よりもさらに激しく深く、もはや起つあたわぬまでにヒロインを破綻させる。「蛇にピアス」では、どこか行儀のよいなりたちに隠されていたエロティシズムの惑溺が、ヒロインを全身に渡って捉え、内側から破滅させるのである。

「アヤ」は、大学のゼミで一緒だった「ホクト」と、2LDKのマンションでルームシェアリングをはじめる。大学卒業とともに、出版社勤務となった「ホクト」と、まともな就職活動をすることなく、キャバクラ嬢に落ち着いた「アヤ」とは、一見対照的な生活を営むことになる。だが、「ホクト」には、思いがけない性癖があって、そのために、せっかく手に入れたエリートとしての人生を棒に振ることになってしまう。「ホクト」をして、道を誤らせたのは、生来のロリコン趣味である。嗜好の高じた挙句に、彼は、親戚の子供と称して、女の子の赤ん坊をマンションに連れ込み、日がな倒錯的性愛にふけることになる。その様子を横目で見ながら、性的サービスはビジネスと割り切っていたはずの「アヤ」もまた、惑乱的な性へとおぼれていく。

合コンで知り合った「モコ」とレズの関係となり、サディスティックな悦びに浸りながら、一方で、「ホクト」の同僚の「村野さん」との間に、エロスの悦楽を焦がれるまでに味わい尽くそうとする。そういう「アヤ」のエロティシズムへの衝迫は、まさに、バタイユのいう「死にいたるまでの蕩尽」にほかならない。だが、バタイユならば、この世のあらゆる約束事に唾を吐きかけ、背徳的な生のなかへと堕落していくことに、「純粋な光輝」(『エロティシズムの歴史』)を見出すところ、金原ひとみにあっては、ただひたすらに衰弱と破滅へと向かっていくのである。

赤ん坊をもてあそぶだけで、結局は犯すことのできない「ホクト」に歯がゆさをおぼえた「アヤ」は、自分のエロティシズムの衝迫は、恋焦がれる「村野さん」に、赤ん坊のように犯され、殺されることによってしか遂げられないと思い込む。「ここには死がない。ここにあるのは、ただ存在が消えるという事だけだ」。そんな独白が、隠語を乱発射したような文体のなかに埋め込まれ、そこだけがぼうっと白く発光していくのだ。

この結末に刻印されたネガティヴィティーこそが、普遍性へとつながっていく契機といえるのではないか。そのためには、構成の「破綻のなさ」も、語りの「歯切れのよさ」も、供儀とされてしかるべきだ。そんな思いがこの作品からは、確実に伝わってくるのである。

これに比べるならば、野中柊「ガール ミーツ ボーイ」(「新潮」)、鈴木清剛「バンビの剝製」(「群像」)といった秀作に描かれた、母親と男児、成人した姉と弟といったエロスの耀いを漂わせる関係も、あまりにまっとうすぎて挨拶のしようがない。ではいったい、金原ひとみの破滅的なエロティシズムに比肩しうるまっとうさというのは、どこに求められるのか。

プラープダー・ユン「存在のありえた可能性」宇戸清治訳(「新潮」)は、不思議な広やかさを感じさせる作品だ。自動車の転覆事故で、両親に先立たれ、祖父母のもとにあずけられた「ぼく」は、映画好きの祖父と音楽好きの祖母の薫陶を受けて育つのだが、やがて祖父とも死別し、祖母とも生き別れのようになってしまう。だが、「ぼく」のこころのなかには、映画「ドラキュラ」に託して語られた祖父の思いが、こんなかたちをとって生き続けるのである。

「ドラキュラは永遠の時間を生きるように呪われて、死ぬことが許されず、獣のように生きるしかない不幸な人間なんだ」。「それに比べれば、時が来れば死ぬことができる私たちは幸福者だ。死ぬことは人間にとって最高の恩恵なのだから」。

　そんなふうに語りかける祖父の命が尽きたとき、「ぼく」は、「逆に不死はやはり人間に存在する」と強く感じる。「だれが死のうと、その人間は他の人間の身体に次ぎから次ぎへと乗り移っていき、それは最後の一人の人間が死ぬまで終わることはないのだ」。

　プラープダー・ユンが、「ぼく」の思いを通して語りかけるこの確信こそが、私たちに文学の無限性を、わずかなりともかいま見させるのである。永遠の時間を生きるように呪われたドラキュラ伯爵への尽きることのない哀惜、犯され、殺されることによってしか救われないと頑なに思い込む「アッシュベイビー」のヒロインへの限りない寄り添い、そこを通ってしか普遍なるものにいたりつくことができないということを、現在の優れた文学作品は、間違いなく示唆しているのである。

四月　テロに屈しない文学とは

　イラク戦争開戦から、一年に近い三月十一日、スペインのマドリードで、テロによる列車爆破事件が起こった。死者二〇〇人を超す大惨事。バグダッドをはじめ、イラク国内でのテロも止むことなく、大義なき戦いといわれるこの戦争における「義」が、あらためて問われている。

　世界が、万人の万人に対する闘争というホッブズ的状況から抜け出て、カント的な「永遠平和」を打ち立てるには、アメリカの軍事力に象徴される「力の論理」を、受け容れる必要がある――「アメリカ新保守主義の世界戦略」というサブタイトルをもつロバート・ケーガン『第三の道』（山岡洋一訳　光文社）の、主張するところだ。

　なるほど、このような考えは、冷戦後の世界における独裁的な国家群の動向を考慮に入れるならば、根拠がないわけではない。事実、アメリカによるフセイン政権制圧が、リヴィア、北朝鮮の政権に対して大きな影響力を行使したことは、否定できない。

だが、ホッブズのいう「万人の万人に対する闘争」もカントの「永久平和の論理」も、為政者による暴圧や、独裁政権の脅威ということを超えて、人間の根源に潜む「悪」の衝動にまで射程を伸ばしたものであることを、忘れてはならない。カントが、これを「非社交的社交性」という言葉であらわしたことについては、柄谷行人の指摘するところだ。同様に、ホッブズもまた、人間は人間に対して「恐怖の対象」であるという言葉で、この「悪」の衝動の根源性をとらえているのである。

では、いったいそれは、どういうことなのか。

いかなる条理も成り立たない、だが、憎悪と反感と恐怖だけが支配する場所。みずからに与えられた条件を、理由のない負債と受け取り、これを反故にするためには、手段を選ばないという思念。ニーチェは、『道徳の系譜』において、西欧世界が、この負債を反故にすることなく、いかにしてキリスト教的な道徳によって帳尻を合わせてきたかを明らかにした。だが、問題は、いかなる道徳、どのような倫理も拒否して、ただ不条理そのもののなかに絶対的な根拠を見出そうという欲望にある。

世界を恐怖の淵に陥れている「無差別テロ」の思想とは、このような欲望を内に秘めたものにほかならない。九・一一の同時多発テロに際して、WTCにおいてテロの犠牲になった人々とテロの道連れにされた旅客機の乗客とを、「人間の存在の倫理」という理念のもとに峻別したのは、吉本隆明だが、現在にいたって、後者こそテロリスト側の狙いであったことが、いよいよ明らかになりつつある。

彼らにとって、問題は、「人間の存在の倫理」を踏みにじることにあるからだ。踏みにじることによって、条理の通った世界が、すべて虚妄にすぎないことを白日のもとにさらすこと。そのうえで、世界にくまなく、憎悪と反感と恐怖を噴出させること。

このような文脈のなかで、「テロに屈しない」思想とは、いかにして可能なのか。テロリストの不条理を、ものともしない文学とは。

笙野頼子『金毘羅』(「すばる」)は、その意味での、数少ない作品の一つということができる。「女」としての生誕を「過ち」と受け取る「私」が、「金毘羅」

の化身として再生していくすがたを綴った、この五〇〇枚の長編を、根底において支えているのは、みずからに与えられた条件が、たとえ「過誤」であったとしても、憎悪と反感と恐怖によって染め上げることを、決して肯じないという思想だからだ。

自分は、なぜ「男」ではなく、「女」として存在することを定められたのか。なぜ、優れた形質をもった人間としてではなく、劣等なものとして蔑まれながら存在しなければならないのか。誰もが幸せを享受することをゆるされているのに、なぜ自分だけが、不幸のどん底であがいていなければならないのか。このような問は、多かれ少なかれ、どんな人間にも覚えのあるものといえる。

だが、これを、六十億の世界のなかで、なぜ自分や自分たちだけが、貧困と無知にさらされなければならないのか。あちら側の世界では、富と財を独占するかのように、きらびやかな夢がとりどりに描かれているのに、こちら側の世界では、なぜ飢えと病に苦しみ、のたれ死んでいく者が絶えないのか。そして、このような世界の歪みを是正しようとして、知的な努力を惜しまない自分が、なぜ、何の回答も得られないまま朽ちていかなければならないのか。そういうテロリストの憤怒にまで結びつけることができるのは、みずからの存在を「過誤」と受け取る思いの激しさにほかならない。

「金毘羅」の「怨念」は、まさに世界大ということができる。しかし、笙野頼子は、この世界大の憎悪と反感が、まったくの不毛であること、せいぜい「しゅらしゅしゅしゅ」とか「ぎゃーぶりしきん、ぎょーぶりしきん」とか「てかりーん。てかりーん。てかりーん。ちっからー、あ。」といったオノマトペとなって浮遊する程度のものであることを、見抜いている。彼らの「我執」と「高慢」が、決して数奇のものでも、世界を震撼させるようなものでもなく、すでに幾度となく、我々の文学と思想が主題としてきたものにすぎないことを、見通したうえで、敢えて数奇なかたちをまとい、あらためてこれを問題にしてみせたのが、この笙野の作品なのだ。

サダム・フセインが潜伏先に持ち込んだ十数冊の本のなかに、ドストエフスキー『罪と罰』が見つかったということから、この問題を展開してみせた、山城むつみの刺激的な論考「善をなさんと欲する我に悪あり」(「新潮」)は、イラクへの自衛隊派遣の是非を問うかたちで、このことにふれている。福音書に述べられた、良きサマリア人の譬えによって、「隣人愛」の困難を、そしてロマ書のパウロの言葉によって、「罪」の自覚の困難を語りながら、山城は、日本政府による自衛隊派遣が、いかに自己欺瞞に満ちたものであるかを、論証する。ひいては、「国際社会に名誉ある地位を占めたい」という憲法の理念さえもが、「帝国憲法」の枠のなかにありながら、そのことに気づきさえしない自己欺瞞的なものであることを告発するのである。

このような山城の論の運びに納得させられながらも、一方で、ホッブズ的な万人の万人に対する闘争状態を、力の論理を背景にした強力な政治体制によって治めうるとする「アメリカの世界戦略」と、それに追従する日本政府の立場についてもまた、思わずにいられなかった。自己欺瞞というならば、当のホッブズの見据えていた「恐怖」を希釈して、事態を既成の枠組みのなかで見積もる政治理念にこそある。そして、彼らが、目をそらしているのは、テロリストに象徴される世界大の憎悪と怨望と恐怖なのだ。

皮肉なことに、ラスコーリニコフこそが、このような憎悪と怨望と恐怖の徒にほかならず、彼の、決して反省することのない堅い岩盤のようなネガティヴィティーこそが、来る二十一世紀を徘徊するにちがいないというドストエフスキーの予言を、サダム・フセインが、わがこととして受け取っていなかったという保証は、どこにもないのである。

サダム・フセインが、そして、ビンラディンが、さらには、その背後に連なる幾多のテロリストたちが、ソーニャの読む「ラザロの復活」に耳傾けるラスコーリニコフを、どのような思いで受けとめているのか、それを知りたいという願いがいまの私にはある。

五月　プライベートなものへの偏執

イラクでの日本人人質事件というのは、いったい何だったのか。無事救出されたものの、奇妙な後味の悪さを残した事件として、長く記憶にとどめられるにちがいない。事件をきっかけに噴出した自己責任論には、公共性を装った一種の恫喝といった趣さえ感じられる。要するに、彼らの活動は私的な動機に根ざしたものにすぎず、パブリックということをわきまえない、矮小なものにすぎないというのが非難の趣旨なのだろう。

だが、被害者の一人である高遠菜穂子さんの活動を知るならば、その動機が、公的ということでは埋めることができないものであることに気がつくはずだ。いったい私たちの誰が、戦争で家族を失くしたストリート・チルドレンのために、身を投げ出そうなどと思うだろう。そこには、アレントのいうプライベートの定義――「完全に私的な生を生きるとは、なによりもまず真に人間的な生活になくてはならないものを奪われて生きるということだ」(『人間の条件』)――というその奪われた生への極端な関心がみられるのだ。

三浦雅士の連載評論「出生の秘密」(「群像」)は、回を追うごとにスリリングな展開をみせている。今回、中島敦を論じて、幼少年期特有の懐疑を、作品の根に探し当てようとするくだりには、深く納得させられた。「生まれる前は、どこにいたの」「どのようにして生まれてきたの」「これからどれくらい新しい日がやってくるの」「そして僕は、どこへ向かっていくの」といった子供の懐疑を、発達心理学や児童精神分析学の解釈に還元することなく、生地のままに持ち続けたのが、中島敦だったというのである。

このことを考えるに当たって、未刊のまま中断された長編作品『北方行』が、示唆をあたえてくれると三浦はいう。中島の懐疑は、登場人物のなかに奇怪な妄想をはぐくむのだが、なかでも、人類滅亡の後、地球も太陽も冷え切った真っ暗な空間を、黒い冷たい星共がぐるぐると廻っているという想念は、固執のように彼をとらえる。

これを、「狼疾」という言葉で述べたのが、武田泰淳であった。その「作家の狼疾」で、武田は、「指一本惜しいばつかりに、肩や背まで失ふのに気づかぬ、それを狼疾の人といふ」という『孟子』の一節を引く。幼少年期の懐疑と妄想に終生こだわった中島は、それゆえに、長編小説の結構を犠牲にせざるをえなかった、と三浦は述べるのである。

では、いったいこの「狼疾」とは、何をいうのか。「完全に私的な生活を生きる」ということ、「真に人間的な生活になくてはならないものを奪われて生きるということ」。アレントのいう「プライベートなもの」への偏執、これではないのか。そして、「指一本惜しいばつかりに、肩や背まで失ふのに気づかぬ、狼疾の人」とは、そのプライベートな場所への偏執ゆえに、居ても立ってもいられず、戦地のイラクに身を投げ出した、高遠さんはじめ、人質事件の被害者たちではないだろうか。

そうであるとするならば、彼らに「自己責任論」を突きつけ、公共性の自覚を求めるのは、中島敦をして、いきなり結構の整った長編小説を求めるようなものだ。だが、武田泰淳も、江藤淳も「狼疾」について語りながら、人間にとって「奪われてある」ことのリアリティに拘ることこそが、作家に原動力をもたらすことをよく知っていた。真に「公共性」が鍛えられるのは、ここを通ってであることもまた。そう、三浦は語っているように思われる。

中村文則「悪意の手記」(「新潮」)は、現代的な「狼疾」のありかを示唆した問題作ということができる。十五歳にしてTTP(血栓性血小板減少性紫斑病)という難病に罹った人物による、世界に対する呪詛の記述ともいうべきこの作品が、『白痴』のイッポリートや、『悪霊』のスタヴローギンを下敷きにして書かれたものであることは、すぐに見てとれる。

しかし、それをいうならば、むしろこれは、『北方行』をはじめとする中島敦の系譜に連なる作品というべきではないだろうか。この「私」(滝川雄一郎)もまた、『北方行』の折毛伝吉のように「人類が無くなったあとの無意味な真暗な無限の時の流れ」にとりつかれた人間なのだ。

「薬を使って眠ると、よく同じ夢を見た。広大な、宇宙に似た暗闇の中で、姿をなくした自分が漂っている夢だった。遙か遠くには、どこまでも続く長い光の束が見えた。その無数の粒が線状に連なった光の束は、真ん中の辺りが微かに膨らんでいた。私はそれを見ながら、あそこには皆がいるのだ、と思った。あそこには様々な生活があり、幸福があり、苦しみがあるのだろうと。自分はもうすぐ、そこからいなくなる。自分は永遠にその光の束とは無関係に、遠くはなれた場所で、このまま消えていくのだと思った」。

イッポリートの告白とも、ムイシュキンの心象風景とも見まごうようなこの一節のインプレッションは、類稀なものといわねばならない。もし、中村文則が、これを長編小説の一シークエンスとして、さらに重層的構成をとっていったならば、『白痴』にも『悪霊』にも匹敵する作品を生み出したにちがいない。そう、思わせるほどの出来映えである。

しかし、一方においてこの中村もまた、中島敦と同様「狼疾の人」といわざるをえない。死の恐怖にさいなまれた「私」が、奇跡的に治癒して以来、作品は、さまざまな人物を巻き込んでの、殺人と報復の物語として展開されるのだが、ここにみられる物語の結構には、「指一本惜しいばつかりに、肩や背まで失ふ」といった趣がないとはいえないからである。しかし、そのことをもってこの作品に、欠陥のレッテルを貼りたいのではない。そういうあり方を通ってしか、公的といっていい傑作の生み出されることはないのだということ。述べたいのは、そのことなのである。

舞城王太郎の新しさをみとめたうえで、彼の作品には、どこか共通のテーブルのようなものが欠けているといった指摘をおこなったのは加藤典洋だが、「パッキャラ魔道」(「群像」)においてもまた、その印象は、拭うことはできない。だが、この舞城もまた、本質的に「狼疾の人」であると考えるならば、なぜ「共通のテーブル」につけないのかという謎が解かれるのではないだろうか。幸せな家庭を襲った突然の自動車事故と、その後のPTSDによる一家離散の物語を綴ったこの作品における、ネガティヴなものへの偏執。そこを通って、奇妙なアカルサへといたる舞城作品が、いずれ独特の公共性を身につけていくことは、想像できないことではないのだ。

中篇ながら見事といっていい小説的結構を備えた西崎憲「理想的な月の写真」(「文學界」)のミステリアスな筋運びにも、「狼疾」の症状は、確実にかいま見られる。

モーツァルトの「レクイエム」製作の逸話を彷彿とさせるこの物語で、見知らぬ老紳士から、自殺した娘を哀悼する曲の依頼を受けた主人公の夢。「運河から何かが上がってくる夢を見た。もう何度も見た夢だ。/幾つも幾つも、蟹のような、小さな人のようなものが、運河からさらさらという音を立てて、上がってくる。そしてわたしに頼むのだ。背中が痒くて気が狂いそうだ、掻いてくれないか、と。わたしは掻いてやる。小さいその者たちの体をつぎつぎに掻いてやる。そして、掻いて回っているうちに、わたしは疲れて眠ってしまう。夢のなかで寝てしまうのだ。その者たちのあいだで」。西崎憲の「狼疾」は、イラクのストリート・チルドレンを抱きしめずにいられない高遠菜穂子さんの「狼疾」と、どこかで通じている。そう思わずにいられない作品だった。

六月　透体なり、脱落なりを

「新潮」が、「創刊一〇〇周年記念特大号」を組んでいる。五〇〇ページ以上の大冊に、登場する作家、批評家は、老大家から中堅、新人にいたるまで約七十人。現代文学の縮図を見る思いである。表紙には、「文学の〝永遠〟あるいは一九〇四年に始まったこと」というコピー文が掲げてあり、目次のすぐあとには、「表紙と目次で見る『新潮』一〇〇年」と題された、カラーのグラビアが織り込まれている。

創刊の一九〇四年（明治三十七年）といえば、日露戦争開戦の年である。日本が西欧列強を相手に総力戦を戦った、記憶にとどめられるべき年号といえる。それから、一〇〇年の間に、社会も国家もさまざまな経験を経て現在にいたっている。だが、昨今のイラク情勢、パレスチナ問題、朝鮮半島の状況を鑑みるに、この一〇〇年が、人間社会のあり方に大きな変化をもたらしたとは、とても思われない。

このようななかで、あえて「文学の〝永遠〟」を謳うには、相応の理由があるにちがいない。人間にかかわる諸関係が、地に堕ちているような現在、「文学」だけが、「永遠」であるのは、どのような根拠によってなのか。

これは、皮肉でもなんでもない。たしかに、文学だけは「永遠」なのだ。だが、この永遠性は、喜ばしいものでも、誉むべきものでもない。ドストエフスキーの登場人物の言葉を借りるならば、誰にも顧みられることなく、打ち棄てられた物置小屋の天井にかかった蜘蛛の巣が、一瞬、朝の光に照り映える、そんな瞬間の永遠性なのである。

そういう絶対的な「遺棄」に言葉を与えることができるのは、文学のほかにありえない。文学だけが、一〇〇年という歳月を瓦解せしめることができ、同時に、その一〇〇年という歳月をことほぐことができるからである。自分がこの世界から消え去った後の一〇〇年を、凍りついた暗黒宇宙とみなそうとする者の思い、同じ一〇〇年を、あらたにやってくる者たちの供宴とみなそうとする者の思い、そのこもごもにリアリティを付与できるのは、文学だけなのである。

大庭みな子「あなめあなめ」（「新潮」）は、不思議な華やぎを感じさせる作品だ。脳梗塞で、半身不随になったナコは、二十四時間、夫のトシに面倒を見てもらわないと適わない。だが、一種融通無碍ともいうべき仕方で、この生を享受している。

マッサージ椅子に横になっての仮眠の夢に訪れるのは、この世からあの世へと通り過ぎていった幾人ものの人たちだ。「百歳の祝をします」という挨拶状を寄越してまもなく、「百一歳の一生を終わりました」という死亡通知が届いたハリエット。夫のトシの親友で、ナコに言い寄ったこともあるミーチャと、その妻のヤダーシュカ。生きている間には、三角関係の修羅と化したかもしれない男女のもつれも、いまとなっては、この世とあの世をつなぐ紐帯のようになつかしい。

さらには、阿修羅のように強烈な自我でもって、ナコと激しく渡り合った親友の杏子、そしてさらにさらに激しい自我の持ち主で、ナコの一生を翻弄したままあの世へと去っていった母。彼女たちの満たされない思いは、時にナコの夢の通い路をざわめかせるのだが、現《うつつ》にもどってみれば、母とは、まったく対蹠的な資質の持ち主であるトシによって慰撫されている自分に気づく。

薄の原を過ぎてゆく卒塔婆小町とオーヴァーラップしながら、夫のトシとのまぐわいのなかに、悲しいようなせつないような快楽を味わうナコの「あなめあなめ」というつぶやき。タナトスに魅入られた、至福のエロスというべきであろうか。

およそ、これほどまでにプライベートな夫婦の営みが、「永遠」をかいま見させるのは、どういうわけでなのか。作者である大庭みな子のなかで、人間にかかわる諸関係を、自我と欲望との相克として透視する視点があたためられているから。透視したうえで、最も自然なかたちで、脱落せしめられる。そういう、文学だけにゆるされた所業が、ここにはみられるのだ。

小説というジャンルは、しかし、このような「透体脱落」に適しているものなのかどうか。というのも、文学のなかでも小説だけは、人間と人間との関係を描き、自我と欲望との相克を抉り出すことに面目を保つからだ。これにくらべるならば、詩という名をかぶせられた作品ならば、それが、どんなものであれ、その透体なり、脱落なりを直截、落とし込む。だが、これをもって詩的小説などというものを、ことあげするには、及ばない。むしろ、小説が十全たる小説のままで、いかにしてこれを実現しうるか。それが問われなければならないのである。

　小川国夫「耳を澄ます」（「新潮」）は、作品の生成する瞬間を、作者の意を超えたところから聞こえてくる言葉の響きに耳を澄ますことで、とらえようとする。まさに人間にかかわる諸関係を、透体脱落させることによって、不意に届けられる言葉の響き、これに語らせるということにほかならない。それを、小川国夫は、こんなふうに語りかけるのである。

「考えてみると、小説の作者とは聴覚です。それから、視覚です。五感だとするのが正確かもしれませんが、しかし、五感も便宜的な分けかたですから、感覚の総括とでも言うほうがいいかもしれません。たがいに色層がにじみ合った虹のような束とでも……。虹は光を映しているだけの無ですし、五感もそうです。こう思って、それならば、小説の作者は限りなく無となろうとしているのか、と考えます。目下考えています」。

　小川国夫の言っているのは、現代小説にはおよそそぐわない、いたって古風な語りの類のことにちがいない。だが、彼は本気で、小説の描写も登場人物のありかたも、場面に耳を澄まし、人物の声に耳傾けることによって具現されると考えているようなのだ。

　平出隆「海の背広」（「新潮」）は、このような方法が、小説にとってあながち特殊なものではないことの例証といっていい作品だ。編集者として、交誼をむすんだ老作家（川崎長太郎）の姿を、優美で、柔和なたたずまいのなかに描き出したこの作品が、読む者をひきつけてやまないのは、そこに現れる声と響きのゆえなのである。

　練達の文体は、吹いてくる風の音とも、潮の満ちてくる音ともつかぬ、ある響きを聞きとめる。小田原抹香町という場所と、そこに生きる川崎長太郎とその妻、ひいては若き日の作者自身とを、よみがえらせるのだ。そのことに、どういう意味があるのかと問われるならば、ここには、自我と欲望の相克から脱落せしめられた至福の関係が、何かの贈り物でもあるかのように描かれている、そう答えるほかない。

　十文字実香「狐寝入夢虜《きつねねいりゆめのとりこ》」（「群像」）、千頭ひなた「水曜セカイ」（「すばる」）といった新人の秀作を生かしめているのもまた、小説の結構や物語の重層性などではなく、いってみるならば、そこから聞こえてくる声の響き、希薄な空気のなかに、それでも響きあうものを聞きとめようとする仕方にほかならない。

「文学の永遠性」とは、このようなところにその片鱗をあらわし、やがて闇にまぎれるように姿を消してゆくもの、それではないか。「新潮」の一〇〇年が、そういうものとしての「永遠」を媒体するメディアであったとすれば、十分に寿がれてしかるべきなのである。

七月　症状としての言葉

長崎で起こった小学六年女児殺害事件。クラスメートという加害児童が、ホームページに書き込んでいた走り書きに、背筋の凍る思いがした。思い起こすのは、酒鬼薔薇聖斗事件における犯行声明文の、あまりに無表情な言葉だ。しかし、挑発的なまでの言葉を含め、そこには、文学になりきれないものの奇妙なリアリティがあった。

ところが、今回の加害女児の言葉には、「症状」しかない。冷静で、落ち着き払っているという彼女の様子からして常軌を逸しているのだが、十歳少々にして、この言葉ありとは。

いずれ、事件の真相は明かされていくにちがいない。だが、もはや「症状」でしかない言葉の向こうに、何を読み取ることができるだろう。文学はもちろんのこと、教育も、社会も、心理もまったく意味をなさない、最終的には倫理の境界が、内側から崩れていく世界。そんな世界が、踵を接するようにしてそこにあるということ。そのことへの、驚きこそ、なにごとかではないか。

斎藤環「『私小説』と神経症――「文学の徴候」最終回」（「文學界」）は、この境界を確定することに、あらたな文学の可能性を見出そうとした刺激的な論考だ。問題として取りあげられているのは、大江健三郎の小説、なかでも近年物議をかもした『取り替え子《チェンジリング》』である。

ここで斎藤は、まず何よりも生の一回性ということについての大江の認識の荒唐無稽さに言及する。自分が一度死んで母親に生み直してもらった子供かもしれないという、『取り替え子《チェンジリング》』でも、『「自分の木」の下で』でも触れられている挿話について。これを、決して文学的に回収しないという態度を示すのである。

『取り替え子《チェンジリング》』が発表された当時、生まれ変わりを擁護する大江の認識を、生の代替可能性につながるものとして批判する言説から、キルケゴール的な「反復」に通ずるものと解釈する言説まで、様々に受けとめられたことは、記憶に新しい。だが、総じてそれらは、「文学的」回収に終始しているというほかなく、大江の認識の奇妙なリアリティに届きえないきらいがあった。

斎藤の診断の妙は、端的にいってこれが一種の「症状」にほかならないということである。だが、もはや「文学」とはいえない場所に踵を接しているからこそ、この言葉は、それにふれた者に強い衝撃をあたえ、文学では決して回収することのできない「得体の知れない世界」を指し示す、そう、斉藤は語る。

こういう批評の言葉こそ、いま文学にとってぜひとも必要なものなのだ。斎藤は、『取り替え子《チェンジリング》』でモデルとされた伊丹十三の自殺や、また江藤淳の自殺について、これを「症状」と解することの必要性について述べるのだが、このような言い様を、精神科医お決まりの診断として退けることだけは控えなければならない。彼の、いたって控えめな物言いは、現在の最も問題的な事柄が、もはや文学的にも思想的にも解きえなくなっているということ、むしろ、これを一度「症状」とみなすことで、特有のヴァルネラビリティーに注目するところから、新たな方法が編み出されなければならないということを、示唆するのである。

星野智幸「アルカロイド・ラヴァーズ」（「新潮」）は、このような方法を受けとったうえで書かれた、特異な作品といわねばならない。モチーフは、生そのもののヴァルネラビリティーといえばいいだろうか。植物的といっていい生命の息吹にまみれた性愛の、混沌とした相愛図。そこにはらまれた不思議な脆弱さが、この作品を全編にわたって浸しているからである。

結婚情報誌の編集者である咲子は、後にパトロンとなる語り手の「わたし」と、メキシコのドローレス・オルメド美術館に展示してある「骸骨の木」の前ではじめて出会う。ディエゴ・リベラとフリーダ・カーロのパトロンであったオルメドになぞらえたその「わたし」を通して、咲子の性の遍歴と交歓が語られるのだが、楽園《パラディソ》からの追放とされる奇妙な性愛の経験をへて、区役所の戸籍係である陽一に惹かれていく咲子を、ユキと呼ばれる「わたし」は、いとおしむように描き出すのである。

咲子と陽一を結びつける「戸籍謄本」は、この小説において唯一、現実を指し示す指標である。混沌とした性愛の交歓を、存在に課せられた罰と受けとる咲子が、「戸籍謄本」を手にすることによって、みずからのアイデンティティーを確かめようとしたそのことが、彼女を、さらに深く楽園《パラディソ》から追放することになる。その輪廻のような流れの楔とされるのが、「戸籍」なのだ。

急いで説明を加えなければならないのだが、この「戸籍」という楔も、陽一とともに植物的な性愛と死の世界へと溶けていく咲子にとっては、何の意味もなさない。結局は、輪廻であり転生であるようなかたちのない性と死が、植物の毒液であるアルカロイドに象られて描き出される。ヴァルネラビリティーというならば、これほどまで脆弱な、しかも、死と性の根底を浚ったような作品というのは、近年稀にみるものといわなければならない。

だが、ここにあるのは、大江健三郎が『取り替え子《チェンジリング》』で提示したモチーフに似て、まったく非なるものだ。この小説が語る「生まれ変わり」と「生み直し」には、際限というものがない。際限のない輪廻は、たとえどんなに原生的な世界をほうふつさせようと、既知のものでしかない。それは、大江の『取り替え子《チェンジリング》』が、「アレ」の一語で示した「得体の知れなさ」を、決定的に欠いているのだ。文学が溢れているものの、症状がどこにもみとめられない、そういうほかないのだが、このような兆候は、三島由紀夫賞を受賞した矢作俊彦『ららら科學の子』（文藝春秋）にも見られるものだ。

三十年の歳月を経て、別世界から戻ってきた元活動家。彼が、奇妙な「名づけがたい世界」から帰還した者であることは、「新潮」掲載の一節から確実にうかがわれる。だが、全編を読み通してみるならば、これが、現在の世界の最も困難な「症状」を回避することで仕上げられた風俗小説であることは、一目瞭然なのだ。

技量といい、結構といい、賞に値することをいささかも否定するものではない。にもかかわらず、いま求められているのは、決して文学的に回収されることのない、症状としての言葉ではないだろうか。そのような要求の前では、『ららら科學の子』の元活動家は、もう一度、錯綜したゲバルトの世界、名づけえぬ未生の世界へと還っていく位の構成があっていいはずなのだ。『取り替え子《チェンジリング》』の「生み直し」のモチーフでさえかすんでしまうような暴虐の場所へ。

　たとえば、その言葉を、斎藤環が挙げる、こんな挿話のなかに見出すことはできないだろうか。

　大江健三郎が、原爆資料館に息子の大江光を連れてゆき、展示のすべてを見せた後に「どうだったか」と感想を聞く場面がテレビで放映されたという。それに、頭を抱えてこたえる息子の言葉――「すべて駄目でした」。この一言を「圧倒的な強度を持つ言葉」と評す斎藤にならうならば、たとえば、中原昌也の「私の『パソコンタイムズ』顚末記」（「文學界」）に記された意味不明のこんな言葉は、どうか。

「女性を何の良心の呵責もなく家畜のように撲殺した経験のない奴に、本当の優しさなんてわかってたまるかよ」。こんな暴言を吐いていたパソコン雑誌の編集者平賀氏の行く末をたずねていくという結構の作品なのだが、その平賀氏も、「不慮の事故に遭い、酔っぱらい運転のダンプカーの後輪に巻き込まれて死亡したという」。出所不明、異常というしかない言葉の、その症状こそが、最も文学的であるという逆説。事件の真相に届く言葉があるとしたら、それ以外ないのである。

八月　欲望論の地平

　東京を中心とする記録的な猛暑の一方で、新潟、福井地方を襲った集中豪雨。夏季限定商品を中心にした消費の活発化と、生活苦を理由とする自殺者の急増。世界の二極化現象は、現在の日本にまで波及して、問題の所在を浮き彫りにしたかに見える。私たちは、もはや、心の片隅で微量に反応する良心のうずきなしでは、豊かさと幸福を享受することができない。逆にいえば、欲望を解放し、豊かさへと向かうためには、そこに見え隠れする良心の問題を、避けて通るわけにはいかない。これは、資本主義社会の市場原理を、いかに公平なかたちで機能させうるかという問題とともに、私たちの文学思想にとって焦眉の課題といえる。

　竹田青嗣「人間的自由の条件」（「群像」）は、この課題に答えようとした力作評論だが、まずもって、この三〇〇枚という長編評論を一挙掲載した「群像」編集部に敬意を表したい。文学は、種々咲き乱れる文芸作品の繚乱によってのみ成るのではなく、人間存在のあり方と世界の意味を根底から問う思想の営みによってもまた成る。そのことを立証してみせたという点でも、これは、画期的なことなのである。

たとえば、ここで竹田は、思想の根幹を、ヘーゲル、マルクスをはじめとする西欧の近現代哲学に見出していく。埴谷雄高、吉本隆明といった戦後思想の系譜には一顧だにせず、といってもいい。少なくとも、埴谷、吉本がみずからの思想を文芸誌において問うたとき、そこには、文学と思想との共振が、深いところで実現されていた。いくつかの文芸作品と肩を並べて、彼らの思想評論が掲載されても、さほど違和感はなかったといえる。これは、江藤淳はもちろんのこと、柄谷行人にまで当てはまることなのである。

カントの哲学について、独特の解釈学を展開してみせた『トランスクリティーク』が「群像」誌上に連載された当時、私たちは、これをまぎれもなく旧来からの文芸思想の一環として受け取っていた。人間のなかには、決して他と相容れることのない頑なな面が隠されているとして、これを「非社交的社交性」というカントの言葉を通して引き取る柄谷の思考には、埴谷雄高の「自同律の不快」や吉本隆明の「原生的疎外」といった理念が、確実に影を落としていた。

だが、西欧近現代哲学の系譜から「欲望相関性」「一般福祉」「ルールゲーム」といった理念を引き出してくる竹田の思考は、「群像」をはじめとする文芸誌の伝統と交差しないかにみえる。在日の問題を思想的に捉えようとして、たとえば、カントの徳福の不一致について言及していたときの竹田には、まだ、この伝統に連なろうとする気配がみとめられた。道徳的に優れた人間が、必ずしも幸福にあずかるとはかぎらないというカントの命題を、人間は、ときに理由もなく苦難に襲われるのであり、この不条理を乗り越えるために、何が要請されなければならないのかという問いへと読みかえていくとき、そこには、紛れもなく文学的な主題が生きていたのである。

「人間的自由の条件」において、竹田がおこなったのは、このような主題を禁じ手にすることによって、まったく異なった地平から、この問題に迫ってみせるということである。なぜ、そのような方法をとらなければならなかったのか。一言でいうならば、あまりに文学的な主題は、思想にとって、躓きの石となるということ。実存の不条理を問う思想は、最終的に超越的な場所へと向かわざるをえないのであり、それは、ときに悪しき政治思想として、あるいは狂信的な宗教倫理として現れるということについての醒めた認識である。

これを竹田は、「信念対立」「イデオロギー対立」をいかにして解くことができるかという問題として設定する。だが、これは実存の不条理を問う主題以前の、政治的な党派性克服の論理にすぎないといえないこともない。事実、この竹田の論と併せて、柄谷行人、福田和也による対談「現代批評の核《コア》」（「新潮」）を読むならば、彼らの主題が、もはや党派性克服の論理を通り越し、一貫して実存と超越の問題におかれていることに気がつくからである。

たとえば、そのなかで柄谷行人は、竹田が徹底して批判した暴力のありかについて、これをベンヤミン的脈絡から受け容れてみせる。そのうえで、暴力に走らずにいられない苦難を負わされた存在を、射程に入れるのである。同情とか共感といったものとはまったく無縁の、超越論的な地平から、実存・苦難・暴力は問題とされるといっていい。

だが、このような柄谷の思想が、「人間的自由の条件」において、竹田が批判的に克服しようとしたフーコーの系譜に連なるものであることは、まちがいない。と同時に、やはり、それは、私たちの文芸思想の系譜のうちにあるものということもできるのである。『言葉と物』において提示された「稀少性」や「有限性」という理念。そして、「生命・労働・言語《ランガージュ》」のもとでの「人間の消滅」。これらが、七〇年代以降における私たちの文学にどんなかたちで浸透してきたかを、竹田は、条理を尽くして論じてみせる。

では、これらすべてから一定の距離をおくことによって、竹田は、何を目指そうとしているのか。「欲望相関」「相互承認」「一般福祉」。ヘーゲルから引き出してきたこれらの理念でもって竹田がおこなおうとするのは、豊かさを享受することと良心のうずきとを、いかにして折り合わせるかという、そのことなのである。

とはいえ、これこそが、現在における最も文学的な主題といえるのではないだろうか。その折り合いの付かなさこそが、実存・苦難・暴力の主題を呼び込むのであり、そこに柄谷的思想の可能性がひらかれるといっても過言ではない。しかし、竹田が提示するのは、およそ文学的とはいいかねる「ルールゲーム」の原理なのだ。この原理をどこまで鍛えあげるかで、折り合いが付くかどうかの展望がひらかれる。これが、竹田の思想なのだが、果たして現在の文学作品は、一見機能的ともいえる竹田の原理に、どのようなこたえを提出するのだろうか。

田口賢司「メロウ1983」（「新潮」）は、不思議なポップさの跳梁する作品である。筋らしき筋のまったく見当たらない、しかし、登場人物の生きた痕跡を、まごうことなくたどることのできる作品、これが、「メロウ1983」なのである。仕方がないので、はじけるばかりにポップな言葉というのを引いてみるのだが、たとえば、「死とは何か。／『ねえ。エルヴィス。そのあごの下にあるものは何？』／するとエルヴィスはやさしく少女の頭をなで、／『あごだよ、ハニー』／と言った。／その二つ目のあごが死である」「パトリシアの手はひどく小さかった。金魚のヒレのようにはかない。歯ブラシを持つにも苦労するのではないか。いや。そうとも。そうに違いない。」「『パトリシア』／薄暗い舗道をひとりとぼとぼ歩きながらリチャードは思う。／『おれの妻、おれの女、おれの記憶、おれの時間』」。

ここには、「死」があふれ、「悲しみ」が満ちていながら、実存・苦難・暴力が欠如している。どのように激しい暴力的な表現も、フライパンのうえではねる植物油のような小気味よさなのである。おそらく、一九八三年においてこれを文学というには、ためらいがあったにちがいない。だが、二〇〇四年の現在において、これこそが、文学的主題のうえに立っている作品ということができるのだ。

それは、あたかも、旧来の文芸思潮から切断された場所で発想された竹田青嗣の「ルールゲーム」論が、もっともポップであるとともに、最も思想的原理を体現しているということと、通じている。たとえば、資本主義社会における市場原理は、全員参加の「ルールゲーム」において遂行されるとき、もっともフェアなかたちをとることができるとしてみよう。そのことは、プロ野球における球界再編の動きが、この原理を貫徹することによってのみ、生きたかたちをとることができるという現実を、間違いなく照らし出してくれるのである。

九月　逡巡の形跡

アテネオリンピックのメダルラッシュは、日本人に、ここしばらく見失っていたアイデンティティーの所在を、強く意識させた。世界の強豪を次々に倒した柔道やレスリングの女子選手が、表彰台の上で小さく「君が代」に唱和している姿。期待通りにメダルを獲得しては、世界を睥睨するがごとき不敵な表情を見せる男子競泳選手。ギリシア軍の勝利を伝えるために、マラトンからアテネまでひたすら走ったという兵士のように、私たちに勇気と熱意を届けようと、小さな身体に一杯の優しさをこめて走り続けた女子マラソン選手。

スポーツの祭典であるはずのものが、なぜこれほどまでにナショナリズムをかきたてるのか。しかし、私たちは、たんにロスアンゼルス大会以来というメダル数の獲得にのみに酔い痴れているのではない。自分が、日本および日本人であることに、一種の誇らしさのようなものを感じ取っているのである。日本および日本人には、たしかに他にない優れた点がある。そのことをたがいに認め合う、またとないチャンスにめぐり会っているのだ。二十五キロ地点でスパートをかけた女子マラソン選手が、「ほんとうにこわごわでした」と述べたように、私たちのこころのうちにこそ見出される。ティーは、ナショナル・アイデンティティーは、怖れを知るこころのうちにこそ見出されるたとえば本居宣長は、日本および日本人をつなぎとめるものを「もののあはれをしるこころ」とみなした。これを、大和魂に象徴される民族固有の心情、事に当たっては身を捨てても公に奉ずる精神とみなすこともできる。しかし、宣長の真意は、そこにはない。「もののあはれをしる」とは、「思ふにかなはぬすぢ」に出会って、「わが心ながら、わが心にもまかせぬこと」を知り、「ああ、はれ」と嘆ずること。わけても「かなしき事うきこと、恋しきこと」において、「思うにまかせぬこと」「おそれおおきこと」を知ることなのである。

『世界の中心で、愛をさけぶ』（小学館）の作者片山恭一は、なかでも「恋愛」こそが、「思うにまかせぬこと」の象徴ではないかという（「世界の中心からイルカたちへ」「文學界」）。「男女のあいだに親密な交感が起こる。この親密さを白熱させていくと、二人のあいだの乗り越えがたい差異として、死が露出してくる」といったぐあいに。片山は、デリダを援用しながら、この考えを述べるのだが、ここに見出されるのは、まさに宣長の思想ではないのか。

だが、片山の描く「恋愛」には、優しさや切なさは感じられても、「ほんとうにこわごわでした」と語る女子マラソン選手の内心の葛藤と克服の過程が、あまり感じられない。「死」は不意にヒロインを訪れ、彼らを悲しみの淵に陥れる。しかし、不思議なことにこの悲しみからは、「死」を前にした人間の怖れと慄きが、伝わってこないのだ。

村上春樹の『ノルウェイの森』との共通性を挙げられたりもするが、村上作品には、まちがいなく、「恋愛」が、どうにもならない力で、登場人物をさらい、起つあたわぬまでに打ちのめすさまが描かれていた。大風に吹き倒されて、すべてを失った存在が、気がついてみると、その、やむにやまれなさのもとで、泣きじゃくっているというのが、村上作品なのである。しかし、片山作品では、登場人物は、まるで約束されたように、涙を流し、約束されたように死に直面する。それでも、「死」の圧倒的な力は、この作品にある種の潔さと清冽さをまとわせる。

このような筋に、理由がないわけではない。堀辰雄の「風立ちぬ」「菜穂子」といった作品を、すでにこの種の系譜として、私たちの文学は擁している。そういう流れにおいてならば、片山作品も、現代の四季派的ロマンとして十分迎えられていいのではないか。

しかし、小説の未来は、ここにはない。たとえ失敗したとしても、いや失敗を承知のうえで、「思うにかなわぬすじ」を、作品の構成そのものとして実現していくこと。このことの大切さを、わきまえているのが、現在の新しい作家たちといえるのだ。芥川賞受賞のモブ・ノリオ「介護入門」(文藝春秋)のノリの良さもまた、ロマン的物語の不可能性に根ざしているということを知っておくことは、決して無駄ではない。

新潮新人賞受賞第一作と銘打たれた浅尾大輔「胸いっぱいの、」(「新潮」)。この作品の全編を覆うやつしのかたちを、どういえばいいだろうか。東海地方の一小都市を舞台に繰り広げられる殺人と恋愛と狂気。そんなふうに説明し、ほとんど通俗的なといっていい筋書きと書割とを抽出してみたところで、ここに伏流しているいたたまれなさ、余儀なきことに向かって敗れていくもののおおけなさといったものを、言いとめることはできない。

東大法学部を卒業したものの、司法試験に失敗し、帰郷して、親の厄介になりながら、破綻した精神の病を癒すべく、身をやつしにやつすもう若くはない男。この人物に、作者は、みずからの万感の思いを託すのだが、子持ちの女性との恋愛も治療仲間が手を汚した殺人も主治医である精神科医の言説も、すべてが「思うにかなわぬすじ」において語り出されるのだ。そのことを、最もよくあらわしているのは、太田哲史というこの主人公の、「死」に向かう破れかぶれの有様にほかならない。

『罪と罰』の、ラスコーリニコフの手によって殺められる瞬間のリザヴェータのいまにも泣き出しそうな、みじめにゆがんだ、哀れな表情。その表情の奥に隠されたものが、いまならば、はっきりわかるというこの太田哲史の、泥まみれなまでの無垢。その無垢な魂が突入する「死」を、最後に描き出す作者の手腕は、なまなかなものでは測ることができない。

この世界が、既存の約束事や自明のことわりによって成っているとするならば、これを内側から攪乱することによって、一瞬圧倒的な「無意味」を露出させること。そこに、ロマン的物語の世界によっては決してとらえることのできない、物自体ともいうべきものの感触があらわになる。そこにこそ、小説のめざすべき地平が見出されるのではないか。

吉村萬壱「石を積む」(「文學界」)は、大型ショッピングモールの二階の喫茶店の窓から眺められるスイミングプールを前に、一瞬世界が、取り返しのつかない混乱に陥るさまを夢想する作品だ。吉村の、世界に対する悪意は、リザヴェータというよりもむしろスタヴローギンを引き合いに出すべきだが、いずれ、浅尾にしろ吉村にしろ、彼らのなかで「思うにかなわぬすじ」が、いかなるかたちをとって現れているかの、これは例証といって一編である。

彼らにくらべるならば、どちらかというとロマン的物語の形式を基盤にしている舞城王太郎の「みんな元気。」(「新潮」)になると、その奇想こそが、「思うにかなわぬ」ことの現れと思われてくるのである。浮遊する家族といって、まさに空中浮遊を体験する家族の物語を語りながら、舞城は、いたるところで破綻しつつ、しかも切れ目なく繰り出される語りの魅力によって、やはりロマン的物語を内側から攪乱していくのである。

天空にある見知らぬ家族によって、奇妙な養子縁組を強いられた家族の体験が、主人公である枇杷という名の少女の目を通して描かれる。ここに宮崎駿をはじめとするサブカルチャーの影響を見出すことは、容易である。「透明魔人」というのが、舞城特有のキャラクターであることは、みとめるものの、書割のすべては、一種のパロディといっても過言ではない。しかし、にもかかわらず、全編を覆う脱臼感覚ともいうべきものの類なさは、何事かであるといわねばならない。

そこには、あのオリンピック女子マラソン選手の「ほんとうにこわごわでした」という言葉であらわされるものが確実に認められるのだ。「おそれおおきこと」「思うにまかせぬこと」に出会って、それでもなお果敢にみずからを遂げていく、その逡巡の形跡こそ、現在の文学をも生かしめている最大の糧なのである。

十月　詩の扼殺と物語の効用

秋風のそよぐ頃、遅い夏休みをとることになった。渥美半島から、志摩半島へとフェリーで渡り、伊勢松阪に本居宣長の旧居を訪ねる。継いで松阪城址に登り、そこで思いもかけない言葉に出会った。

梶井基次郎文学碑。「今、空は悲しいまで晴れていた。そしてその下に町は甍を並べていた。白亜の小学校。土蔵作りの銀行。寺の屋根。そして其処此処、西洋菓子の間に詰めてあるカンナ屑めいて、緑色の植物が家々の間から萌え出ている」。『城のある町にて』の一節が刻まれた碑が、「何もない」城跡の端の、町を見下ろす位置にぽつねんと立っていた。

たまたま携えていた赤坂真理『ヴァイブレータ』（講談社）を読む。赤坂の作品のなかで、とりわけ秀作というのではない。むしろ、廣木隆一監督荒井晴彦脚本の映画の方が、ロードムーヴィーの味が出ていて、優れていた。しかし、この小説には、捨てがたい魅力がある。「捨てられた子猫」というのは、赤坂の「あとがき」による自認だが、そういう言葉ではいえない、よるべのなさ、おぼつかなさがせつないほど感じられるのだ。

このヒロインの孤独シンドロームに、特別新味があるわけではない。不適応の事態に陥ると、どこかから声が聞こえてきたり、食べ吐きを繰り返して、精神の均衡を保ったり。それでいて、性についてはきわめて正常で、行きずりの男と、ごく普通に性交できてしまう。だから、そういう意味でいえば、精神が完全に損なわれているとはいいがたい。たまたま、損なわれていたり、たまたま一人ぼっちだったり、たまたまコミュニケーションが不全だったり、でも、それでいて、このたまたまは、この世に生を享けて以来、ずっとたまたま、そんな孤絶感が続いているといった態のたまたまなのだ。

「完全に損なわれた人間がいるとして、彼は、どうであれば、回復しうるのか」。村上春樹『海辺のカフカ』についての加藤典洋の評言だが、上梓されたばかりの村上作品『アフターダーク』(講談社)についての加藤と藤野千夜の対談(「今、村上春樹のいる場所」「群像」)のなかで、藤野は、これを「傷んでいる」という表現でとらえようとする。その言葉に虚を突かれた思いがしたのは、対談相手の加藤だけではないだろう。

損なわれた人間を描かずにいられない作家とは、どんなに希望を見出そうとしても、無意識がすでに回復不能なまでに「傷んでいる」のではないか。藤野千夜のいおうとするのは、そういうことなのだが、これは村上よりもむしろ、藤野や赤坂真理も含めて、現在の、表皮を剝《む》くように言葉をつむぐ作家たちに共通してみとめられる症候ということができる。そのことのために、たとえば、『ヴァイブレータ』という作品には、どうしても開放されることのない傷みのようなものが、ついて離れない。

これにくらべるならば、村上春樹の『アフターダーク』は、意図して映画的な手法が使われ、まるでよくつくられた映像作品を目の前にしているようなところがあった。カメラアイを感じさせる鳥瞰的な視点から、さまざまな場面をとらえ、それらを有機的に構成していく巧みさは、さすがといえる。むしろ、あまりに巧みすぎて、小説的言語が本来内に秘めているとりとめのなさが、払拭されたきらいがなきにしもあらずなのだが。

これを端的にいうなら、詩の扼殺と物語の効用ということができる。では『ヴァイブレータ』は、物語の効用から遠いところで書かれた作品なのかというと、そうとばかりはいえない。実際に映画になってみると、原作のもっているよるべのなさやおぼつかなさは、映像の流れのなかに微粒子のように溶け込み、印象深いロードムーヴィーとして、場面場面がくっきりと描き出されていたからだ。

　それでいて、この映画には、なんともいえないいやるせなさ、物語の効用では決して引き出すことのできないそよそよとしたもの、たそがれの空のもとに尾を引いて消えていくもの、街道筋のさびれた町並みのそここにすがたをあらわしては黙殺されていくもの、それらが、主役のかたわらを次々に流れていって、果てしのない傷みの連なりを印象づける。それは、やはり小説作品に由来する何かといわなければならない。

　こういう悲のアトモスフィアといったものは、『アフターダーク』に探し当てることはできない。代わって、『アフターダーク』にみられるのは、底なしの虚無。真っ暗な海に絶え間なく雨が降りそそぐ場面であり、誰もいない部屋をのっぺらぼうが壁抜けしているといった態だ。加藤典洋は、村上作品のこのような趣をオカルト的と名づけたのだが、この種の暗黒恐怖には、たんにトリックや巧緻といったものとは異なった精神の深い闇がのぞかれる。病んでいるというならば、ここに登場する幾人かの人物の方が、はるかに病んでいる。

　だが、不思議なことに、この病み方には、『ヴァイブレータ』のヒロインほどの現実感がないのだ。早川玲という三十一歳のフリーライターは、考想化声や食べ吐きといった症状に悩まされるには、幾分歳をとりすぎている。そういえなくはないものの、まちがいなくある種の現代的な病の虜《とりこ》である。だが、『アフターダーク』についていえば、一種のホラー映像を思わせる浅井エリの嗜眠症状やコンピューターハッカー白川の冷徹なニヒリストぶりには、現代的な物語の世界の病という面があるのだ。

　それにもかかわらず、それらが決して凡庸な物語の形態に収まらないということ、そこに村上のいさおしがあるといっていい。こういう、村上春樹のうみだす物語の効用を、藤野千夜は、「傷んでいる」という言葉で受けとめようとしたのだが、これは、この言葉を発した藤野の意図を超えて、現在の小説の困難にじかにふれたものといわなければならない。

　絲山秋子「アーリオ　オーリオ」（「群像」）もまた、このことを実感させる一篇である。区役所の清掃工場中央制御室勤務の松尾哲と中学生の姪美由との交感を綴ったこの作品には、姪を愛でる子供のいない叔父といった関係から逸れていくものがみとめられる。それは、近親姦的ともロリータ趣味とも異なった傷みの共有、悲の共存といったことで、ようやく保たれる関係だ。

メカニカルな中央制御室のコンピューターとモニター、そして丘の上の天文台から観察される星座の数々。物語の道具立てに事欠くことのないこの作品を、しかし深いところで成り立たせているのは、叔父と姪の心に、ともに浸透する現代的な病のかたちなのだ。それを言葉にしてみるならば、「宇宙のどこかに、今とは違うもう一人の自分がいて、気づかわしげな表情でこちらを見ているような気がした」「私が死んでしまっても、世界はこのままなの」、「宇宙もずっとあるの」といった、何気ない二人のやり取りのなかに顔を覗かせるものなのだが、これを物語の効用によって回収することなく、しかも、ある種センチメンタルな感興のなかに沈めることもなく、どう生かすことができるか。

絲山は、赤坂や藤野のようにそのことを現在における小説作品の、避けられない課題として捉えるのだが、彼女たちよりももっと世代の下った作家たち、たとえば青木淳悟「クレーターのほとりで」(「新潮」)、横田創「死後の夢」(「新潮」)になると、物語の扼殺は、小説にとって自明の前提とされている。そうかといって、彼らは、詩の効用を小説的言語に実現するわけでもなく、ただただ、悲と傷みの浸透にいかにして耐えるか、それだけを関心事にして言葉を綴っているのである。とりわけ、夭折した息子との逆エディプスに囚われた母親「ヨウコちゃん」のかぼそい心象風景を綴った横田作品には、村上春樹が『海辺のカフカ』によってもなしえなかった、現代的なエディプス状況の機微が、不思議なかたちで取り出されている。

十一月　真空爆発のような殺戮

ドストエフスキーとカフカ。この二人の影響が二十一世紀の文学、いや九・一一以後の文学に、みえないかたちで波及している。そのことを、ここ二年の間、折にふれ意識せざるをえなかった。村上春樹の『海辺のカフカ』を例にあげてみよう。田村カフカ少年と「父殺し」のテーマには、カフカとドストエフスキーをモザイク絵のように貼り付けようという意図が、確実に見受けられた。そして、九・一一以後に登場した新しい作家たちである。

中村文則、浅尾大輔、中原昌也、横田創といった作家の作品を隈取っているのも、まちがいなくドストエフスキーとカフカの影なのだ。彼らにとって、もはや、村上春樹のように「父殺し」のテーマが直接問題になることはない。むしろ、「父殺し」は一種の謎《エニグマ》のように作品の奥に隠され、代わって、そのような重大事を前にして、やみくもなまでにこの世界から消え去っていく存在が問題とされる。

ドストエフスキーについていうならば、『罪と罰』のリザヴェータ、『白痴』のムイシュキンとイッポリート、あるいはカフカの短編「父の気がかり」に登場するオドラデク、『変身』のグレゴール・ザムザでもかまわない、要するに「父殺し」を禁じ手とされながら、なおかつ生のゲームを続けるならば、いかなる存在の仕方が考えられるのか。そのことをテーマにしているのが、九・一一以後に登場した新しい作家たちなのだ。

この点について示唆を受けたのは、「二枚舌のドストエフスキー」(「文學界」)と題した鼎談における亀山郁夫の発言である。島田雅彦、沼野充義とのこの鼎談自体、亀山の新著『ドストエフスキー父殺しの文学(上)(下)』(NHKブックス)の発刊にちなんで設けられたものなのだが、そこで、亀山は、『カラマーゾフの兄弟』『悪霊』といったドストエフスキーの作品から、「使嗾《しそう》」というキーワードを引き出してくる。ひそかに唆《そそのか》し、悪事へと誘うということの言葉から、スメルジャコフを唆《そそのか》すイヴァン、ピョートルを駆るスタヴローギンといった関係を思い浮かべてもいい。

だが、この「使嗾」には、このような関係にかぎらない形而上的な意味がこめられている。要するに、人間の内部に隠された「自尊心」「傲慢」といったものの現れ、「父」を殺し、みずから「父」に成り代わることで、世界のメタレベルに立とうという欲望といえばいいだろうか。同時に、これが人間にとっての根源的な罪、「原罪」に当たるというのが彼のいおうとするところなのである。

エデンの園における蛇の唆《そそのか》しと、アダムとイヴの楽園追放に、このような「使嗾」の起源がもとめられるという亀山の解釈に対して、エディプス状況への偏向の危惧が、沼野から提出されたりもする。にもかかわらず、亀山の言説には、現在の文学を捉えるに当たって、欠かすことのできないものがみとめられる。

　たとえば、村上春樹の作品には、オウム真理教における「ポア」の思想を、いかにして内側から滅ぼしうるかという問いがこめられてると考えてみよう。何が明らかになるだろうか。この「ポア」の思想こそ、「使嗾」ということの最も過激な現れであり、村上春樹は、神に成り代わろうとする者たち、世界のメタレベルに立とうとする者たちを前に、いったいどのような生のあり方が可能かを提示したということである。

　だが、九五年の地下鉄サリン事件は、あくまでも九・一一同時多発テロ事件の前哨にすぎない。それまでの「使嗾」に象徴されるようなドストエフスキー的状況は、世界の背後に深く潜行する。代わって、おもてに現れてきたのが、カフカ的な状況なのである。

　そこには、唆《そそのか》す者もいなければ、誘惑する者も、慢心を掻き立てる者もいない。世界のメタレベルに立とうとする者は、すべて消え去り、ただその消え去るという仕方において、真空爆発のような殺戮を現前せしめるのである。

　保坂和志はこのことを、「病的な想像力でない小説――小説をめぐって（十一）」（「新潮」）において、こんなふうに述べる。もはやメタレベルに立とうということには何の意味もない、そもそもメタレベルそのものがどこにも存在しない、そして、カフカの「城」や「審判」が示唆しているのは、そのことにほかならないのだ、と。

　保坂のこの言葉は、新潮新人賞受賞の佐藤弘「真空が流れる」（「新潮」）や、青木淳悟「クレーターのほとりで」（「新潮」十月号）に触れながら述べられるのだが、これは、佐藤や青木にかぎらず、九・一一以後に登場した新しい作家たちに共通して当てはまることなのだ。

　このことを、最も強く意識させられたのは写真家でもある小林紀晴の作品「昨日みたバスに乗って」（「群像」）である。「写真に復讐されるのだ」というエピグラムが随所に埋め込まれたこの不思議な作品に現れるのは、決定的な出来事が終焉した後の不在の風景ともいうべきものだ。

　写真家のサクジさんに師事する「私」は、ニューヨークからメキシコのワークショップに、サクジさんの代わりにやってくる。九・一一の記憶がまだなまなましく生きている頃、メッセンジャーのカルロスに案内されて招かれた教室にやってくると、そこには、通訳のフロールと二人の生徒、ベルナールとサルマだけが待っている。

ワークショップが始まるや、「私」は、少ない生徒を前にサクジさんの写真集に収められていたはずのスライドを次々に映してゆく。なかで、「昨日」というタイトルのスライドが映し出されたときには、教室のなかに小さな興奮が波のように広がる。

そのモノクロ写真に映っているのは、「古びた住宅街」「ところどころ崩れた塀」「空は少し黒く落ち」「路上に数人の人が立っている」「砂漠っぽい風景の中に真っすぐにのびるアスファルトの道」である。さらには、サクジさんのメキシコ人の恋人である「あの人が、生まれたばかりの赤ん坊を抱いて」「カメラを強い視線で見ている」光景。

まるで、未生以前ともいうべきこの光景がおさめられた「昨日」というスライド集は、実は、サクジさんの写真集にはないものだった。ワークショップのあいだ、偶然そのことに気がついた「私」は、いったいこの光景は、いつ、どこで写されたものだったのかと不審に思う。

「私」の疑念にこたえるかのように、次のワークショップの日、フロールが、幼くして別れた、やはり写真家である父が撮ったという数枚の写真を持ってくる。テーブルの上に並べられたその幾枚かのなかに、砂漠のうえに広がる空を背景に、幼い女の子を抱いてこちらを見つめる一人の女性の写真が見出される。

では、はじめて会ってから「私」が、それとなく惹かれていたフロールとは、サクジさんがメキシコに残した忘れ形見であったのか。もしかして「私」をメキシコに向かわせたサクジさんとは、九・一一に象徴される事件によってすでにこの世から去った人間だったのではないか。そのような思いを読む者に抱かせたまま、この作品は不意に閉じられる。

いったいサクジさんが残した「昨日」というタイトルのスライドとは、何か。そして、「昨日みたバスに乗って」と命名されたフロールの持つ数枚の古い写真とは。あとに残るのは不思議なリアリティと、全編を支配する強度の既視感である。いったい、この既視感とは、何に由来するものなのか。

未生以前の光景とも事後の風景とも受け取れるもの。そう、いってみよう。

「私」は、ニューヨークにいて、実際にこの目で九月十一日のあの事件を目撃していた。だが、「私はその日、崩れ去った二つのビルから燃え上がる黒い煙と白い煙しか見ていない。いってみれば、ただそれだけを目撃したにすぎない。悲惨なことも劇的なこともなにひとつ目にしていない」というのである。それでいて、サントドミンゴ行きの飛行機のなかで「私の身体を死者二百五十一人分の大小の雲がすり抜けていく」と述懐せずにはいられない。

「私」のなかには、あきらかに、九・一一に象徴される何かへの固執が隠されている。それを言葉にしてみるならば、みずからの誕生以前の世界と、死後の世界に対する強い思いである。この世界は、私が生まれる以前からあり、また、私の死後も変わることなくあり続けるのかという疑念といってもいい。

しかし、なぜこれが九・一一と結びつくのか。さらには、あれらの不思議な写真とどのようにして、この思いがつながっていくのか。

亀山郁夫の「使嗾《しそう》」という言葉を、ここに措いてみよう。イヴァンにしろ、スタヴローギンにしろ、彼らとは、この世界のあり方を全否定することへと唆《そそのか》す者にほかならない。彼らの動機を一言でいうならば、「私が生まれる前から世界はあり、私が死んだ後も世界はありつづける」ということへの根深い不信である。

写真家の「私」のなかに隠された固執とは、このような不信と否定に対する無意識のあらがいということができる。誕生以前の世界と、死後の世界への強い思いが、「私」の身体を通過してゆくとき、「私」は否応なしに九・一一を意識せざるをえない。なぜなら、九・一一こそが、「私が生まれる以前、世界は無の塊であり、私が死んだ後、世界は滅んでしかるべき」という思いの真空爆発的な表現といえるからだ。そこにみとめられるのは、無数の無名のテロリストたちによって描かれる、世界の滅亡の青写真以外ではない。

では、「昨日」というタイトルのスライドを「私」に託し、「昨日みたバスに乗って」という写真をフロールのもとに残したサクジさんとは、誰か。世界の滅亡の青写真を、みずからの「死」をもって贖おうとした人物にほかならない。そこでは、「父」であるサクジさんが、世界から消え去ることによって、このことを「私」やフロールや、これを読む私たちに示唆するのである。「私」のなかの無意識の思いとは、そこに由来するものだったのだ。

「しかし、自分が死んだあともあいつが生きていると思うと、胸をしめつけられるここちがする」(「父の気がかり」『カフカ短編集』池内紀編訳)と語り手に言わしめた、カフカの「オドラデク」。あの未生以前の光景とも事後の風景とも受け取れる不思議な写真が映し出しているものこそ、この「オドラデク」なのではないか。

「父殺し」がすべて風化し、もはやどこにもメタレベルの存在しない光景、それにもかかわらず殺戮が、真空爆発のように日々繰り返されている光景。九・一一以後の作家たちが描こうとしているのは、そのような、赤茶けたモノクロ写真を未来に投影した構図なのである。そこに、ドストエフスキーをくぐりぬけたカフカの影が、微かに投じられていることを、もはや疑うことはできないのだ。

十二月　瓦解した倫理

新潟県中越地震から、一ヵ月余りが過ぎた。瓦解した家屋や、寸断された道路。被災した人々の苦難を思うと胸が痛む。

十月二十三日の当日、出講することになっていた講義会場へ向かう途中、経験したことのない混乱に襲われた。開始予定よりも、数時間早くに家を出ているという固定観念に取りつかれたのだ。このままでは、着いてから、かなりの時間手持ち無沙汰で過ごすことになる。あいだの時間をともかくもつぶさなければ、そう思いつつ、頭の片隅で、何か大変な過ちを犯しているという考えが、抜けることがなかった。

それでも数時間の道草を食ったうえで、目的地へ向かうということをただそうとしなかった。案の定、着いてみると、がらんとした会場に、人っ子一人いない。予定の時間が大幅に過ぎ、やむをえず、急遽代講によって事を収めたというのである。天変地異の予兆が、頭脳に混乱をもたらしたとは思われない。が、まるで符節を合わせるかのように、その日の夕刻マグニチュード六・八の大地震である。震源地の新潟中越地方でどのような混乱が起こっているのか。知る由もないまま、身体の芯に空孔を穿たれたような気分で、帰宅の途についた。

見知らぬ他人が、いかなる苦難に遭おうと、それについて与り知ることはできない。逆にいえば、おのれの不運について、他者の関与する余地は存在しない。これは自明の理である。と、そう断言した矢先から、どこか居心地が悪くなってしまう。

ここには、有徳の人間が必ずしも幸福を得るとは限らないというカント的な道徳律が影を落としている。問われているのは、人間の倫理の問題なのだ。徳と幸福とは、おうおうにして一致しないとは、それゆえにこそ、人間は、他者の不運や苦難を前にして、無関心を決め込むことができないということを示唆する。

千葉一幹は、島田裕巳の新著『人を信じるということ』（晶文社）にふれた短い文章（「不信からの回復の書」「文學界」）において、「信じる」ということが、信仰の問題であるよりも倫理の問題であることを指摘している。「勧進帳」における弁慶と義経の信頼について語る島田の論に、その子イサクを燔祭に捧げようとするアブラハムを対置してみるのだが、この神への信仰は、島田のあげる日本的な農村共同体に生きつづけてきた信頼・信用にも通ずるものであるというのが、千葉のいわんとするところだ。

そのうえで、千葉はこのような信頼・信仰を崩壊へともたらしてきた現在の状況について、「リアル・ポリティックスだの、グローバリズムだの、自己責任だの、威勢のいいぶん、心をささくれ立たせる言葉の行き交う昨今」と吐き捨てるような口調で言及する。その一方で、「すれっからしの私自身」という自己規定をおこなうことを忘れていない千葉のスタンスは、根っからの「ひねくれ者」であり「悪党」であり、時に「性格破産者」であることを演じる中原昌也のそれに通ずるものだ。

例によって臆面もないタイトルの作品「憎悪さん、こんにちは！」（「新潮」）において、中原昌也がおこなっているのは、人間の倫理の崩壊しつつある状況を、異常な場面設定と常軌を逸した人物設定によって浮き彫りにし、これを内側から瓦解させるということである。新宿アルタ前の交差点で、目と目が合っただけで、無視された腹いせに凶行に及ぶという筋立てが、もはや理由なき犯罪などという物語におさまることのない、荒唐無稽な戯画にほかならない。しかも、戯画というには、奇妙に生々しい反感や憎悪の噴出する有様を、壊れかけたリアルともいうべき手法で描き出す。その仕方には、意識するしないにかかわらず、現在の状況への根源的な批評がこめられている。

「書くこと」に対する奇妙な不信と違和。現在的な状況に踵を接した場所で書くことを強いられた作家の、心情吐露というべきであろうか。そこには、横行する不信と無倫理を、言葉によって絡めることの困難が表白されている。中原昌也の専売特許にみえたこの書きたくない症候群を「食肉の歴史」(「新潮」十一月号)という、これまた奇異なタイトルの作品に仕上げたモブ・ノリオについて、松浦寿輝は、こんな言説を弄している(「創作合評」「群像」)。

「これは文章と言葉遣いが非常に曲がりくねっていて、一読、何が書いてあるのかよくわからない部分があるわけです。ただ、世界に対する何か異様な悪意というか、敵意のようなものが鬱勃と渦巻いている、その迫力だけは伝わってくる」「ただ、この文体はこの文体で、自分の無為、焦慮、満たされない欲望、書かなければならないという衝迫、書けないという苛立ち、等々、そういったすべてが絡まり合っている」と、こう述べる松浦もまた、人間の倫理にネガティヴな場所から拘らずにいられない作家の一人ということができる。

その松浦寿輝の「河口俊彦――『人生の棋譜』を読む人」(「文學界」)になると、まるで正攻法の人生論批評といった趣で、「群像」に掲載された田中和生のテクスト論批判的理論批評や「新潮」「《批評特集》」の何篇かの現代評論に比べるならば、はるかに微温的といっていいものだ。だが、批評というのが、生きた人間の器量や人間と人間の倫理を、浚渫するような仕事であること。そのことを、松浦は、河口俊彦という棋士であると同時に棋界批評の書き手である人物の文章にふれながら、明らかにしていくのである。

この正統性と荒唐無稽との混在は、批評のみならず、作品の現在的なリアリティを測る格好の物差しでもある。中原昌也やモブ・ノリオだけでない。主人公に負わされた家庭崩壊という状況を、暴力とテロの横行する世界に重ねることで、奇妙な破綻劇に仕立て上げる阿部和重「グランド・フィナーレ」(「群像」)にも当てはまる。

だが注目すべきは、この傾向が若手や中堅作家だけにかぎらないということだ。小島信夫、古井由吉といったすでに評価の定まった作家たちの作品が、ひそかに彼らの進める試みに、それぞれの仕方で応答しているようなのである。

「小さな講演のあと」(「新潮」)において小島信夫は、滑稽というしかない狂気を演ずる九十歳に近い老作家を登場させる。いうまでもなく作者である小島をモデルにしているのだが、この老作家が、先妻との間にできた五十歳を越える息子の乱心に悩まされるさまは、荒唐無稽の一語に尽きる。老妻ともども、怪しげなヒーリング治療を受けてみたり、その治療師であり教祖でもある人物の説教に振り回されたり、芸術家気取りの画商の言葉を真に受けて、精神崩壊の怖れにとらわれたりと、河口俊彦描くところの棋界の巨匠とは、まったくもって似つかわしからぬ有様である。

だが、このように老齢にいたるまで右往左往する人生を描きだす小島信夫を、枡田幸三や大山康晴といった棋界の巨匠に比べて、少しも遜色ないと判断するのは、松浦寿輝ならずともだ。そこには、高度化した言葉や技術よりも、瓦解した倫理が生きているからである。人間の器量や風格というものが、正統性を得るためには、信や倫理を、一度は荒唐無稽なかたちで壊しておく必要があるということ。そのことが、よくわきまえられているのである。


これは、男女の交わりの怪異を夢とも現とも分かちがたい世界に描き出す古井由吉「受胎」(「新潮」)にもいえることだ。岩切という、中年を過ぎた男の行状が、二人の女性との性的な交渉を通して浮き彫りにされるのだが、その人間的な卑小さと滑稽さは、『明暗』の津田を彷彿とさせる。ということは、倫理観の壊れた人間が、状況に翻弄されるすがたを描いて、『明暗』の末尾何章かに匹敵するということだ。

古井由吉もまた、人間的な倫理のネガに拘らずにいられない作家であることを明示することによって、遠くは漱石に、そして小島信夫にも、中原昌也にも通じるメンタリティを有することを明らかにするのである。こういう瓦解した倫理への拘泥ということが、最も人間的であるという逆説。この逆説を汲み取る者だけが、真に文学的であり、同時に真に現在的であると、そう断言することに、大きな狂いはないはずだ。

第三章　二〇〇五年文芸時評

一月　過剰な幸福と微量の不幸

何気なく読みすすめた小説のタイトルが、あらためて気になるということがある。作品のモチーフをそのままタイトルにした大江健三郎の小説『取り替え子《チェンジリング》』、その大江の新作のタイトルは「むしろ老人の愚行が聞きたい」（「群像」）だ。

これを第一部として構想される作品の総タイトルは、『さようなら、私の本よ！』。「さようなら」という別れの挨拶によって、『取り替え子《チェンジリング》』のモチーフが、置き去りにされるということはない。死に近い子どもの傍らで、「生み直し」を語りかけた母親は、この作品にいたって、こんな言葉を私たちのもとにとどけるのである――「おまえには子供がついている、おまえの代わりに死んでくれる子供」が。

例によってモデル小説の体裁をとりながら、作家の長江古義人《ちょうこうこぎと》といまはこの世にいない映画監督の塙吾良《はなわごろう》との交渉が語られる。ところが、このたびの新作においては、古義人《こぎと》にとって吾良と変わらない存在があらたに登場するのだ。母の友人「上海の小母さん」の息子で、古義人との間に長幼の序をつくる椿繁。長年建築学の教授としてアメリカで教鞭をとっていたというこの椿が現れて、古義人を魅惑し、おびやかすのだ。少年の頃、母が自分に語ったという言葉――「おまえには子供がついている、おまえの代わりに死んでくれる子供」がという言葉を、くり返しつたえることによって。

「代わりに死んでくれる子供」とは、いったい何か。そんなことを考えていたあるとき、稲川方人監督の映画を観た。「画家・福山知佐子の世界」と副題されたこの映画のタイトルは、「たった8秒のこの世に、花を」である。「たった8秒のこの世」とは、自分の「代わりに死んでくれる子供」が残した生の軌跡ででもあったのか。謎解きではなく、まぎれもない現実感覚としてそう思われたのだが、映像のなかの福山知佐子と彼女の描く屛風絵のような不思議な絵画は、そのことを語りかける。

たとえば、高橋源一郎は、「ニッポンの小説」と題した新連載評論の第一回（「文學界」）において、こんなことを言う。すぐれた小説には、実際に書かれていることと以上のものが存在する。それは小説にかぎらない。バッハのヴァイオリン・ソナタには、「人間の精神についての普遍的ななにかが、音という、別の具体的なものによって表現されている」。ゴッホの麦畑は、「実在の光景ではなく、たとえば、数千万年の後、最後の一人になった人間が見る風景でもあるかのように」、そこに存在している。

なるほど、そうとするならば、福山描く金銀箔を貼り込めた屛風絵の世界とは、たった8秒しかこの世の空気を吸うことができず、代わりに死んでいった子供の目に焼きついた光景でもあろうか。そんなことを考えながら、自主上映会の会場をあとにしたのだが、ここに露呈しているのはどのような問題なのか。人間の幸不幸の届きがたさ、存在それ自体の測りがたさということではないだろうか。

穂村弘は「『この世』の大穴」（「群像」）と題する短いエッセイにおいて、若いときには、不幸や嫌悪感に敏感だったのが、年を経るにしたがい、見えない「幸福」にからめとられ、パチンコの「大穴」のようなその幸福に吸い込まれていくといったことを、軽妙な筆致で語りかける。そこに露《あらわ》になった、「幸福」の際限なさと居心地の悪さ、その痴呆のような快さ。ここにもまた、「代わりに死んでくれる子供」の存在からのがれることのできない感受性の質が、かいま見られる。

山田詠美「アトリエ」（「文學界」）。自営業の次男として仕事に励む裕二がひかれた麻子という女性。精神に異常をきたした奇妙な性癖が、裕二をひきつけるのだが、「あーちゃん」「ゆんちゃん」と呼び合って無何有の世界に溶け合っていく男女の幸福が、この世のものならぬ姿で描き出される。たとえばこの「あーちゃん」が、一度は「ゆんちゃん」の代わりに死んでいった子供の蘇りだからではないのか。そこに現れる、恋人や夫婦といった対称性から成る性の放棄。それは、一見尋常な家族小説の書き割りを、幸福なまでの不幸と不幸なまでの幸福といった色合いで、微妙なすがたに彩るのである。

加藤典洋は、このことに関連して「関係の原的負荷」というタームを投げかける（高橋源一郎との対談「いまどきの小説の気分」「小説トリッパー」）。親子にしても、夫婦にしても、無償の愛情や対称的な性関係というものによってかたちづくられてきた関係が、いつの間にか、有償で、非対称のものとなって、当事者にいわれのない「負荷」をあたえているというのである。では、いったいこの「原的負荷」はどこからやってきたのか。親子の間に抑圧と抵抗の関係がみとめられない、夫婦の間に葛藤らしい葛藤が見られない、そのことが微妙な据りの悪さとなって人々の心をとらえている、そのような現在の状況からといっていいだろうか。

だが、この問題は、ときに現代的な関係の上澄みをすくうかたちでだけ捉えられる危険性を有している。というのも、加藤いうところの「関係の原的負荷」をいっそのことゼロにしたいという衝動で生きる人間たちの姿を描いた、星野智幸「在日ヲロシア人の悲劇」（「群像」）をみるならば、あまりにもおあつらえすぎて、その衝動の根源が、底上げされているような印象をぬぐえないからである。

この作品の概要をメモ風に書き記すならば、以下のようになろうか。もとは一緒の家族だった四人の親子。父憲三と娘の好美。息子の純と母貴子。それぞれ別々の家族に分かれて暮らすものの、はじめに母である貴子が自死、次に好美が過剰な睡眠薬摂取によって死に至る。残された息子の純は、「一人右翼」に。憲三は、娘の遺志をついで、NGO活動家に。好美の「セックスレス」という考えに動かされた憲三は、自分と妻の貴子との関係が「セックスレス」であったことを、家族をつなぐモチーフとしてむしろ肯定しようとする。こんなふうにたどってみるならば、ここに登場する父娘、夫婦、息子と母、姉弟が、もはや家族というには、あまりに断片化され、非対称的な浮遊を余儀なくされていることが理解される。

しかし、ここに現れているのは、「関係の原的負荷」

をゼロにすることの意味から、無限に逸れていこうとする性向というべきではないだろうか。なぜゼロにせずにはいられないのかという問い、それこそが、先にこなければならないのだ。この問いに答えるように『取り替え子《チェンジリング》』の大江健三郎は「産み直し」のモチーフを提出し、そしてあらたに「身代わりの死」というテーマを設定する。生も死も決して一義的なものではありえないということ。取替え可能であり、代替することに、どんな支障もみとめられないという事態。しかし、この事態は、「たった8秒のこの世に、花を」といった、微量の不幸によって彩られるとき、根源的なすがたを露呈する。

大江は、T・S・エリオットの詩のフレーズを引用しながら、生と死の根底を浚うようにこれにこたえようとするのだが、無意識そのものがすでに、過剰な幸福と微量の不幸によって占められている佐藤友哉「子供たち怒る怒る怒る」（『新潮』）になると、問いがすでにこたえを追い越している態なのだ。

「さあ、牛男のゲームのはじまりです！」というキャッチフレーズを掲げて語り始められた、「残酷な」少年少女の物語。幸福なまでの不幸と不幸なまでの幸福が、どのような負債からも解かれた軽やかなテイストをもたらす、そのとき、無限に返済を延期された暗黒存在が「牛男」のすがたを借りて現れる、そんな作品といえばいいだろうか。

二月　贈与と互酬のエコノミー

スマトラ島沖地震の被害が、日を追って増大している。一月十九日付共同通信によれば、インドネシアだけで十六万人の死者。インド洋沿岸地域における死者の総数は二十二万人にも上るという。これに、行方不明者の数を加えるならば、広島、長崎の原爆の死者の数に匹敵するのではないかともいわれている。自然災害の死者が、戦争の死者と同日の談ではないことは、いうまでもない。だが、その悲惨の度合いにおいて、甲乙付け難いことは、何人も否定できないのではないか。

明治二十九年、作家以前の漱石が残した「人生」と題する断篇に、以下のような言葉が認められる。「不測の変外界に起こり、思ひがけぬ心は心の底より出で来る。海嘯と震災は、ただに三陸と濃尾に起こるのみにあらず、また自家三寸の丹田中にあり、険呑なるかな」。

漱石の心中深くに秘められた怖れは、「海嘯と震災」という自然災害の恐怖に擬せられている。だが、後者のもたらす悲惨と恐怖は、人間の心の贖いがたさを象徴して余りある。阪神・淡路大震災においても新潟中越地震においても、災害に遭遇した人々の心に、「不条理」としかいいえない何かが刻みこまれたことは、否定できない。そして、この「不条理」の根をたどっていくならば、なぜこの世には、不測の変を蒙る者と、それから免れる者とが存在するのかという問いに行き着く。

災害に遭った人々が、繰り返し述べるのは、なぜ自分だけが助かってしまったのか、なぜ、自分は、愛する者や、いとしい家族の身代わりになることができなかったのかという言葉だ。同時に、なぜ自分や自分の家族が、このような苦難に遭わなければならないのかという言葉にならない問いである。

スマトラ島沖地震の義援金が、公私を問わず、世界各国から届けられているという。この情報が真実であるならば、九・一一事件以来、世界が陥った困難打開の方向を示唆する一端といえるのではないだろうか。そこには、人間が蒙る「不条理」を、いかにすれば受容することができるのかという問いに対する一つの回答が示されているからである。

それを、言葉でいうならば、「贈与」と「互酬」ということになろうか。

たとえば、柄谷行人・鵜飼哲・浅田彰「Re-membering Jacques Derrida」（「新潮」）における刺激的な議論に耳を傾けてみる。収奪と再分配から成る国家と、交換‐搾取から成る資本主義に、贈与と互酬から成るネーションを対置する三位一体論を前提としたうえで、さらにこのネーションを超えるものとしてのアソシエーションの可能性を説く柄谷行人に対して、鵜飼哲から、晩年のデリダが、贈与を組み込んだ経済の問題を提起していたという言葉が提示される。

鵜飼によれば、『時間を与える・1』（九一年）においてこの問題は提起されているのだが、さらに『弔鐘』においてもまた、「ユダヤ教の交換概念にイエスがどのような贈与の論理を対置したかが、ヘーゲルの初期神学論に即して分析されて」いる。それは、「神が自らのひとり子を人間に贈与したことが、どのようにより強い交換を作動させることになったかという問題として」であるという。

これを、資本主義と国家に対する対抗理念としての宗教的救済論に堕せしめないためには、何が必要なのか。問題はここに集約して現れているのだが、贈与も互酬も、一方において共同体的な権力や強制を生み出す危険性を擁しているという柄谷の考えを受けるかたちで、デリダは「贈与を交換から峻別し」、「贈与が贈与として成立するか否かが不確実であることが贈与の内在的な条件」であるというのである。

鵜飼によって伝えられる晩年のデリダの思想とは、スマトラ島沖地震の被災者に向けられた有形無形の贈与のかたちを、あらかじめ示唆するものといえるのではないか。デリダによれば、「たとえ見返りを求めずとも、贈与はそれとして意識されたとたんに交換になる」。それゆえに、贈与であるかどうか不確実であることが内在的条件とされるというのだが、では、いったいここでいわれる贈与とは、いかなるものであるのか。

答えは、「神のひとり子イエス」という言葉にある。つまり、この「イエス」とは、贖いえないものに対する最終的な「贖い」にほかならないのだ。世界各国から届けられる義援の手が、被災者の奥に秘められた、なぜ自分は、愛する者の身代わりになることができなかったのかという問い、そして、なぜ自分や自分の家族がこのような苦難に遭わなければならなかったのかという問いに対する、いわば答えにならない答えとして提示されているということ。そこに、宗教的救済論を超えた贈与と互酬のあらたなかたちが見出されるのである。

浅田彰は、これを、「赦せることを赦すのは真の赦しではない、赦せないことを敢えて赦すからこそ赦しなのだ」という言葉で引き取り、デリダが提示しているのは、経済の問題であるよりも倫理の問題であり、独特の意味での「モラル・エコノミー」の問題を彼は考えていたのだと述べる。

鹿島田真希「六〇〇〇度の愛」（「新潮」）は、このような「モラル・エコノミー」の問題に呼応するかのように現れた作品といえる。

語り手の「私」は、アルコール依存症の兄の自死に出会って以来、焦げつくような渇きに襲われ、彷徨《さまよい》のなかにとらわれている。そんな「私」が、身を解き放つようにして「私にそっくりな過去と現在を生きている一人の女の物語」を綴っていく。そんな体裁で、この作品は進行するのだが、特筆すべきは、この「女」が、「六〇〇〇度の愛」を求めてたどり着いた土地が、原爆の記憶が刻印された長崎であり、その悲惨のゆえに贈与された「神のひとり子イエス」の痕跡がうかがわれる浦上天主堂であるということだ。

だが、この作品はそのような物語の結構を、何ものかのあつらえのように提示しているのではない。語り手である「私」は、自分を、「母」と「兄」との関係のなかで「燔祭」とされた存在とみなすと同時に、「女」を、最も悲惨な境遇にあるものを「陵辱」する存在として描き出すのである。「女」は、長崎のホテルで出会った「青年」を、彼が心弱く劣った者であることを感知することによって、性的欲望に駆られ、「陵辱」する。そのような歪んだ性愛にとらわれ、「青年」を弄ぶ「女」の渇きを、「六〇〇〇度」の焦熱に重ね合わせるのだ。

たとえばそこに、こんな一節が挿まれる。「サマリヤの女は渇く女だった。五人の男と結婚したが飽きたらず、六人の男と同棲しようか迷っているところだった。サマリヤの女はこの渇きを井戸の水で癒せると思っている」。そのような渇きにこそ、「神のひとり子イエス」の愛が贈与されるというのが、この作品の「モラル・エコノミー」なのである。

だが、率直にいって、小説作品があまりにもあらわな「倫理の問題」に浸透されることは、決して誉められるべきではない。むしろ、二重にも三重にも重ねられる関係のダイナミズムのなかで、粉を吹くようにこの問題がすがたをあらわすこと、そのように作品は書かれるべきなのである。

その意味で、辻原登「イタリアの秋の水仙」(「文學界」)の練達振りは、比類のないものといえる。紀州熊野の奥で一匹の蝶「ミドリシジミ」に導かれて奇妙な桃源郷(矮人の村)に足を踏み入れた三人の男の話を皮切りに、物語は、「キリシマミドリシジミ」の雄をはじめて捕獲した昆虫少年、後に、台湾及び東南アジア島嶼地域に対する民族学的研究のため、フィールドワークを進める三上隆の逸話へと移る。

昭和二十二年ボルネオのジャングルから不思議な経路で、三上の手紙が旧制中学の同級生村上三六に届く。「胸がひりつくようなノスタルジア。僕は蝶道のはてに小人族を見るんだ」と書かれたその手紙の文面に、ポルトガル語にいわれるsaudade（サウダーデ）という心情を読み取る語り手の「私」。この「サウダーデ」の向こうに、「サマリヤの女」の癒されることのない「渇き」とそれゆえの「モラル・エコノミー」をかいま見ることができるとするならば、それは、ひとえにこの作家の小説的手腕のゆえなのである。

三月　物質の、内側から崩れていく一瞬

厳寒の候、伊予松山を訪れる。子規記念博物館に足を運び、あらためて大才正岡常規の俤《おもかげ》をしのぶ。人生七十年が当然とされる今日、子規の生きた三十五年という生涯は、いかにも短い。だが、その三十五年は、どのような悔いもないかのように、満了している。苦難が鍛え上げた、大いなる器量というべきであろうか。

小林秀雄の文芸時評に引かれた「足あり、仁王の足の如し。足あり、他人の足の如し。足あり、大磐石《だいばんじゃく》の如し。僅かに指頭を以て、この脚頭に触るれば天地振動、草木号叫、女媧《じょか》氏未だこの足を断じ去って、五色の石を作らず」という『病牀六尺』の一節。小林は、「これこそ作家の勇躍する物質への情熱だ」と評したのだが、この物質への情熱が、一方において、物質の、内側から崩れていく一瞬を、いかに捉えていたか。たとえば、不意の喀血に直面したとき、子規の口をついて出てきたのは「卯の花を目がけてきたかほととぎす」という一句だった。

村上春樹「偶然の旅人」（「新潮」）は、この子規の句にこめられた切迫した思いを、物語の結構に解き放つことによって、産み出された作品ということができる。「東京奇譚集1」という連作タイトルの付されたこの作品が、偶然の糸によって織り成された、現実にはありえない話であることは、冒頭に登場する「僕＝村上」によって認知済のことがらである。だが、この作品の器量と内なる情熱には、類稀なものが感じられる。いってみれば、不意におとずれる人生の凶事を、物語の偶然がどこまで抱きとめることができるか。そのことの実験として、この奇譚は、綴られているのだ。

血を吐くような凄絶さ、というのは喀血した子規の内面を語る言葉だが、村上のこの物語には、癌に直面した二人の女性の、言葉になしえない思いが語られるのである。それを、エロスを交わすことのできない男

女の親愛と、音信を絶っていた姉弟の和解の物語に溶かし込んだのは、現代的な意匠のなせるわざといえないことはない。だが、村上の物語には、そのような意匠を取り除いても、なお消え去ることのないもの、「仁王の足」のごとく、「大磐石」のごとくにあって、「天地振動」「草木号叫」せしむるような痛みの現存がみとめられるのだ。

　伊井直行「青猫家族輾転録」（「新潮」）のもつ、シンプルで平易なたたずまいはどうだろうか。長編小説が、ともすれば錯綜した結構と、幾重にも重ねられる語りの層によって、偶然という虚偽を排除してゆく傾向にある現在、村上の連作にしろ、伊井のこの長編にしろ、時代に逆行するものといわざるをえない。だが、村上にいえることは、伊井にもまた同様にいえるので、問題は、偶然の糸をどのようにして手元に引き寄せることができるかというところにある。

　元大手商社マンで、大規模な開発事業を担当した有能な人材でありながら、バブルの付けのように払わされた「機構改革《リストラ》」の対象となり、結局は会社を去ることになった五十歳の男。著者である伊井と等身大の人間にちがいない主人公矢嶋の、これが、絶望と苦渋の人生を語る物語であれば、どんなにシンプルで平易なたたずまいを見せようと、受け容れることはできないだろう。そこでは、物語の糸を織り成す語りの位置を、メタレベルに据えることで、円滑で、滞りのない事態の進行だけが図られるからである。

　だが、五十歳とはとても思えないこの矢嶋の物語は、彼自身の人生を素通しの硝子のように拵えることで、その向こうに移ろってゆくさまざまな人間の姿を捉えてゆく。三十年前、三十九歳でこの世を去った父の弟である「おじさん」。生涯結婚することなく、年少の矢嶋に、父親以上の大きな痕跡を残して、みずから死を選んでいったにちがいない叔父。そして、彼のついに経験せずにすんだ「日本の辛い一九九〇年代」、矢嶋とは比べ物にならないような紆余曲折の人生をたどって、不治の病の床にある荻田。さらには、矢嶋の娘である涼。十七歳の高校生でありながら、同級生岩本裕太との間に子をもうけることになり、そのことで、矢嶋に、父親としてのあり方を問いただすことになる新世代の鬼っ子。また、そんな娘に向かって、一歩も引くことのない妻の麻子。独特の存在感をもって、矢嶋を懐柔する荻田の元妻である桃ちゃん。

これらの人物が、矢嶋という人間の決して大げさでない、それでいて人並みに辛苦をなめてきた人生の地平から、透見される。萩原朔太郎の「青猫」の一節を娘の涼に読ませながら、「かなしい人類の歴史を語る」「幸福の青い影」をときに思い描く矢嶋。ここに感じられる不思議な温もりは、どこからやってくるのか。そう問うてみるならば、偶然の糸に翻弄される卑小な人生を、卑小なままに容れようとする作者の熱意に思いいたらざるをえない。

こういう小説の作法を、最もはやくに現実化してみせたのは、漱石であったのだが、そのシンプルで平易な散文の流れを、最初に実現したのが、とりもなおさず子規であったということを確認しておいてもいい。そのうえで、なぜ子規だけがそれを可能にしたのかと問うてみるならば、たとえば、永井愛・小森陽一「迷宮としての『明暗』」(「すばる」)における永井の発言に、立ち止まらざるをえない。

『新・明暗』という舞台の作者でもある永井の漱石読みには、独特のものがある。『明暗』を近代小説の典型とみなす従来の見方に対して、彼女は、その冷徹な語りのあり方、ある種のメタレベルの位置こそが、実は、下意識をも含めた人間の現実を捉えようとする漱石の情熱に由来するものであることを指摘する。それは、小林秀雄が子規における「物質への情熱」を感知した仕方に通ずるものということもできるのだが、注意したいのは、この漱石の情熱が何に由来するのかを問うて、「ただならぬ精神状態に漱石自身があった」のではないか、「漱石は自分の死を予感していた」のではないかと答える永井の言葉である。

いうならば、漱石もまた、ここにおいて物質の、内側から崩れていく一瞬に、ほとんど持続的に立ち会っていたということができるのである。

宮内勝典「焼身」(「すばる」)における、作者の分身ともいうべき「私」を捉えているのも、存在が、理由もなく崩壊していく事態への怖れにほかならない。作家である「私」は、ニューヨークの世界貿易センタービルが崩れ去ってゆく映像を目にして以来、この世界に信じるに足るものはどこにあるのだろうかという問いにとりつかれるようになる。「私」の思いのうちに、ただ一つ残されたのは、「大英帝国を向こうに回して、非暴力と断食で闘いぬい」たマハトマ・ガンジーのすがたである。そのガンジーの塩の行進を胸に描いているとき、もう一人、消し去ることのできない人物として、X師のことが浮かんでくる。

X師とは、ベトナム戦争の頃、「南ベトナム政府と、圧倒的な軍事力で蹂躙してくるアメリカに抗議するため、ガソリンをかぶってわが身を焼いた」ベトナムの僧のことである。X師の焼身自殺を、「私」は、ニューヨークのスラム街で暮らしていた若年の頃、公園のベンチでひらいた新聞の写真で知った。それ以来、いつかその足跡を追ってみたいと思っていた「私」を、九・一一のあの事件は、背後から強く押し出すようにして、サイゴンへと向かわせる。

ベトナム戦争から、すでに半世紀に近い年月が経過して、もはや過去の記憶も定かでなくなった「私」は、更年期の苦痛を抱えた妻とともに、いまはホーチミン市と改名された街を彷徨しながら、X師の跡をたずねていく。その様子が、まるで遍路の旅でもあるかのように淡々と語られるである。

そして、ここでもまた強く印象付けるのは、叙述そのものの平易さとかぎりのないシンプルさなのだ。作家宮内勝典の信念吐露の物語といっていいこの作品が、どんなに思想的に退路を断たれたものに見えようと、そのシンプルで平易なたたずまいだけは、信ずるに足るものと思わせる。その理由をたどっていくならば、やはり子規や漱石と同様、物質の、内側から崩れていく一瞬から目を離すことのできないという、そのことにゆきつかざるをえないのである。

四月　生の不公平性を癒すもの

ライブドアによるニッポン放送、フジテレビの買収問題が、連日のように報道をにぎわしている。TOB、LBO、焦土作戦、ポイズン・ピルといった耳慣れない言葉が飛び交い、気分はヴァーチャル・ウォーさながらである。イラク戦争開戦から二年目に当たる現在、戦争は、一層微細な領域に浸透しつつある。

朝の報道番組で、コメンテーターとして出演していた荒俣宏が、このヴァーチャル・ウォーに言及して一瞬顔を曇らせていた。荒俣の脳裡をよぎったのは、バブル経済の崩壊が九〇年代に負わせた回収不能の傷痕である。阪神・淡路大震災、オウム・サリン事件、酒鬼薔薇聖斗事件、さらには未曾有の企業倒産とリストラ。それら、九〇年代の暗黒戦争を経て、ようやく二十一世紀にたどり着いた矢先に、九・一一のテロ事件である。

血は、これ以上ないまでに流された。そうであるとするならば、現在進められつつある企業買収というヴァーチャル・ウォーは、どれだけの血を、未来において流すことになるのか。荒俣でなくとも、思わず顔を曇らせずにはいられない。

だが、誰もこの趨勢を押しとどめることができない。そのことは、火を見るより明らかなのだ。未来において、どれほど血が流されることになろうと、いまあるこの勢いを先に進めていくほかない。むなしいあがきに過ぎないと思いながらも、あがきながら前進するほかない。そのために、多くのものを遺棄していく。私たちは、そういう生を強いられているのである。

それは、歴史の示す過酷な現実といっていいのだが、文学にできるのは、その過酷さの意味するところを、徒手空拳のままにたずねあるくこと。それ以外ではない。「ニッポンの小説」(「文學界」)という刺激的な評論を書き進める高橋源一郎は、このことを、戦争についても死者についても、私たちは本当のところ「わからないのだ」という言葉でしめす。

高橋はいう。小説とは、なにより、「人生」について、なかでもとりわけ、恋愛と死者について話すことにたけているものの謂いだ。だが、その恋愛と死者について話すことほど、困難なことはない。死はいつでも他人の死であり、恋愛もまた、そういう敵役としての死を前にしか語られることがないからである。もちろん、他人の死を、これ以上ないまでにリアルに描くことも、妨害者としての死に魅入られた恋愛の姿を描くことも、小説の任務といえる。だがそこには、何かが決定的に欠けている。

何が欠けているのか。高橋の言い分をたどっていくとき、みえてくるのはこんな風景だ。私たちの「人生」がどこかで、みずからのせいでは全くないにもかかわらず、みずからの責任として負わなければならないものを、抱え込んでしまった、その仕方の、ありうべき細部を描いていくならば、そこにはじめて死とも内面とも恋愛とさえもいえるものが、浮かび上がってくるのではないか。そういいながら、高橋は、古井由吉の『野川』をそのような小説の典型としてあげるのである。

こういう小説家の批評を前にするとき、まず文芸批評のできることは、脱帽するということに尽きる。そのうえで、古井由吉の『野川』をあげ、鮎川信夫の「死んだ男」にいわれる「遺言執行人」というあり方を「わからない」ままに果たしていく登場人物たちの行状と、なによりもその叙述の細部に照明を当てるすがたに対して、いや、小説とは、もっともっと勇躍的であっていいのではないかという思いを打ち明けてみることも、できないことではないのだ。

これは、高橋源一郎という小説家の小説の方法に対して、もうひとつの小説の方法を対置するということではない。たとえば、高橋があげる古井由吉の『野川』に対して、村上春樹の連作『東京奇譚集』をあげてみるならば、どうだろうか。その第二回として発表された「ハナレイ・ベイ」(「新潮」)には、『野川』の登場人物とはまた異なった仕方で、この世から消え去っていった者の「遺言執行人」であろうとする人間が描かれる。その、一種途方に暮れたあり方において、「井斐」や「内山」といった『野川』の登場人物と深く通じるようにみえるのだが、しかし、ここには決定的な違いがみとめられるのだ。

ハワイ、カウアイ島のハナレイ湾《ベイ》で鮫に右脚を食いちぎられて溺死した息子。十九歳にしてこの世を去ったサーファーの息子を偲んで、秋のその時期になると毎年のようにハナレイの町を訪れ、三週間ほど滞在するピアノ・バーのオーナー兼ピアニストのサチ。物語は、このサチの、死に魅入られ、恋愛に失敗した人生を綴りながらすすんでいくのだが、ここには、いかなる意味においても、登場人物の特権化というものがみとめられない。

十九歳の息子を亡くしたサチは、母親として息子を愛してはいたが、人間としてはあまり好きになれなかったという。ピアニストとして十分な技量を持ちながら、結局はピアノ・バーでの仕事に甘んじるほかなく、優れたギタリストであった夫とも別れてしまう。そんなサチの、しかし悲劇とはほど遠いところで培われてきた度量のようなものが、この物語に一種の厚みを付与するのである。

それを一言でいうならば、「遺言執行人」であろうとする者が、無意識のうちに身に着けてしまう悲劇性や、特権性から無縁の場所に、この村上の物語はあるということである。サチだけでなく、ここに登場する何人かの人物は、みな揃って凡庸といっていい者たちばかりなのだ。彼らの軽薄でさえある存在の薄さこそが、サチの失敗した人生に意味を与えてくれるのだ。

とりわけ、息子の遺体を引き取りにおもむいた先の警察署の警官。ナチの直撃弾を受けて木っ端微塵になったという若き日の兄を引き合いに出して、サチの悲しみを慰撫しようとする眼鏡をかけた白髪まじりの警官の、ほとんど紋切り型といっていい慰めの言葉。だが、サチは、結局、その言葉によって自分のなかの底なしといっていい悔いに目覚め、それを宥めるのである。

村上の物語は、こうしてある種典型ともいうべき人物を浮き彫りにしながら、すすめられていく。そこには、高橋が『野川』にみとめたような細部の叙述というものは、ほとんどみとめられない。いってみるならば、そのような細部さえも底上げにすることによって、死や内面の特権性を、完全に均してしまうこと。そうすることによってはじめて、特権性の裏面に張りついた汲みつくしえない不公平感を消し去ることができるのである。

小説が、死や内面を描くことができるのは、そのような自然そのものの大いなる公平性にいたりついたときではないのか。それは、「生」が不可避的に抱え込んでしまう不公平のありようを、細部の叙述を重ねることによって描いてゆく方法と、やはり決定的に異なるのである。

これに対して、中村文則がここしばらくの間すすめている試みとは、この二つの方法のどちらにも与せず、ひたすらに「生」の不公平性を暴き続けるというものである。「土の中の子供」(「新潮」)は、そのような試みの一つの達成といっていい作品だ。ここには、タクシーの運転手で生計を立てる一人の青年の、決して癒すことのできない不全感が、畳み込むような文体と執拗な語りのもとに吐露される。私たちの「生」がどこかで、みずからのせいでは全くないにもかかわらず、みずからの責任として負わされてしまうある理不尽さを、自分は、「土の中」から生まれたものだというという言葉であらわすその仕方は、やはり独特の光芒を放つものといわねばならない。

その光が、ネガの輝きというべきものであるとするならば、黒川創「明るい夜」(「文學界」)を覆う淡い夕明かりのような光を、なんと呼べばいいのだろうか。京言葉のたおやかな語りと、薄く延ばされた箔のような文体によって綴られたこの物語は、自然の大いなる公平性に決していたりつくことなく、いわば等身大の場所で、生の不公平性を癒してゆくのである。「気づいたときには、すでに生まれてしまっている。自分で、これは選べない。だからこそ、自分にとっての始まり、それは自分で決めてみるしかないように」といいながら、終わりを告げるこの物語に、「悔いなき人生を」という言葉を思わず、添えてみずにいられなかった。

五月　マイノリティーとしての生

「日本国憲法」前文に、国際社会における「名誉ある地位」を占めることが国民の願いであるという一節がある。以前から不審に思っていたのだが、この一節ほど、憲法の精神にそぐわないものはない。「日本国民は、恒久の平和を念願し、人間相互の関係を支配する崇高な理想を深く自覚する」という一節には、まぎれもなく世界に類を見ない理想主義的な理念が生きているといえる。このような理念を自覚するとは、国民一人一人の内心のマキシムとしてであって、決して国際社会における名誉ある地位を占めることによってではないからだ。

国連の常任理事国入りが取沙汰されるようになってから、韓国、中国の、日本に対する風当たりが強くなってきた。中国における反日デモは、収まるどころか一層広がる気配を見せ、問題の根の深さをあらためてみせつけている。もちろんこれを、中国政府の権力維持のための過剰な愛国教育や、韓国政府の領土問題に根ざした国威高揚政策に帰することができないわけではない。だが、平和への祈念や理想の自覚が、国際社会における名誉ある地位と何の矛盾もなくつながること自体に、問題の根はあるといわなければならない。

「文學界」が「文学のなかの危機」という特集を組んでいる。「危機」という、ほとんど死語にひとしい言葉を、あらためてもってくるには、相応の目論見があるにちがいない。そう思って読み進めていくと、パトリシア・ハイスミスの『回転する世界の静止点』について語る春日武彦、島尾敏雄の『「死の棘」日記』と『死の棘』について語る清水良典、さらには、三島由紀夫の『豊饒の海』の底なしといっていいニヒリズムについて語る木崎さと子と、どれをとっても、内心のマキシムにしたがって言葉をつむいでいることがつたわってくるのだ。

　とりわけ、高貝弘也「山椒魚の処方、よだかの選択」には、これが顕著に現れている。井伏鱒二の『山椒魚』と宮沢賢治の『よだかの星』といった作品を選択したことから、「危機」は、良くも悪しくもあらかじめ約束されたものとならざるをえない。だが、高貝は、これを内側から反故にしたうえで、あらたなかたちでの倫理的な処方箋――「戦わずにいることの大切さ」「弱さを持ちつづけることの価値」を差し出すのである。

　高貝のとった方法は、徹底してプライベートなものだ。みずからを「精神的ひきこもり」としたうえで、岩屋から出ることのかなわない「山椒魚」を、外の世界への「憧れ」を絶やすことなく、しかしひきこもるほかにてだてをもたないものとみなすところに現れている。どこかプライドが高く、他者とうまく折り合いをつけることのできない山椒魚は、谷川の生き物たちと一人前の関係を結ぶことができない。だが、そういう山椒魚だからこそ、外界のキラメキが痛いほどしみとおってくる。

　さらには、「よだかの星」のよだかである。鷹の理不尽な要求を前にして、よだかは「遠くの遠くの空の向こうに行ってしまおう」と思う。「市蔵」と改名して、市井の生を選び取ることもできないことではなかったのに、「神様が下さった」「名前」を棄てることをよしとしなかった。まさに「よだか」の名誉にかけてそれをおこなったのだ。

　そのことによって、「神様を選ぶことの決意を、文字通り命がけで主人公は伝えているのではないだろうか」と高貝はいう。そして、この「名誉」や「決意」が、「戦わずにいることの大切さ」や「弱さを持ちつづけることの価値」と、少しも矛盾なくつながるものであるということも。

　これに対して、みずからの名誉にかけて戦うという仕方を、極端なかたちで差し出したのが、村上龍『半島を出よ』上下（幻冬舎）である。重松清によるインタビュー「『半島を出よ』を語る」（「群像」）において、村上はこの小説のモチーフを二つあげている。一つは、「マイノリティーの側に立つこと」であり、もう一つは、「自分の代わりはいくらでもいる」ということである。これが、どのようにして名誉にかけて戦うという選択と結びつくのか。

とりあえず、『半島を出よ』の概要を以下に記してみる。

二〇一一年四月、九名の北朝鮮コマンドが、福岡ドームを占拠。金正日独裁の現体制に反対し、共和国の平和、国民の幸福、朝鮮の統一を願って九州制圧という名分が掲げられる。二時間後四八四名の特殊部隊が派遣され、高麗《コリョ》遠征軍という名のもと、九州独立と新国家樹立を宣言する。

福岡市とテレビ、新聞メディアの九州支部を手中に収めた高麗《コリョ》遠征軍は、占拠したシーホークホテルに、汚職政治家、暴力団員、闇金融、不動産不正取引などの重犯罪人を監禁、収容する。福岡市大濠公園にて、福岡県警特殊部隊と交戦、四十六名の住民の命を犠牲にする。

これに対して、高麗《コリョ》遠征軍の福岡制圧、九州独立の動きをキャッチし、反撃の機会をねらっていた集団が現れる。リストラ中高年、落ちこぼれ少年、ドロップアウトの若者といった、いわば社会から袖にされた者たちから成る集団だ。指導者のイシハラは、前作『昭和歌謡大全集』にも登場し重要な役割を果たすのだが、本作において、一種奇抜なカリスマぶりを示して、彼らの信頼を取り付ける。

最終的には、このイシハラグループのメンバーが、高麗《コリョ》遠征軍の占拠するシーホークホテルに自爆テロを仕掛け、制圧を解く。武器爆薬を装備してホテルに潜入した実行隊は、首尾よくホテルを爆破するものの、存在の痕跡を一切残すことなく、世界から消え去る。彼らのなかには、作者の村上が刻印したある信念が、死の直前まで生き続ける。

それをあらためていうならば、自己の存在は、取替え可能であること、取替え可能性が、死の恐怖を解くということ、これである。

一六〇〇枚にわたるこの長編小説を読み終えたとき、最初にやってきた感慨は、ここに登場する一〇〇名以上の登場人物の、存在の均等さということであった。イシハラグループのメンバーや北朝鮮コマンドの面々はもちろんのこと、政府関係者、市職員、メディアグループ、医療従事者、重罪犯罪人と、どの一人をとっても、それぞれがそれぞれの名誉のもとに存在していることが伝わってくるのだ。

とりわけ人民共和国反乱軍に属する一人一人の、この作戦に選ばれ参加した経緯と、彼らの生い立ちを語る村上龍の筆致には、目を見張らざるをえない。どうしてもこのように行動せざるをえなかった彼らの、しかし、独裁政権を結局は温存させてしまうエートスが、これ以上ないまでにリアルに描かれているのである。

それを一言でいうならば、国家社会において「名誉ある地位」を占めずにはいられないという、そのことなのだ。これに対して、自爆テロを仕掛けたイシハラグループのメンバーを捉えているのは、そういう存在と徹底して戦うこと自体が、名誉であるという思いにほかならない。

だが彼らには、現世においてはもちろんのこと、未来永劫にどのような地位も褒賞も約束されていない。にもかかわらず、なぜ彼らだけが、そのような名誉を選んで自爆テロを敢行できるのか。この名誉は、いかなるものとも取替え可能であり、それゆえにもはや名誉の名に値しないほど希薄ものだからだ。そういう薄っぺらな名誉と決意を身に付けてこそ、彼らは、死の恐怖から解かれてテロを成し遂げることができる。そこには、彼らが、存在の芯までマイノリティーの生を強いられてきたという、そのことがかかわっている。

これに比べるならば、舞城王太郎「ディスコ探偵水曜日」(「新潮」)に描かれた恣意性と取替え可能性のドタバタ劇は、その奇想と展開の妙にもかかわらず、根源的なエートスの選択を取り違っているといわざるをえない。この才能ある作家が、存在の取替え可能性を、「この世の出来事は全部運命と意志の相互作用で生まれるんだって、知ってる?」といった理念によって浚おうとしているとするならば、その軽快で絶妙の節回しにもかかわらず、やはり諸手を挙げて採るというわけにはいかない。

存在の希薄さと脆弱さということについての、まぎれることのない視線。現在を生きる書き手に要求されているのは、これにほかならないのだ。

六月　ありうべき自己追放

「美しい日本の私」というのは、川端康成のノーベル文学賞受賞記念講演のタイトルだ。作家にとって、権威ある文学賞を受賞するということには、どのような意味があるのだろうか。少なくとも、川端の場合、こういうタイトルでみずからの文学観を語ってしまうこと自体、大きな敗北であったといわざるをえない。

「新潮」が、ノーベル文学賞受賞前後の川端康成と東山魁夷による往復書簡を掲載している。この奇妙に慇懃な賛辞と信頼の交し合いは、そのことを裏付ける貴重な資料といえる。ここには、『雪国』や『山の音』において具現された恐怖と悲傷が、どこにもみとめられない。夕明りの灯る外界を車窓の向こうに眺めながら、どこからともなく襲ってくる怖れに、叫びをあげずにいられない内面のすがた。差し迫る老いに、心的な窮境へと拉致された内面を襲うあまりに物質的な幻聴のひびき。それらすべてを、どこかに打ち棄ててきたのが、「美しい日本の私」なのである。

「群像」一月号に第一部を発表した『さようなら、私の本よ！』の大江健三郎が、第二部「死んだ人たちの伝達は火をもって」を、再び「群像」に発表している。T・S・エリオットの詩の一節から採ったというこのタイトルからして、大江のなかで何かが起こっていることがつたわってくるのだが、少なくとも、ここで試みられていることが、ノーベル文学賞という栄誉を内側から滅ぼしてしまうようなラディカルなことがらであることは、間違いない。

それを、タイトルにも採られ、エピグラフにも引かれた西脇順三郎訳の詩の一節「死んだ人たちの伝達は生きている／人たちの言語を越えて火をもって／表明されるのだ」に由ってみるならばどうか。死の恐怖をものともせずに生きつづける言葉、その言葉を伝達することこそが、作家の最後の仕事であるということ。しかしそのためには、二十世紀の思想が課せられてきた自己追放という事態を、根本のところで受け入れなければならないということ。

大江健三郎は、T・S・エリオットのひそみに倣って、ありうべき自己追放ということを、生涯の最後に向けておこなっているのではないか。そう思わずにいられないほど、この作品にみなぎる力には、異様なものが感じられる。

例によって、大江自身をモデルとした長江古義人《ちょうこうこぎと》の回想の叙述がすすめられていくのだが、回を追うにしたがってこの作品が、小説にとって必須の何かを欠如させていることが明らかになっていく。だが、その欠如こそが、小説としての厚みをかたちづくっていくということ。完成度の高さを目指そうとする欲求には、決して結びつかない、むしろ、そういう場所からみずからを無限に追放することで、独特のリアルを具現してみせる、その仕方が、ここには提示されているのである。

それを一言でいうならば、「引用」ということになるのだが、ここに引かれたエリオットやドストエフスキー、ピエール・ガスカルやスタニスラフ・レム、セリーヌやミラン・クンデラといった作品が、長江古義人の精神の危機を濾過することによって、渾然としたリアリティをうみだしていく。そのありようは、やはり瞠目に値するのである。

その一端でもここでつたえることができるならばと思いつつ、たとえば、スタニスラフ・レム『ソラリス』について語る、次のような一節を参照してみるのだが――。

《ソラリスという惑星の海が、不思議な力を持っているんですね？　その秘密を探りに来た宇宙飛行士のクリスが、海の造って寄越す、自殺した恋人と同じ姿かたちの心まで似ている女性に会います。そのハリーに取り憑かれるのを惧れたクリスは、彼女をひとり乗りの宇宙船に閉じ込めて、発射します。けれども、すぐにまたハリーは現れる》《ハリーは、ソラリスの海によって自分がどのように造られているか知らないまま、そのように自分を造った海によってクリスまで利用されることが辛くて、自分を始末してしまったんです。私はこのように世界も宇宙もなにもかもが恐くなる小説は読んだことがない、と思いました。そして、ハリーが不憫でたまりませんでした》。

この感慨は、いうまでもなく筆者大江健三郎のそれではなく、作中人物長江古義人のそれなのだが、しかしこれを引用しているのは、まぎれもなく大江その人であるということ。であるならば、ここに起こっているのは、どういう事態であるのか。

「世界も宇宙もなにもかもが恐くなる」という長江古義人の、その恐怖を、作品の場面や登場人物との関係を通して浮き彫りにするのではなく、まずは筆者の行う絶妙の引用によって、輪郭を際立たせること。それは、小説の作法にとって禁じ手とされるものであるかもしれない。だが、いったい作法を極め、結構を整えていったとして、《恐怖もまた勇気もわれらを救はざることを。自然に背く悪徳は／われらのヘロイズムにより産みださる》《年あらたまり春を待ちて／猛虎キリストは来りぬ》《年改まりて猛虎は躍り出づ。呑滅す、われらを》という西脇順三郎訳のエリオットの一節以上に、リアリティのあるものを提示することができるのか。

むしろ、この驚くべき恐怖の現存を前にして、このような《経験はすることなしに、いまはもう無信仰の小さな老人そのものだ。胸のうちは、あのように酔って泣き、遠くにあるものへかきくどくようでもあった、五十代初めよりもっと荒涼としている、そう古義人は思った》。と書きしるすことによって、長江古義人のなかに住み着いた「猛虎キリスト」のすがたをかいま見せる、そのようにこの小説は、造られているのである。

だが、この作品を、小説的場面や登場人物の関係を欠いた、回想と感慨の果てしのない表出とみなすならば、何かを見誤ることになるだろう。ここに登場する長江古義人の息子や若い友人、アカリやネイオと名づけられ、時に古義人の内面の代弁者の役割を果たす、彼らが、古義人の内なる恐怖を解除していくさまは、やはり小説でしか味わうことのできないダイナミズムを感じさせるのである。さらには武とタケチャンと名づけられた居候のような二人の若者に、古義人のさまざまな思いを傍らから聞き取らせ、最終的には、彼らを、古義人に引き合わせた椿繁の存在を、古義人のそれに対置する仕方は、やはり小説的現存というほかないものなのだ。

とりわけ椿繁の存在感は、古義人を圧倒するような大きさでこの小説に場所を占めている。幼い頃から古義人を、自分の代わりに死んでくれるスペアとみなしてきた椿繁にとって、古義人がとらわれている死の恐怖は、どうしてもみとめることのできないものなのである。むしろ、古義人こそが「死と王の先導者」となって、椿繁の怖れが向かうべき方向を示してほしい、そう切に願わざるをえない。そこには、七十歳を前にして、なにひとつ確実なものをつかめないままさまよえる魂、「苦しみながら救われようと希求する、煉獄の魂たちの輪」を、先にこの世を去ったものたちのなかにみてしまう、か細いまでに弱さのままにされた魂が描かれているのである。

「美しい日本の私」を残した川端康成は、七十三歳でガス自殺を遂げる。川端の内面に、どのような恐怖と希求が秘められていたのか、今回の東山魁夷との往復書簡には、その片鱗さえもうかがうことができない。川端には、自分の代わりに死んでくれるスペアのような存在もなければ、死の先導者となって煉獄の魂の輪をなしてゆく存在もなかったということか。そのことを思うとき、作家にとって死の恐怖が問題なのではなく、それを語るすべを失うことの方がはるかに悲惨であるということに気づかされるのである。

すでに七十歳を過ぎた甘糟幸子、五十歳にようやく手の届く年齢の笙野頼子。彼女たちが、それぞれの年齢相応の成熟や達成といったものとは無縁に、ただひたすらおろおろとしたようすで、この世の苦難と死の怖れについて語る「怖ろしいあの夏の私」「語、録、七、八、苦を越えて行こう」(ともに「すばる」)には、小説的結構や、語りの円熟といったものからは、決して汲み取ることのできない不思議にリアルなおもむきが感じられる。

身を棄てても購うに足る怖れや苦難は、どこにあるのか。彼らの試みを、試みとして受け取りながら、そんなふうに問いかけざるをえない。そこにこそ、小説のあるべき方向がみとめられると思われるからである。

七月　勇躍するコンパッション

村上龍『半島を出よ』(幻冬舎)についての批評が、出揃ったようだ。村上の作品としても、書き下ろしの長編としても、近年にないほど高い評価がくだされていることに、まず驚かざるをえない。これは、二年ほど前、ほとんど同じ条件のもと公刊された村上春樹『海辺のカフカ』(新潮社)と好対照をなす現象といっていい。

松浦寿輝・星野智幸・陣野俊史による鼎談「『半島を出よ』を読み解く」(「文學界」)における松浦寿輝の発言が、印象的だ。松浦は、社会学者の見田宗介の提示したユートピアの二つのモデルを引き合いに出しながら、ここに登場する北朝鮮コマンドとイシハラグループとの対照的なエートスについて語っている。一方は、国家権力の、徹底した管理のもとにあらわれる理想集団、他方は、権力やシステムの消滅したフリーな共同空間。これが、九州独立という例外的な状況の下で、激突するという寓話的なお話がこの小説の中核をなしているというのである。

この問題設定を受け入れたうえで、村上みずからが語る「マイノリティーの側に立つこと」と「自己存在の取替え可能性」というテーマをおいてみるならば、何が見えてくるだろうか。死の恐怖を、いかにして乗り越えるかという問題群である。

たとえば、コリョの占拠するシーホークホテルに自爆テロを仕掛けたイシハラグループのヒノの最期は、こんなふうに描かれる。

「ヒノ、ヒノ、ヒノさん、という声がしだいに小さくなっていく。自分は岸に残っていて、名前を呼んでいる誰かがボートで離れていくような感じだ。これが死か。全然恐くなかった。自分の代わりは他にもいると思った」。

七歳のとき、母親による父親刺殺を経験して以来、ほとんど孤児のような生き方を強いられてきたヒノだが、みずから培ってきた熟練したスキルによって、イシハラグループのなかでも特別な存在として承認されてきた。そのようなヒノにとって、死は、すでにありえたかもしれない自己追放の現実的な再現にすぎない。

だが、少なくとも、みずからの生の希薄さと脆弱さについて、徹底した認識がなされていないならば、このような死の恐怖への対処は、不可能である。それを村上は、「マイノリティー」という言葉で表明したと考えるならば、この「マイノリティー」とは、存在の根源的な孤児性によって表明されるものということもできるのではないか。

そして、この孤児性を刻印されたものだけが、国家権力の管理ユートピアに対して、戦闘を挑むことができる。ここには、『新世紀エヴァンゲリオン』や『攻殻機動隊』といった九〇年代のアニメ作品を貫いていたモチーフが生きているということもできるのだ。

だが、『半島を出よ』を、『新世紀エヴァンゲリオン』や『攻殻機動隊』の系譜においてとらえるだけでは、決定的なものを見落としたことになる。作者の村上がどこまで意識していたかは別にして、ここには「文学の普遍性」という問題がかかわっているからである。いうならば、そこに刻印された存在の孤児性とは、他なるものに対する共苦《コンパッション》なしには現れえないものなのだ。その存在自体において、この世界から追放されたもの、そのものへのコンパッションこそが、根源的な孤児性を普遍の領域へと解き放つからである。

蓮實重彦「『赤』の誘惑」(「新潮」)は、このことを、デリダのテキストによりながら、次のような言葉で表明する。「私はいわゆるデリダ派に属する人間ではないが、この『あらゆる絶対的な責任から最終的な審級の権威としての意識から切り離された』というエクリチュールの『孤児性』という概念には深い共感をいだかざるをえない。その『孤児性』なくしては、仮眠状態に陥っている言語記号を目覚めさせることとしての『読むこと』は成立しえないからである」。いわゆるポストモダン的テクスト論批評を先導してきた蓮實重彥の言葉かと、一瞬耳を疑ってしまったのだが、しかし、ここにはまぎれもなく、ひとつのエートスを貫いてきた者だけが体現する倫理的姿勢がみとめられる。

それは、たとえば東浩紀『存在論的、郵便的』を引き合いに出しながらデリダいうところの「否定神学」について言及する笠井潔「大量死＝大量生と『終わりなき日常』の終わり」(「小説トリッパー」)にまで浸透するものということができる。笠井は、みずからの否定神学が、第一次大戦のメカニカルな大量死に起源をもつことをあらためて確認することで、そういう塹壕の死へのコンパッションこそが、存在の孤児性を際立たせることを示唆するのである。

とはいえ、宮台真司、大澤真幸、北田暁大といった社会学者の言説をたどりながら表明される笠井潔の見取り図をたどっていくかぎり、「存在の孤児性」にも「文学の普遍性」にも、容易にいたりつくことができない。かつての笠井ならば、これを文学的な言辞の力だけで表明していた。たとえば「世界には正義がない、人間には意味がない。二十世紀の出発点をなした第一次大戦は、そのようなグロテスクな真実を告げていたのだ。毒ガスや機関銃で惨殺され塹壕を埋めた、無名の死者の膨大な集積において」(「連合赤軍事件の現代的主題」)という一節には、社会学的な見取り図を内側から食い破っていくリアリティが確実にあった。

高橋たか子の連作長編小説「墓の話」(「群像」)の第一話「痕跡・痕跡・痕跡──ドキュメンタリー」に描かれるのは、第一次世界大戦におけるドイツとフランスの激戦地の跡に残された無数の無名の死者たちの痕跡だ。死がすべてを覆ったかのようなこの場所において、「私」はむしろ、この世の夜に息づくいのちの灯に思いを馳せる。

「一九一六年二月二十五日、ドイツ軍は、このドゥオモン要塞の方向へ攻撃をしかけてきた。要塞から六百メートル手前のところに戦列を敷くという目的で」。「このとき死んだ八百か九百の死者のうち六百七十九人が十字架のついた厚い壁の後ろに葬られていて、これは要塞内のドイツ人の墓地と名づけられているのである」。「とにかく、五十一ヶ月にわたる戦争で掻き混ぜられた地帯の跡から拾い集められた、フランス軍とドイツ軍の、ほぼ十三万人の、誰のものとも判定できぬ骨なのであった。それが、同じ一つの休息のうちに集められている！」「夜、この世の夜、というものに思いを馳せている私にとって、夜にもかかわらず、無数のいのちの灯が一つ一つ塊をなしている、そんな眺めを、いつまでも窓から見おろしていた」。

こんな文章が、とどまることなく綴られていくのだが、この、小説というにはあまりに虚構性への配慮を欠いた作品において、しかし、高橋たか子は、「文学」でしかありえないもの、その特殊性の内側から体現されていく普遍なるものについて、問いかけるのである。それをいうならば、いまあるこの命が、大戦の「非命の死者」に対する強い関心によって成り立っているということであり、それゆえにこそ、生の根源から共苦《コンパッション》が湧き上がってやまないということなのだ。

福田和也「不本意な覚醒――ヴィットリーニのファッシズム、ユンガーとナチズム」（「文學界」）は、エルンスト・ユンガー、カール・シュミット、ハイデガー、ルカーチ、ベルナノスといった第一次大戦後の作家、思想家を取りあげながら、彼らのうちに底流するエートスを問いかけた優れた論考だ。彼らの思想的態度、とりわけナチズムへの姿勢に対する若干の留保をおきながら、にもかかわらずそのエートスが引き寄せるものについて語らずにいられない福田和也のなかに息づいているものもまた、「存在の孤児性」と「文学の普遍性」についての問題意識にほかならない。なかでも、イタリア・ファッシズムの徒でありながら、スペイン戦争に義勇兵として参加したという作家ヴィットリーニの『シチリアでの会話』（岩波文庫）について語るくだりは、感動的でさえある。福田は、この、初訳が刊行されたばかりの書物について語りながら、感極まったかのごとくに、以下のようにリライトする。

「『私』は、道すがら、自分が病気になったときのことを回想する。収入が途絶え、子供たちは飢え、妻は家賃代わりに家主の家で使役されている。無力な『人間の類』の悲惨さを。誰もがそんな体験をしたことがあるだろう。ならば、隣人の苦しみも理解できるはずなのに、なぜそれができないのか。《いや、もしかすると、どんな人間も人間であるとはかぎらないのかもしれない。そして人間の類のすべてが人間の類であるとはかぎらないのかもしれない。これこそは、降りしきる雨のなかで、破れた靴を履き、その破れた靴に雨水がしみこんで来る時に、ふと心に浮かぶ疑いだ。つまりもはや特別に思いを寄せる相手もなく、もはや特別な自分の生活もなく、もはや成し遂げたこともなければ、成し遂げるべきこともなく、恐れねばならぬことさえなく、もはや失うはずのものさえなく、そしておのれの境遇の彼方には、世界の虐殺の数々が見えている。そういうときにふと心に浮かぶ疑いだ》。

そう語らずにいられない福田のなかで、なおかつ勇躍するコンパッションが起ちあがるとするならば、それこそが、いま「文学」を「文学」たらしめるものといえるのではないか。

八月　諸関係の審級

尼崎におけるJR西日本の列車脱線事故とロンドンにおける地下鉄爆破事件。この二つが、メビウスの輪のようにつながってしまうという事態に、現在における最も火急の問題を読み取ることができる。このことを、尼崎における列車脱線事故についての、猪瀬直樹の見解に照らしていうならば、次のようになろうか。

猪瀬によれば、スピードと安全とが同時には成り立たないというのは、後ろ向きの議論にすぎない。迅速で効率のよいシステムを追求することが、人間の幸福を新たなかたちで編み変えていくことにつながるという思想にとって、安全は最優先の課題でなければならない。問題は、スピードと効率を追求してやまない現在的なシステムにあるのではなく、これを絶対視し、ここに利潤第一の資本の論理を置こうとする組織の側にある。そして、JR西日本の体質が、このような官僚的といっていい組織のあり方から助長されたものであることは疑いをいれない。

たとえば、マックス・ウェーバーが近代における合理主義の進展が、人々に幸福をもたらすよりも、官僚的機構と細分化された組織のなかでの不全を約束することになったと述べるとき、合理主義やシステムの弊害を指摘しようとしたのではない。近代にいたって出現してきた、人間的諸関係の審級のあり方を問題にしたのである。それを端的にいうならば、なぜ近代におけるシステムは、人間と人間をメタレベルとオブジェクトレベルに配置することをおこなってしまうのかということになる。

もし合理主義ということに問題があるとするならば、本来ならば異質の審級におかれているはずの諸存在を、すべて均質でグローバルな場所に配置することになったというところにある。しかし、そういう諸存在のなかで、上位と下位という審級を、絶えざる変動可能性として受け取ることができるならば、合理主義やシステムが決定的な問題となることはないはずなのだ。

九・一一以後、マドリードの列車爆破事件を経て今回のロンドンにおける地下鉄、バスなど交通機関の同時爆破事件にいたるあいだ、いよいよ明らかになってきたのは、これらテロリズムの論理が、変動可能性どころか、諸関係の審級を不易のものとみなす理念からのがれることができず、その限りで、最も官僚的な組織の論理とメビウスの輪のようにつながってしまうということにほかならない。

こういう問題を主題として採り入れてこそ、現在におけるアクチュアルな文学作品が現れるといえるのだが、しかし、率直にいってこのような作品にまみえることは、決して多いとはいえない。たとえば、「創作合評」(「群像」)において、黒井千次、佐川光晴によって高い評価をえている青山真治「死の谷'95」(「群像」七月号)など、漱石の『行人』を下敷きにして、兄一郎と弟二郎との嫂をめぐる微妙な関係を描いているものの、結局は通俗ミステリー仕立てに流されてしまっているように思われてならない。

問題は、作家のこの世界に対する倫理的な姿勢に帰せられる。少なくとも『行人』においては、兄一郎が、現在眼前にいて最も親しかるべきはずの妻のこころがわからないと弟二郎に述べるとき、止まることなく我々を駆り立ててやまない世界が、人間の心の最も柔らかい部分、家族とか夫婦とか兄弟姉妹といった関係によってはぐくまれる部分を枯渇させてしまうということを、直感している。

しかし、重要なのはそのような世界が、文明開化や近代化の弊害に帰せられない、人間的諸関係の審級の問題をはらんでいるというところにあるのだ。人間と人間をメタレベルとオブジェクトレベルに配置してやまない力こそ、一郎にえたいのしれない焦慮を植えつけるので、このことを作者漱石は正確にとらえていたのである。

『行人』に先立つ『門』や『彼岸過迄』において、漱石が提示したのは、このような審級の変動可能な場所とは、どこに求められるのかという問題だった。崖下の陽の当たらない貸家で暮らす宗助とお米の夫婦のあり方は、その象徴的なかたちということができる。漱石は、彼ら夫婦のひそやかな幸福を描くことによって、最も遅れた場所を至高のものとなしうる審級が、どのように可能かを示したのである。

沢木耕太郎「百の谷、雪の嶺」(「新潮」)は、この意味で、現在の世界に対する倫理的な態度を示しえた秀作ということができる。

中国・ネパール国境のギャチュンカン(七九五二メートル)に、北壁から単独登頂を果たした登山家山野井泰史と妻妙子のすがたを描いたこのノンフィクション作品が優れているのは、作者である沢木耕太郎のなかで、漱石の『門』や『行人』に通じるようなモチーフが生きているからである。それをいうならば、この世界を成り立たせている均質でグローバルな審級に対して、決定的な変更をもたらしうる生というものが、いかに可能かということにほかならない。

「山野井も妙子も『山に対して登るということ以外に多くを求めていなかった』」という言い方から、世間的な名声や金銭欲から縁遠い生き方を選んだ登山家夫婦のすがたを思い描くことは難しいことではない。しかし、ここには清貧とか無欲といったことでは覆うことのできない、倫理的な選択が示されている。

いったい誰が、凍傷で何本もの指をなくし、骨折の憂き目に会い、死の恐怖に囚われてまで、登頂を遂げようとするだろうか。そこに、全情熱を傾けて悔いない存在が聳えているからというならば、この情熱とは、人間の生が受難のうちにあるということへの思いからやってくるものなのである。山野井と妙子のなかで、無意識のうちにも共有されているこの思いは、作者である沢木によって、ゆるぎのない倫理へと鍛えあげられる。

それは、いってみるならばこの世界の外側にあって最も遅れた場所こそ、既成の審級構成を内側から瓦解させるということなのだが、では、その場所とはいかなるものであるのか。おのれのこの生が、死とのかかわりのうちにあるということ。そのことを、沢木は山野井のなかの「死を覚悟で『絶対の頂』に向かって一歩を踏み出してみたいという思い」として吐露するのである。

これに対して、前田司郎「愛でもない青春でもない旅立たない」(「群像」)に描かれているのは、この世界がどのような審級によってかたちづくられていようと、無限にそこから逸れていく生といったものではないだろうか。二十歳を過ぎたばかりの「僕」の、おぼつかないばかりの日常と、二人の女性に対する「愛」らしきもの、そしてほとんど頼りない性愛のすがたを描きながら、この作品が、現在の世界に対する倫理を示しえているのは、「僕」のなかで反芻される次のような思いのゆえなのである。

「僕はどこからきてどこへ行くのか。などと考え始める。多分どこへも行かないし、どこかから来たわけでもない。人の一生は瞬きのようだ。ポッと瞬いて消える。それが六十億もあるのだからなんとなく生きているように見えるのではないだろうか」。「僕に良心なんていうよけいな機構が備わってなければよかったのに。良心は『自身を罰せよ』という」。「けど、自分を罰せば僕は楽になれることがわかっているので、罰したくない。楽になってしまうのが悪い気持ちがする」。

このような、一種たどたどしい物言いをくぐっていくならば、作者である前田司郎の、世界への位置のとり方がほうふつとしてくるのである。そして、この新人らしからぬといった信念吐露の仕方には、小説の結構を、通俗すれすれのところで立ち上げてみせる作家たちの成熟した技巧には決してみとめられないものがある。

この世界に多種多様の審級が存在していいように、文学の世界にも多様な作品が存在することが、望ましいといえる。しかし、作品の価値ということを考えた場合、最終的に作家がこの世界に対していかなる姿勢を示しえたかにかかっている。このことは、三島由紀夫賞を受賞した鹿島田真希『六〇〇〇度の愛』に通じる世界を描きながら、鹿島田よりももっと瓦解した生のあり方を描き出した田ロランディ「被爆のマリア」(「文學界」)に照らしても、間違いないことなのである。

九月　暮れ方の自由へ

　戦後六十年ということで、総合雑誌には、さまざまな特集が組まれている。だが、文芸誌にかぎっては、それらしいものはみとめられない。意のある書き手が書き綴った作品のうちに、その痕跡を探し当てることができるだけである。それだけに、いったん掘り起こされた記憶は、一層深く心に刻まれる。

　ここ数年来、八月十五日になると無聊を慰めるように、ある映像を眺めて過ごしてきた。小林正樹監督の「東京裁判」である。そこに映されたモノクロの実写シーンを観ていると、未曾有の殺戮が、紛れもなく人間のおこなったことの結果であるということに打たれざるをえない。人間が人間の上に立とうとし、そのためにさまざまなかたちで覇権を握ろうとするかぎり、戦争は不可避である。

　映像のなかに登場する人物は、勝者も敗者もみなそれぞれの立場で与えられた役割を演じているかに見える。だが、奇妙なことに、マッカーサーも昭和天皇も、どこかで政治的な覇権というものが人間を動かすということを、信じて疑わないようなのだ。これは、ヒトラーやムッソリーニと、ヤルタ会談におけるチャーチル、ルーズベルト、スターリンのすがたとを並べてみても同様にいえる。要するに、彼らは根本のところで「人間」というものを、一度も疑っていないのである。

　人間が人間の上に立つためには、まずもって覇権を握ることである。このような信念を突き崩すには、フーコーのひそみに倣って、人間とは、さまざまな物と秩序に関する知の諸配置のなかで発明されたものにすぎず、この配置が変化するならば、いずれ消滅するものにすぎないという認識を徹底する以外ない。だが、戦後六十年の今日、あるいは二〇〇五年の現在を見るかぎり、このような認識のありようを見出すことは困難である。

　青山真治「サッド・ヴァケイション」(「新潮」)、嶽本野ばら「シシリエンヌ」(「新潮」)、望月あんね「愛の島」(「群像」)といった若手の力作が並ぶなかで、芥川賞受賞以来これといった問題作を発表していないモブ・ノリオの、およそ文芸誌には似つかわしいとはいえない雑文が、妙に心に残ってしまう。たとえば、「究極の自慢」(「群像」)において、モブは「自慢話」というのが結局は「他人を殺した数を競い合う言説とどこかで相似形を結んでいる」と述べながら、人間の心の奥に巣食っている殺戮衝動を明るみに出すのだが、このような言説がリアルなのは、モブのなかですでに「人間」というものが信じられていないからである。

　こういう認識と感受のかたちというのは、先にあげた青山真治、嶽本野ばら、望月あんねのどの作品にもみとめられない。性とエロス、愛と家族といった主題をそれぞれに達者な筆致で展開した嶽本と望月はもちろんのこと、暴力と死の主題を追求しているかに見える青山にしても、根底において「人間」というものに対する疑いが欠けている。

　松浦寿輝は、絲山秋子との対談「『文』の生命線」（「新潮」）において、小説というものは、基本的に「コミュニカティヴな言語」を必要とするものでありながら、書いているときには「だれとも対話している感じがしない」、つらい孤独にさいなまれると率直に語っている。それはとりもなおさず、人間どうしの現実的な対話といったことが、反故にされているということなのである。

　松浦にしても、そういう言葉に耳を傾ける絲山にしても、そのような不信の場所を一度は深く潜ることによってしか、相互了解ということは成り立たず、小説そのものが成立しないということをよく捉えているといっていい。

　このことを、ミラン・クンデラの刺激的な小説論「事物の魂に向かうこと」（「すばる」）に照らし合わせていうならば、小説家は「自分自身の魂の叫び声を黙らせる術を知らねばならない」ということになる。しかし、フローベール、カフカ、ブロッホ、ムジール、ガルシア＝マルケスといった作家たちについて語ったこの論が、紹介者である西永良成によって（「世界化、小説、実存――クンデラの新作評論について」「すばる」）、憂愁と孤独の深さに比して、「暮れ方の自由」が、充分に発揮されていないように感じられるとされるのも、解かるような気がする。要するに、フローベールやカフカについて語るクンデラのうちで、彼らほどに人間というものを疑うあり方が徹底されていないということなのだ。西永は、この「暮れ方の自由」を「ユーモラスな晴朗さ」で発揮した現代作家として『さようなら、私の本よ！』の大江健三郎をあげているのだが、これに匹敵する作家としてぜひともあげたいのが、古井由吉である。

「新潮」にここしばらく書き綴ってきた連作小説の最

終編である「始まり」において、古井は、憂愁と孤独の深さを突き抜けて暮れ方の自由へという理路自体を疑ってみせる。余命いくばくもない父親の最後を看取る女。職を辞して、病院に常住し、死にゆく父親の傍らで、言葉にならないその囈語に囚われていく女の姿を綴ったこの作品が、どんな長編よりも優れているのは、作者のなかで、憂愁と孤独以外に信じるに足る何があろうという思いが、根を張っているからだ。たとえば、それは、こんな一節に漲る凄愴たるリアリズムに如実に現れている。

「そのころから父親は一日置きぐらいに、眠りから覚めて娘を呼び寄せ、口もとへ耳を近づけさせて、妙なことを頼んだ。喘ぎの混じる細く掠れた声で、どこかへ行く道順らしく、往還とか辻とか分《わ》かされとか、畑とか林とか藪とか切通しとか、たどって聞かせるのだが、声は切実で、詳細らしい口調なのに、話すことがどうも通らなくて、そのうちに自分でも道に迷ったような、あせりの色を浮かべて、どうか、その先はどうなっているか、見て来てくれ、と懇願する」。

　この、散文としかいいようのない仕方で作者が示しているのは、死を前にするとき、いかなる人間も、まず人間であることを疑われ、「病室の隅に脱ぎ揃えられた靴」のような存在、「ブルドーザーが丘を崩して窪を埋めていく」「造成の現場」の轟音のようなものとなって、この世から消えていくということなのだ。にもかかわらず、そういう理路を通ってしか、「コミュニカティヴな言語」というものは成立しないのであり、小説の根底をかたちづくる「相互了解」ということも、のぞまれることはないのである。

　このようなリアリズムに応答する若手作家の作品などどこに見出されようか。そういいかけて、思わず歩を止めるのは、絲山秋子「沖で待つ」(「文學界」)、田ロランディ「時の川」(「文學界」)といった短編のなかに、憂愁と孤独の深さを突き抜けて暮れ方の自由へといった理路を、明暗こもごも、それぞれの仕方で実現させているさまが、見て取れるからだ。

「太っちゃん」という、絶妙のネーミングで呼ばれ親しまれていた同僚の死を悼む前者のおおらかさと、そして後者の救いようのない暗さ。とりわけ後者の、あまりにステレオタイプの暗さには、挨拶の言葉に窮せざるをえない。にもかかわらず、修学旅行で訪れた広島の原爆資料館を前にして、何の取り柄もない自分や非業の死を遂げた父親を「ぼろぼろと櫛の歯が抜けるようにこの社会から消えていい」く無数の人間の一人のように受け取ってしまう十四歳の少年の前で、こんな言葉を述べる老女のすがたには、暮れ方の自由が、確実にかいま見られるのである。

《「原爆というのは、おまえたちは無用だ、ということだと思うの」今度は少年が思わず顔を上げた。老女はくすくす笑った。「人が暮らしている真上にあんなものを落とすわけだから。そこにいる人間は殺してもいいということです。おまえたちは無用じゃ。死んでいい存在だ。そういうことです。庭にまく殺虫剤のようなもの。それが原爆です」。少年は鳥肌が立った。まぎれもなく原爆を頭の真上に落とされ被爆した老女がそう語ったのだ。身体の芯が痺れて一瞬動けなかった。「でも、そんなことは誰かに決められることではありませんから。だから、わたしは人間として生きとるんよ。なにがあろうと……」》

何度も殺虫剤で駆除された末に、疑うということを知らない老女のなかで、こんなふうによみがえっているものを、人間の名で呼び止めること。そしてその傍らで、この人間である老婆の存在が、櫛の歯が抜けるようにぼろぼろと朽ちていく、それこそが、暮れ方の自由といっていいものではないだろうか。

十月　シニシズムの消失地点

郵政民営化問題を争点とした衆院選は、自民党の圧勝に終わった。とりあえず、構造改革路線が、国民の信任を得たということになる。だが、問題はこれからである。自由主義経済が、どのような規制にもとらわれることなく、拡大再生産を推し進めるためには、富の公平な配分ということについて、明確な理念がなければならない。弱者の救済といった社会主義的な理念の失効が明確になったいま、それに替わるどのような展望が可能か。

特集「二〇〇五年の坂口安吾」(「文學界」)において、柄谷行人は戦後における坂口安吾に、プルードン的なアナキズムとカント的な世界共和国の構想を読み取る(「坂口安吾のアナキズム」)。安吾をだしにした柄谷思想の表明という観なきにしもあらずだが、やはり一貫した視点は優れたものである。

かねてから「アソシエーション(生産者協同組合)」

の提唱を進め、資本主義的な原理の廃棄を目指してきた柄谷からすれば、規制緩和や、構造改革といった方法が、平等なき自由の実現におわるほかないということは、自明なのである。安吾にとって、「自ら自由人たれ」とは、カントのいう道徳律「他者をたんに手段としてのみならず、同時に目的として扱え」に通ずると述べる柄谷は、暗に他者を目的として扱いうるような公平さというのは、現在の資本の原理の、どこに求めることができるのかと問うているといっていい。

このような柄谷の理路をみとめたうえで考えてみたいのだが、はたして戦後の坂口安吾のなかに、それほどの思想的器量を読み取ることができるだろうか。たとえば坂口のいう「堕落」には、ハイデガー的な「頽落」の影がまったく見られない。いうならば、後者のあり方を逆説的に規定している「先駆的死の決意性」というものがみとめられないのである。

そもそも「死の決意性」とは、おのれの「死」を覚悟するということではない。この生が死者とともにあるということ、非命の死者たちとのかかわりにおいてあるということについての徹底した認識なのである。「頽落」とは、そういう認識をいまだみずからのものとなしえない存在のあり方にほかならないのだが、ハイデガーは決してこれを坂口のように「堕落」のすすめといった言い方で説くことをしなかった。人間存在にとって頽落は不可避であり、同時に、機が熟すならば、いかなる人間にも死の決意性といったものがやってくる。それが、ハイデガーの存在思想なのである。

坂口安吾が、小林秀雄を「教祖の文学」という名のもとに批判したのには、『無常といふ事』をはじめとする小林の思念に、このような死の決意性を読み取り、これに対する疑念を投げかけたと取ることもできないことではない。だが、小林が、真にハイデガー的な死の決意性を手にするのは、『ゴッホの手紙』『「白痴」について』『本居宣長』といった後期から晩年の作においてなのだ。そこでの小林における死者への関心は、「教祖」の認識といったものとはおよそかけ離れた、最も細い場所から普遍思想を臨むといった類であった。

同じ特集の千葉一幹「教祖と教師」は、その意味で坂口安吾に対して一定の距離をおいた優れた論考といえる。千葉は、死に直面した意識の状態を、坂口が小林批判のために引いた宮沢賢治の「眼にて云ふ」に読み取ろうとする。が、それは、『無常といふ事』に象徴される「絶対認識者」としての小林の思想に対する対抗理念としてではない。

喀血のために血が、「がぶがぶ湧いて」出ているにもかかわらず「こんなにのんきで苦しくないのは／魂魄なかばからだをはなれたのですかな」、そう言って最後には、「あなたの方からみたらずゐぶんさんたんたるけしき［き］でせうが／わたしから見えるのは／やっぱりきれいな青ぞらと／すきとほった風ばかり」という賢治の語りのなかに、「世界は自分の存在とは無関係に存在してきたし、今後も存在し続けるということ」をみとめるのである。

ここに、ハイデガー的な死の決意性に対する普遍的な受け取りというものをみることもできる。ハンナ・アレントは、これを「世界は、そこに個人が現れる以前に存在し、彼がそこを去ったのちにも生き残る。人間の生と死はこのような世界を前提としているのである」(『人間の条件』)という言葉で述べる。およそ坂口安吾の「堕落」のすすめでは、決してふれることのできない思想の深みが現前しているといっていい。

福嶋亮太「コンラッドの末裔たち 1900/2000 桜坂洋、平山瑞穂、山崎ナオコーラ論」(「群像」)は、このような思想の深みを、コンラッドの『闇の奥』に読み込んだ力作評論である。福嶋は『闇の奥』が、世紀末的状況を象徴する作品であることを、オリエンタリズムの消失地点まで赴いたオリエンタリストという言葉で述べる。アフリカの奥地に消えた象牙採取人クルツの跡をたどって、未踏の地に分け入るマーロウの孤独と狂気が、空間の外部もなければ、他者も存在しない、世界全体が運命に包まれている、そういう事態についての空虚な驚きから現出したものであるというのである。

であるとするならば、ハイデガー的な「頽落」や「死の決意性」とは、このコンラッド的なシニシズムを深く潜った末に、なおかつ「世界」の存在を、いかにすれば信憑しうるかという問のもとに現れたものといえないか。回答は、容易なことではあたえられない。にもかかわらず、先の宮沢賢治やアレントにおいて、その片鱗なりとも示されているということを、たとえば福嶋の論ずる若手作家ではなく、多和田葉子、高橋たか子といった作家たちの作品に読み取ってみたい。

多和田葉子「U.S.+S.R.極東欧のサウナ」

（「新潮」）は、不思議な作品だ。稚内からサハリンのコルサコフへと向かう一人の女性の旅の記録といった体裁を取りながら、この百枚に満たない日誌風の叙述が、コンラッドの『闇の奥』へもチェホフの『サハリン島』にも届いていくその仕方は瞠目すべきといえる。それを可能にしているのは、現在の小説作品では、めったにみることのできない詩的なるものを内にはらんだ文の力なのである。たとえば、こんなさりげない叙述の向こうに、コンラッドやチェホフはもちろんのこと、ドストエフスキーやカフカにも通ずるエートスを読み取ることができないだろうか。

「わたしは稚内からコルサコフへ移動したのではない。稚内でひとつのわたしが消え、サハリンにもうひとつ新しいわたしが現れたのだ。第一のわたしは、札幌にいる家族に、オルガというロシア人の友達の結婚式に出るためにニューヨークに行くと嘘をついて出かけた。第二のわたしは、誰も知る人のいないサハリンに来てしまっている」。

ここから物語が綴られ、寓話が語られるというのではない。むしろ、『闇の奥』にも『城』にも通ずる物語の生地ともいうべきものが、ここには見られるということなのである。そういう意味でいうならば、チェホフの『サハリン島』が、『三人姉妹』をはじめとする作品の素地となり、ドストエフスキーの『死の家の記録』が『白痴』や『罪と罰』の素地になったように、この不思議なタイトルの作品が、ある予兆をはらむものでないとは断言できないのである。

では、そういう兆は、どこからやってくるのか。全編を貫いているシニカルといっていい「わたし」の視線からといっていい。それは福嶋亮太のいうコンラッドのシニシズムとは似て非なるものだ。ここには、福嶋の言い方を借りるならば、シニシズムの消失地点まで赴いたシニシストといったおもむきが感じられるのである。そしてそのような旅へと促しているものこそ、「世界」に対する信憑の強さということができる。

高橋たか子「墓の話第四話　自殺者のメモ帖」（「群像」）を生かしめているのも、死の後の世界を、いかにすれば信憑しうるかという強い関心なのである。パリ神学院図書館からの帰途、セーヌ河畔の古本屋で、偶然手にしたという「自殺者のメモ帖」。その不思議な手記に登場する「ぼく」ベルナールと、そのベルナールが、一九三五年十七歳のときにパリのユダヤ人街で一度だけ出会ったマリ・マドレーヌ。ほどなくして、ヨーロッパを席巻するナチス・ドイツの波動におびえ、精神を病み死にいたったマドレーヌとの音信。

こうしたサスペンスフルな語りが、決して物語や寓話に結晶することなく、ただ詩的なるものといっていい文の力によって生かされていることを、確認しておくことは何事かである。そこには多和田作品と同様のある予兆が、内側から生動してくるのを確かに感じ取ることができるからだ。

十一月 動き始めようとする意志

この春から、抗癌剤として使用されることの多いインターフェロンによる治療を続けてきた。一日の大半を病院の待合室で過ごし、文芸誌を読みふけるという生活が、くり返された。結局、期待された効果がえられず、治療は中止のやむなきにいたったのだが、そのことを主治医から告げられたときのことが忘れられない。

混雑する明るい廊下を渡っていると、ふいに「われわれは静かに静かに動き始めなければならない」という詩句が、口をついて出てきた。大江健三郎『さようなら、私の本よ！』（講談社）のエピグラフに引かれた、西脇順三郎訳によるT・S・エリオットの詩の一節である。その詩句の収められた『四つの四重奏曲』について、大江は、こんな印象深い言葉をついやしている（特別対談 大江健三郎＋清水徹「詩と小説の間」「群像」）。

「四つの詩が永久運動みたいに別べつに、決して終わりのないものとして繰り返されている」「初めもなければ終わりもないこととして、この宇宙というものがあって、そこに僕たちはいますね。時間も、初めと終わりという言葉をたまたま使ってあるけれども、そうじゃなくて、無限につながっている」「そうしますと、もちろん宗教的なものもここにありますけれども、この詩を読んでいる僕のように宗教を持たない人間にとっても、深い静けさと落ち着きが与えられるというわけなんです」「死ということは余り考えないで、しかし、とにかくある境界線があって、境界線のこちら側、向こう側が問題なのではない。生と死が混在しているようなところで『われわれは静かに静かに動き始めなければならない』」。

こういう言葉にふれるとき、私たちは、私たちもまた広大な、普遍の、といっていい文学の地平を望み見ている、そんな感慨に、打たれるのである。『さようなら、私の本よ！』という作品は、思慮の大きさと器量の深さにおいて、現代の文学がもちえた数少ない収穫の一つなのだが、そのことを遂げさせているのは、大江における、生涯の最後に向けてのありうべき自己追放への思いなのだ。

大江健三郎の言葉を引き出す、清水徹の、批評家としての炯眼も生半なものではない。清水は、そういう自己追放ということを完璧なかたちで成し遂げたのは、ランボーであることを指摘したうえで、十九歳の大江が、ランボーよりもむしろエリオットに、なかでも深瀬基寛訳の『ゲロンチョン』にそれを見出したということに、特別な意味をみとめる。

清水は、いったい何を語ろうとしているのだろうか。ランボーに象徴される自己追放というものが、もはや幻影としてしか存在しえないということ、悲劇的なものが、蜃気楼の彼方に去った後に、ある種の「おかしさ」を身にまとった侘しき者が、こちら側の世界へとやって来る、それが十九歳の大江が、エリオットに見出したまったくあらたな自己追放のかたちだったのではないか。

「まかりいでましたこちらは雨なき月の老いの身」といった『ゲロンチョン』の詩句を引きながら、清水徹は、そのことを示唆する。だが、このエリオットの詩にうたわれた「雨なき月の老いの身」を顧みてみるならば、たとえば一九一〇年、八十二歳という高齢で、住み慣れた家をあとにし、鄙びた田舎の小駅で客死したトルストイのすがたが浮かび上がってくるのではないか。

私たちの眼は、正宗白鳥と小林秀雄による「思想と実生活」論争によって、すっかり曇らされてしまった。大江が、エリオットの『四つの四重奏曲』に読み取った思念とは、十九世紀最大のリアリズム作家という栄誉も、人生永遠の教師という賛辞もすべて脱ぎ捨て、最後にはただの老人となって田舎の小駅のベンチで息絶える、そのときトルストイの脳裏をよぎったものではないといえるだろうか。

それは、正宗白鳥のいう「人生の真相」でもなければ、小林秀雄のいう「人生に対する抽象的煩悶」でもなく、生と死が混在しながら無限につながっていく、深い静けさと落ち着き、そしてそこからなおも動き始めようとする意志といっていいものなのである。

大江は、これをエドワード・サイードの残したという「後期の仕事《レイター・ワーク》」という理念によって語ろうとする。「レイト・エイジ」とか「レイトネス」といった、人生の円熟の時と訳されるものとはまったく異なった、いわば「円熟しない老年」。

しかし、ここにゲロンチョン的な佗しさやおかしみや、人生の暮れ方にやってくる「破局《カタストロフィー》」のシミュレーションをのみ読み取ったのでは何かを見誤るのではないか。むしろ、そういうおかしな佗しさでしかないかたちで、カタストロフィーを迎えようとする静かな意志、それこそが、『四つの四重奏曲』のモチーフであり、またトルストイの最後の思念なのである。『さようなら、私の本よ！』という作品は、そういうことを私たちに顧みさせる、稀有の作品ということができる。

私たちの文学は、長い間、このような作品を求めていた。そういってみるならば、まさに大江健三郎は、「雨なき月の老いの身」となって、いま、現代文学の先導者の役割を果たしている。その後続として、たとえば古井由吉が、村上春樹が、村上龍が、高橋源一郎がと数えていくならば、レイター・ワークへと向かおうとする作家たちの陸続となす様、蟻のごときとも、山のごときともいえるのではないだろうか。

宮本輝を、その一人として数えることにやぶさかではない。「新潮」に連載開始された『花の回廊』という作品の出来栄えは、そのことを確信させるに十分なものといえる。

宮本の描く人物たちは、大江をはじめとする何人かの作家たちのそれと本質的に異なっている。道頓堀川沿いにある小料理屋「お染」の賄い婦松坂房江とその子伸仁の、陋巷に身を寄せながら、ある種のたくましさを身に帯びていくすがたは、レイター・ワークとも、カタストロフィーとも無縁であるかのようにみえる。

だが、この物語が、房江と伸仁が住んでいる蘭月ビルアパートの二階住人、八十歳の張尚哲の死に、十歳の伸仁が立ち会うといった場面から成ることに気がつくとき、宮本もまた、生と死が無限につながっていく、深い静けさと落ち着きについて語ろうとしていることが理解されるのである。

「伸仁は、どうしたらいいのかわからなくて、手を握られたまま、じっとしていた。随分長いあいだそうしていたが、時間にしてどのくらいだったのかわからない。やがて、伸仁は尚哲じいさんの喉仏が大きく突き出たり引っ込んだりするのを見た。ただならぬことがこの老人の身に起こっている気がして、握られている手を握りながら、『おじいちゃん、ご飯食べよ。なァ、ご飯食べよ』と呼びかけた」。

この八十歳の老人の死を、喉仏の不穏な動きでとらえる宮本輝の手腕は、やはりすぐれたものというとができる。ここに、八十二歳で、田舎の小駅のベンチの上で客死したトルストイの死の場面を重ね合わせることもできないことではないのだ。しかも、宮本は、そのような死に、たった一人立ち会う羽目になった十歳の伸仁の生を、母親の房江を通して、こんなふうに描くのである。

「『死ぬ子は、どんなに手を尽くしても死ぬであろうし、生きる子は生きるであろう』それは、伸仁が早産で生まれ出た瞬間、長い難産による自分の苦しさと疲労に息たえだえになりながら見たそのあまりの小ささと、か弱さに、絶望に似た思いに襲われながらも、胸のなかで己に言い聞かせるようにつぶやいた言葉だった……。房江は十年前の啓蟄《けいちつ》の日を懐かしみながら、バス停の前の蘭月ビルのなかをトンネル状に貫いている湿った道へと入った」。

非命の死者たちへの関心からのがれることのできない、『さようなら、私の本よ!』の長江古義人。その古義人の口をついて、西脇順三郎訳のエリオットの詩句「われわれは静かに静かに動き始めなければならない」が出てくるというかたち。そこに大江健三郎は、大いなる先導者として、みずからが小さな老人となっていくそのすがたを、後続する作家たちに提示しているということができる。宮本輝の描く生と死の場面は、そのことをあらためて想起させずにいない。

十二月　死をも与える愛

イラク戦争開戦の年からはじめたこの時評も、三年となり、今月でお役御免になる。イラクをめぐる状況は、少しも好転する兆しがなく、世界は、混迷の一途をたどっている。ロシアや中国における市場経済の拡大は、生産と消費の進展を促すかにみえるものの、そのことが必ずしも、財の公平な分配に結びつかない。

経済的な力は、国民国家の政治的な覇権を下支えするだけで、普遍の規模における富の波及をもたらすにはいたっていないのだ。このような状況にあって、いかにして、共同体や国家を超えた他なるものとの係留を見出すことができるのか。

エマニュエル・レヴィナスは、他者とはいかなる存在かをたずねたすえに、「異邦人の顔の裸出性」という言葉を呈示する。他者を承認するとは、裸出された顔に対面するということである。そのことによって、他人と私とのあいだには、レトリックを越えた連関が存在する。

レヴィナスは、こんなふうにもいう。他者を承認するとは、飢えを認めることであり、与えるということである。ただし、この贈与は、持てる者の持たざる者へのそれではない。最も低い場所から高きところにある「貴者」へと、我々は贈与するのである（『全体性と無限』）。

このようなレヴィナスの倫理が、現在の世界状況に、そして我々の文学に対して一定の指標となりうるとするならば、共同体と共同体の、国家と国家の、そして人間と人間との相容れることのない関係を、いかにすれば解くことができるかという問いにこたえようとしているからといえる。

平田俊子「殴られた話」（「群像」）は、他者との心理的葛藤を描いて、奇妙にリアルな感触をのこす作品である。ここに登場する二人の女性の、決して相手をゆるすことのできない思いは、現実の次元をこえて、倫理の不可能性を示唆する。

もう若くはない二人の女性、物書きを生業とするらしい「平塚」と舞踏家として生きる「安部」の、初老に差しかかった音楽家「椎名」をめぐる「絶対嫉妬」の関係。堅気の職業を持った人間同士の間では、決して起こることのない心理のやりとりが、彼ら虚の世界に住む人間の間で交わされる。だが、作者は、そのような、膠着した心理の関係が、日常の堅固な現実から乖離した世界に住む人間特有のものとして、批判的に描いているのではない。むしろ、彼らの反感や嫉妬や憎悪こそが、人間の関係の最も現実的な動因であることを、明らかにする。

作者の試みは、半ば以上遂げられたかにみえる。もつれた糸のように心理の綾に絡み取られてゆく「平塚」と「安部」は、結局、「殴る」「殴られる」という暴力によって、どうにも離れることのできない関係をかたちづくっていくからである。だが、殴られたことで、深く傷つき、相手を決してゆるせないという感情にとらわれる「平塚」には、この感情を凍結することも、凍結したうえで、解凍することもできない。結局は、最も卑俗な人間である「椎名」の、「殴っていたらもっと深く傷つく、むしろ殴られるほうでよかった」という言葉で、懐柔されるのである。

だが、このような懐柔策が、いかに紋切り型であるかについて、作者はそれほど深く自覚していない節があるのだ。そこに全面的な和解への糸口を見出しているのではないとしても、「椎名」の卑俗さにも、「安部」のものぐるいにも距離をとろうとする「平塚」に、自己像を投影している分だけ、破綻し切れていないのである。

たとえば、「椎名」のいう、「殴るより、むしろ殴られるほうがよい」という言葉は、ソクラテスからイエスにいたるまで、人間の根源的な倫理を示すものとして古来からくり返し語られてきた。

『ゴルギアス』において、ソクラテスは、陰謀によって王位を手にしたマケドニアの王アルケラオスを引き合いに出すポロスの問いに対して、「不正を加えるよりも不正を加えられるほうを選ぶ」と語る。だが、この言葉は、「椎名」のように膠着した関係を解き、相手を懐柔するために語られたものではない。みずからが不正を加えられることを覚悟し、殴られ、傷つけられることを予見したうえで発せられたものなのだ。

いわれのない罪によって告発され、毒杯を仰いで死にゆくソクラテスは、おのれの命運をふくめてこのような倫理の言葉をポロスに語った。同じように、嘲りと憎悪の声に囲繞され、十字架の上に息絶えていくイエスは、みずからの最後を予見するものとして、「右の頬を打たれたら、左の頬も差し出しなさい」という言葉を語ったのである。

これに対して、「殴られた話」の「椎名」の言葉には、「平塚」のゆるしがたさを一時は解きほぐす効果があっても、それ以上のものは何もない。何もないのは、「椎名」のうちに、自分をめぐる「平塚」と「安部」との「絶対嫉妬」が、やがておのれの身を滅ぼすかもしれないという予感がないからである。

だが、作者の平田俊子は、「椎名」が、いわば人間の倫理について高をくくることで、もっとも危険な場所まで自分を追い詰めていることに気づいていないということを、示唆するようには、この小説を描いていないようなのだ。

そのことについて考えることを促したのは、山城むつみの評論「ドストエフスキー（第三回）」（「文學界」）である。この断続連載によるドストエフスキー論を、批評が、思想や倫理の言葉を語らずにいられなかった、小林秀雄以来のあり方を受け継いだものとみなして、まちがいはないだろう。

山城が引き合いに出すのは、小林ではなくデリダである。その最後の書ともいうべき『死を与える』にふれながら、その子イサクを、神へのいけにえに捧げたアブラハムのおこないが、愛する者を死と滅びへと拉致することを選択するものであったがゆえに、至上の愛のすがたとして、神によって認知されたということを明らかにする。

愛とは、相手に苦痛をあたえ、時には憎悪し、最終的には死をもあたえるものにほかならない。山城は、そのことを、キルケゴールのいくつかの著作『死に至る病』『おそれとおののき』『キリスト教の修練』に沿って語り、最終的には、『罪と罰』のラスコーリニコフに対するソーニャの愛について検証するのである。ラスコーリニコフの斧の一撃によって崩れていったリザヴェータのおびえたような顔が、ソーニャのそれに重ねられ、その「おとなしい眼」のなかに、死をも与える愛のかたちを読み取るのだ。

山城の筆致は、ほとんど執拗といってもいいものなので、みずからの犯した罪について、決して悔い改めることをしないラスコーリニコフに、どこまでも苦痛をあたえ、その身を滅ぼすほどに愛の仕打ちを施すソーニャのすがたを、シベリアの流刑地まで追跡する。その仕方に、思わずうなってしまったのは、私のみではないであろう。

これをイエスの愛やソクラテスの倫理に並べるには、平田俊子の「殴られた話」とはまた別の意味において、あまりに切迫しすぎているといわねばならない。にもかかわらず、ここには、人間の倫理というものが、ある極端な生のあり方を先取りするところに、はじめて明確な像を結ぶということが、わきまえられている。それを可能にしたのが、山城におけるデリダに対する深い読みであり、それは同時に、デリダによる根底的な批判にさらされながら、そのことによって少しも潰えることのなかったレヴィナスの倫理のありようにつながるものである。

平田や山城のように、最も火急の問題を関係の内側から解きほぐしていくといった体の作品に出会うことは、もうそんなに多くはないにちがいない。だが、小池昌代「波を待って」(「新潮」)に描かれた、更年期を迎えた女性のどこかかぼそいような、存在そのものにしみわたる浅さといったものに、山城いうところの「おとなしい愛」をみとめることは、決してうがちすぎとはいえないのではないか。

同様に、陣野俊史「スリリングな思考のプロセス――中村文則『悪意の手記』書評」(「群像」)のなかの、死と向き合い、罪を背負った人間が、その重圧に負けそうになりながら、他人と関係を結ぶことが小説になっていくのだという言葉に、倫理というものの、もっともシンプルなあり方を読み取ることができる。私たちの文学は、こういう荷い手たちによって確実に普遍への通路をひらいていく。そのことに対する確信を、最後に述べておきたいと思った。

終章　死と贈与　二〇〇六、二〇〇七年回顧

ニヒリズムへの独特な距離

二〇〇三年イラク戦争開戦の年から始めた文芸時評も、三年でお役御免、その後に書いた時評は、第一部第七章に収めた「贈与と蕩尽――二〇〇八年展望」だけである。〇六年から〇七年の間が抜けたかたちとなってしまったのだが、その埋め合わせもかねて、この二年間を顧みてみようと思う。

文芸作品が生み出される社会状況に言及するという姿勢は、〇八年展望においても踏襲された。そこで話題としたのは、中国四川大地震、ミャンマーのサイクロン被害、チベットにおける暴動、サブプライムローンと世界金融危機、イスラム原理主義勢力による相次ぐテロ事件、そして地球温暖化対策と自然災害問題であった。

話題が「海外」にかぎられることになったが、「国内」を見ても、原油高騰、秋葉原事件、厚生次官宅襲撃事件、株式市場の暴落、派遣切りを始めとする雇用不安といったぐあいに問題が山積していた。

これら「国内」の問題もまた、先の展望で提示した対抗贈与と死の破局《カタストロフィー》というコンセプトでとらえることができるのではないかというのがここでの見通しである。

このことは、〇六年、〇七年を回顧するに当たってぜひとも押さえておかなければならない点である。というのも、この二年の間、いわゆる重大ニュースの海外編と国内編には著しい落差がみられるからだ。海外においては、ムンバイ列車同時テロ、イスラエルのレバノン侵攻、原油最高値、金融不安と米経済失速、イラクで大規模テロ、パキスタン、非常事態宣言、ハマス、ガザ制圧といったぐあいに、対抗贈与と死の破局《カタストロフィー》が様々なかたちをとって現れているのに対し、国内においては、破局を思わせるような事態はどこにもみられない。

それが、〇八年にいたってカタストロフィーの予兆はいっきに顕在化する。秋葉原事件、企業収益悪化、雇用不安といった問題が次々に現れてきたのだ。先の稿を起こすに当たって、これら国内の問題に言及せずとも展望は可能と判断したゆえんである。そのことを最もよくあらわしているのが、この間に発表された文芸作品にほかならない。

先に九・一一以後の作家たちとして、一九七〇年前後にこの世に生を享け、二〇〇〇年を境に作品を問うことになる者として、中原昌也、舞城王太郎、中村文則といった作家たちをあげた。ニヒリズムへの独特な距離のとり方に彼らのモチーフを見るというのがそこでのテーマだったのだが、これを死と贈与というコンセプトでとらえてみるならば、その後に作品を著した吉田修一、諏訪哲史、三崎亜紀、古川日出男といった作家たちのモチーフをも押さえることができるのではないか。

彼らが、九・一一以後の作家たちとリンクしながら、この数年、私たちの身辺に潜在する破局の予兆を小説の主題としてきた作家たちであることは間違いないからだ。今回、〇六年、〇七年、〇八年に公刊された『となり町戦争』『悪人』『アサッテの人』『聖家族』といった作品を通読しながら、この考えに変更のないことを確認した。彼らのテーマが、「戦争」「殺人」「失踪」「征服」であることもさりながら、小説の結構に収まりきれない攻撃衝動、死の衝動を発語の根にかかえているということ、それゆえに何かを蕩尽せずにいられないということ、この点からも、彼らのうちに死と贈与のモチーフが深く食い込んでいることは、疑いないのである。

なかでも、となり町との戦争に参戦する主人公の姿を描いた三崎亜紀の作品には、このモチーフが鮮明なイメージをもって描かれている。町の行政事業として始められた戦争と戦闘を実感することのない平穏な日常。広報誌に掲載される戦死者の数。町の職員で戦争推進室の一員と名乗る女性との偽装結婚。設定の妙は、見えない戦争の恐怖を次々にかきたてていく。

「不意に、四つ先の天窓から漏れこむ光の中に動くものの気配を感じて、僕はわずかばかりのリアリティを取り戻した。立ち止まり、それが何かがわかるまで動かなかった。暗渠の上は道路になっているらしく、一台の車が通過していった。それにさえぎられ、天窓は順にその光を一時失う。僕はさっきの気配も車の影だったのかと思った。しかしやがて動くものは三つ先の天窓の下に現れた。こちらに向かってくる。人だ」。「再び天窓からの光をたよりに歩き出す。一つ、二つ、そして三つ目。この上で検問が行われている。そんなことは感じさせないほどに静まっていた。それでも僕は天窓の光を避けて、暗渠の壁面に張り付くように一歩一歩を進めた」。

特別偵察隊の一員として暗渠をくぐっていく場面の描写だが、ここには、湾岸戦争から九・一一事件、イラク戦争からパレスチナ紛争といった二十一世紀の戦争に通ずるようなイメージの迫真性がある。戦争状態のリアリティは、発語の根に潜む攻撃衝動によってあたえられたものにほかならない。この一節にとどまらず、対抗贈与と死の蕩尽といったモチーフは、小説のいたるところに現れている。

しかし、問題がないわけではない。作者の三崎亜紀が、『となり町戦争』という斬新な内容を小説にするに当たって、このモチーフをどのように虚構の核心へ埋め込んでいるか、判別しにくいのだ。ヴァーチャルな戦争と任務のための結婚、そして恋愛といった主題をたどっていくかぎり、それもまた攻撃衝動と死の衝動の試練を受けるものであることをとらえきっているとはいいがたい。そのため、このタナトスといわれる内心の衝動が、物語自体を座礁させるかもしれないといったぐあいには、この小説は書かれていないのである。

湾岸戦争を史上最初のヴァーチャル・ウォーととらえる一方で、巨大なシステムによる死の蕩尽ととらえたボードリヤールの二重の視線がみとめられないといえばいいだろうか。これは、九・一一以後に遅れてやってきた作家たちに共通して見られる傾向ということができる。『悪人』の吉田修一にしても『アサッテの人』の諏訪哲史にしても、モチーフに食い込んだリアルな場面を随所に浮き彫りにしながら、これを世界大の暗雲からもたらされたものとする視点に欠けているのだ。

さすがに、狗塚家という異数の家族の来歴を語ることによって、東北の偽史を描こうとした古川日出男の『聖家族』には、このかぎりにあらずといったおもむきがみとめられる。物語の効用の向こうから雲霞のように押し寄せるものに対して、自覚的といえばいいだろうか。もっとも、この長大な小説の傍らに川上未映子『乳と卵』を並べてみるならば、贈与と蕩尽のモチーフは、関西弁の独特の語りにくるまれ、エロスとタナトスの間《あわい》を物語特有の仕方でくぐっていくのである。そこにみられるのは、どのような内なる暗雲も、語りの巧みさによって鞣していく言葉のわざといっていいものではないか。

エロス的蕩尽へのやみがたさ

世界のニヒリズムに対して独特な視角をもちつづける九・一一以後の作家たちに連なるのは、むしろ、虚構の物語を、モチーフそのものの衝迫によって内側から瓦解させる作家たちである。これを小説にかぎらない文芸作品の書き手にもとめていくならば、まず目を留めなければならないのが、現代詩の新しい書き手たちなのである。〇七年に刊行された詩集から挙げてみよう。

わたしは誰かのために／洗われるからだを持つ／ひたいに緑色のマジックで／数字を書きこまれ／ころされるための順番を待っていた／にんげんは言葉を持たない／ただ迷いのないうでがわたしにのしかかり／すばやく脚を折り、痙攣が待たれる／水を掃く音、尻を冷やすコンクリート、／霧のなかで／空高く衣類だけが積み上げられていたことも／覚えている／（眩しい塔を見たのだ〃光は波のように寄せ／あの塔がなんども現れてくる／そこは／様々な体温が甘く蒸れ／いつかだれかの暗い舌に溶けたが／指先を切ったあなたの顔のまえで／血のように出会う

（杉本真維子『袖口の動物』）

「防空システム、防空システム」と叫んで僕は「人間」じゃなくなった／櫂の埋まっている道で誰何の声に振り返れば、ずっとむかし太陽の隣に建てられたスタジアムがゆっくりと海に沈んでいった／数年後、肺を病んだ星巡りのキャラバンはふたつめの地平に幾人かの死体を安置している〃拾った猫の骨でわけのわからない文字を、あなたの額に／破砕した街灯が峠を照らし、いつかガラス入りの

タバコを僕にくれた人の「消息」は水の分子に直されていく／山あいの町、そしておもに人の殴打の残身がいまも回転している境界を、森の湿度でゆっくり濡らして丁寧に折りたたんでいった／茄子や南瓜の「遺恨」が静かな台所《だいどこ》で焚書の炎をあげている、僕はそれを見上げている〳〵「路上」／数台の輸送トラックが過ぎていった／畑の畝で花を拾った殺意の年に幾つもの流星が落ちていく、さなえ（*route29*）、小さな背中が痛い

（中尾太一『数式に物語を代入しながら何も言わなくなったFに、掲げる詩集』）

これらの作品を『となり町戦争』や『悪人』に並べてみるとき、みえてくるのは、死の衝動、攻撃衝動を、フィクションの地平に解消することなく、最後まで発語の根に飼いならそうとする欲望である。彼ら現代詩の書き手たちは、虚構への誘惑を詩の言葉から退けることでこれを成し遂げる。

とはいえ、三崎亜紀や吉田修一という作家たちのモチーフに、虚構への特別な傾斜がみとめられるというのではない。そういう誘惑との戦いということについては、少しも引けを取らない。さらにさかのぼって、中原昌也、中村文則といった作家たちには、ほとんど確信犯的にこの戦いを貫徹し、タナトスの根から言葉を掘り起こそうとする気配が感じられる。

にもかかわらず、杉本真維子、中尾太一といった詩人たちを特徴づけるのは、この欲望や気配を、エロス的蕩尽によって更新せずにいられないやみがたさなのである。そこに現代詩の新しい書き手たちの存在理由がある。

たとえば、中原昌也や中村文則の、もはや症状でしかないような暗い言葉の連なりに比べるならば、詩人たちの作品が、いかに光の回路を暗示しているかが明らかになるだろう。これが、エロス的蕩尽へ

のやみがたさからもたらされていることは、疑いない。三崎亜紀や吉田修一の、メランコリックなまでの虚構の球体に比べても、そのことはいえるのだ。

だが、症状としての言葉の駆使によって、この球体を、あくまでも内側からの膨張に押し止めようとする作家たちに比べ、詩人たちの言葉が、溢れんばかりの蕩尽に耐え切れず、結局は対抗贈与の欲望を抒情の地平に解き放ちかねないものであるということも明らかなのである。そのことによって浮き彫りになるのは、攻撃衝動、死の衝動を言葉のラディックスにかかえつづけることの困難ということだ。

このようなアポリアは、中原昌也、中村文則、もっと世代をさかのぼって吉村萬壱、阿部和重といった作家たちの戦争小説が、タナトスの暴力的な噴出をどう回収するかという問いを封じ込めるように書かれていることをも明らかにする。ヴァーチャル・ウォーの向こう側に、巨大なシステムによる死の蕩尽を読み取ったボードリヤールが、対抗贈与と死の破局《カタストロフィー》をどう引き取り、乗り越えていくかの問いをペンディングにしたようにといえばいいだろうか。

これに対してあえてこたえるとするならば、死にいたるまでのエロス的蕩尽と同情や倫理へと引き渡すことのない絶対贈与を、というのが先の文章で述べた二十一世紀への展望だった。彼ら九・一一以後の作家たち、彼らに先行する古川日出男、吉村萬壱、阿部和重、そして遅れてやってきた三崎亜紀、諏訪哲史といった作家たちの作品が、このような贈与のあり方を虚構の球体の内側にどこまで充塡することができるか、そこにまったく新しい戦争小説の出現が画されるのではないか。それは、水無田気流、杉本真維子、中尾太一といった詩人たちが、エロス的蕩尽のやみがたさを、言葉の物質性として刻み込むことによって、タナトスの噴出を、暴虐の一歩手前に押しとどめる、まったくあらたな戦争詩の出現を画すように、といえばいいだろうか。

殺すのは誰でもよかったといって、誰でもよい人間となってしまった自分を、最終的にこの世界から抹殺しようと秋葉原までやってきた加藤某。彼の内心の奥の奥から、とめどもなく噴出してくる攻撃衝動、死の衝動こそ、二十一世紀の戦争を引き起こすラディックスだ。このことを見極めるならば、〇六年、〇七年回顧は〇八年展望へとそのままつながっていくだろう。
秋葉原事件をめぐって、誰もが発しているのかどうか、酒鬼薔薇聖斗事件の少年Aの手記にも記されていたニーチェの言葉が流通していることを知ったとき、私は、それもまたタナトスをいかにして生の蕩尽によって引き取るかの指標にほかならないと考えたしだいだ。

怪物と闘う者は、みずからも怪物とならぬようにこころせよ。なんじがひさしく深淵を見入るとき、深淵もまたなんじを見入るのである。

（『善悪の彼岸』竹山道雄訳）

跋　天命を知るということ　大岡昇平『レイテ戦記』へ

アイロニーとしての言葉

還暦といわれる年齢に達するものの、実感がわかない。

『論語』にいわれる、五十にして天命を知り、六十にして耳順うという言葉に耳傾けてみれば、少しは見えてくるものがあろうか。怪力乱神について語らずといった孔子は、朝《あした》に道を知らば夕べに死すとも可なりという思いを胸に秘めた覚悟の人だった。

だが、みずからを顧みて、道を知ることの難く、いまだ天命を知ること及ばない、そんな思いにとらわれることはなかっただろうか。早世した顔回の死を前に「ああ、天われを滅ぼせり、天われを滅ぼせり」と慨嘆したのは、孔子六十九歳のときだった。

五十にして、いまだ天命を知るあたわず、六十にして、なお迷いの浅からざることを思う。孔子のなかに生きていたのは、年齢を重ねることでは決して満たすことのできない、深い懐疑のこころだった。

断言すれば断言するほど、言葉はアイロニーとしてひびいてくる。すぐれた思想家というのは、言葉というものを必ずそういうふうに遇しているのである。

小林秀雄の「年齢」という文章をみると、年齢について、孔子について、同様の考えが記されている。天命を知らなければならない時期に近づいたが、「人生の謎は深まっていくような気がしている」という、「心に疑惑の火を断たぬ事、これが心に皺がよらない肝心な条件に思えた」というのである。

それから十年、小林は、こんなふうにもいう。「還暦を祝われてみると、てれ臭い仕儀になるのだが、せめて、これを機会に、自分の青春は完全に失われたぐらいのことはとくと合点したいものだと思う」(「還暦」)、と。

しかし、私にはどうしてもわからないのだが、小林のいう「人生の謎」「疑惑の火」とは、孔子のなかに生きていた深い懐疑のこころとは紙一重のところで異なるものではないだろうか。少なくとも、戦後間もない昭和二十五年から高度成長期を迎える昭和三十年代、小林の年齢でいえば、五十歳から六十歳の時点で、そうだったといえるのではないか。

たとえば、小林は、「吉田満の『戦艦大和の最期』」において、「僕は、終戦間もなく、ある座談会で、僕は馬鹿だから反省なんぞしない、利巧な奴は勝手にたんと反省すればいいだろう、と放言した。今でも同じ放言をする用意はある。事態は一向変わらぬからである」と述べている。

戦争について、時到れば、一兵士として、祖国のために銃を取るであろうという覚悟を述べたみずからの立場について語ったものだが、喜んで国のために死ぬだろうというその言葉に嘘がないとするならば、少なくともこのような「放言」の出てくるはずはない。

国民は黙って事変に処したという言葉にしても、国民としてのゆるぎない態度のようにみえながら、そのことのいかに難く、そのためにどれほど多くの迷いと惑いを処理しなければならなかったかを言外に示してこそ、思想の言葉といえるのではないだろうか。

戦争期の小林の言葉には、そのような気見合いが間違いなくこめられていた。それは『無常といふ事』の西行や実朝について語った言葉から十分うかがわれる。だが、ここでも紙一重のところで、小林の言葉は、思想や倫理に向かうように見えて、一種美的な光芒へと結晶するのである。天才の悲劇というのは、その象徴といっていい。

小林秀雄にとって、中原中也というのは畏敬すべき、怖るべき存在であった。中原こそ、言葉というものが、深いところから発せられれば発せられるほど、アイロニーとしてひびかずにいないという機微に通じていた人間だったからだ。

「『これが手だ』と、『手』という名辞を口にする前に感じている手、その手が深く感じられていればよい」と、中原はいう。天才詩人である中原中也ならば、そういう「手」をいつでも深く感じていた、などとこれを解してはならない。

「これが手だ」といっても、「手」という名辞を口にする前には、その「手」に当たる何ものも見当たらない。あるのは、測り知れない惑いと逡巡のこころだけだ。その迷いとためらいをあえて飛び越えるようにして、「これが手だ」と断言する、そこにこそ詩の言葉が、そして思想の言葉が立ち現れるのではないか。

歴史への畏怖にも似た思い

小林秀雄が、このような機微について、ほんとうにかたちとしてあらわしたのは、還暦もすぎた昭和四十年前後、ドストエフスキーや本居宣長について、根底からの考察をすすめる時期である。この時期、小林は、「『罪と罰』について」や「『白痴』について」といったドストエフスキーについての論考に加筆し、集大成としての一巻を上梓している。さらには、「本居宣長」の、その後十年にわたる連載に着手しているのだ。

その小林の『ドストエフスキー』と『本居宣長』について、ぜひとも述べたいところだが、機会をあらためて、ここでは、この二つの作品が、いかにしてそのような仕儀にいたったのかという問いを立ててみようと思う。

私の考えでは、昭和四十二年に連載に着手、以後二年半にわたり連載を続け、著者還暦の年に当たる一九六九年に完結した大岡昇平の『レイテ戦記』が、深いところで小林の営みをも動かしていた。

小説家としての出発を画した大岡の『俘虜記』が、小林の慫慂によって書かれたものであることは、よく知られている。しかし、『俘虜記』や『野火』における大岡は、戦後文学に明瞭な足跡を残した作家ではあっても、普遍文学といっていいような何かを実現するにはいまだいたっていない。人間の言葉や行為が、思想や倫理のそれとして立ち現れるとき、根源的なアイロニーとして現れるほかはない。そのことを、青春の交友を通して中原中也から学んでいた大岡が、みずからこれを実践するのは、それから約三十年の歳月を経てからなのである。

『レイテ戦記』には、過ぐる戦争について、これをいかんともしがたい過誤の歴史とする史観が貫かれている。為政者の政治的判断から軍指導部の指揮、作戦の決定にいたるまで、決してそうであってはならないにもかかわらず、そのようなかたちで犯された過ちの事蹟とみなされている。だが、日本軍八万四千人、アメリカ軍四千人という膨大な犠牲者を出したレイテ島の戦いが、そういう過誤によって流されたおびただしい血の贖いとして語られているのではない。

作者をとらえているのは、いかなる過ちをも修復不可能なかたちで進めていく歴史への畏怖にも似た思いである。そのなかで、一人一人の兵士が、最善を尽くして戦い、力尽き辺土の土と化していった。戦争とは、彼ら無数の兵士たちの非業の死を呑みこみ、為政者の過ちも、作戦の拙さもすべて一様にならしてしまう巨大な現実にほかならない。そういう戦争をあらしめるのは、まぎれもなく人間であるのだが、いったん現実と化すや、戦争は、人間のどのよう営為をもねじ伏せる必然のすがたで現れる。「戦いは万物の父であり、万物の王である」と語った古代ギリシアの哲学者ヘラクレイトスは、このような事態が歴史から消え去ることのないことを、見通していた。

大岡昇平が『レイテ戦記』において描こうとしたのは、そのような戦争の現実であった。それはたとえば、日本軍のとった最終手段ともいうべき特攻について、以下のように述べるところからも明らかである。


「特攻という手段が、操縦士に与える精神的苦痛はわれわれの想像を絶している。自分の命を捧げれば、祖国を救うことが出来ると信じられればまだしもだが、沖縄戦の段階では、それが信じられなくなっていた」。「しかしこれらの障害にもかかわらず、出撃数フィリピンで四〇〇以上、沖縄一九〇〇以上の中で、命中フィリピンで一一一、沖縄で一三三、ほかにほぼ同数の至近突入があったことは、われわれの誇りでなければならない。想像を絶する精神的苦痛と動揺を乗り越えて目標に達した人間が、われわれの中にいたのである。これは当時の指導層の愚劣と腐敗とは何の関係もないことである。今日では全く消滅してしまった強い意志が、あの荒廃の中から生まれる余地があったことが、われわれの希望でなければならない」。

人間のいかなる営為もねじ伏せる巨大な現実としての戦争。そういう戦争の過酷さを象徴的にあらわすものとして、特攻という手段ほどふさわしいものはない。にもかかわらず、いかんともしがたい現実にあえて身を投ずることによって、最後の意志ともいうべきものをこの世に有らしめていった戦士たち。『レイテ戦記』の膨大な記述の根底に流れるのは、そのようなアイロニーとしての生を強いられた存在に対する汲みつくせぬ思いである。それは、神風特攻の戦士のみならず、無残な戦いの果てに棒切れか何かのように倒れていった兵士たち、そして、彼ら兵士たちを駆り立てた戦いの現実において、多大の被害を蒙ったレイテ島の現地人たち。彼らが、この現実に翻弄され、語る言葉さえ奪われていくすがたを、冷徹といえるほどの記述によって捉えた大岡昇平は、どのような正義も公正もありえない戦争の非情さのなかに、人間にとっての最も現実的な現実があることを暗示するのである。

あとがき

この評論集に収めるつもりで、最終的にはカットした文章が何本かある。現代詩手帖二〇〇二年六月号に発表した「九七年のラディックス――『稲川方人全詩集』」は、なかでも、心残りの一つだ。内容は、すべてこの本で敷衍してあるので、惜しくないが、以下のような一節はぜひ残したいと思っていた。

花椿賞授賞式の言葉が、忘れられません。もう十年もたつのに、一週間前のことのように、ありありと脳裏に浮かびます。銀座、資生堂ビルの、狭いホールのような白色光で照らされた会場で、いまは亡き相米慎二の祝辞をまのあたりに聞きながら、私はその言葉を背中のあたりに感じつつ絓秀実、吉田文憲と、何やかや談論、談笑していたのでした。

稲川方人が『2000光年のコノテーション』で花椿賞を受賞したときの様子だ。何が心に残るかというと、このとき談論、談笑した内容が、いまでも鮮明に思い出されるからだ。詩や評論を書く媒体がだんだん少なくなってきたということ、文芸誌といっても、詩の雑誌や書評紙を主な媒体とする文芸評論家というのも、なかなかない役どころだといったようなことだった。

それから二十年近くたつが、現実は少しも変わっていない。ここに収めた文章のほとんどが、詩の雑誌と書評紙、詩を中心にしたリトルマガジンと同人誌に発表されたものである。このような環境で文芸評論を書き続けてきた者がどれだけいるだろうか。そんなことを思うこともあるのだが、有為の人たちが、こういう困難を承知のうえで、書下ろし稿や紀要、同人誌の類に連載したものをまとめているのをみると、まだまだこれからと思ってしまう。そう思って、一度発表した文章に手を入れ、書下ろしを何本かくわえ、一本にしたのがこの評論集である。

編集部の髙木真史氏は、こういう私の思いを汲んでくれる数少ない編集者の一人だ。小田久郎氏の変わらぬご厚誼にも、感謝の言葉がない。図書新聞文芸時評も、佐藤美奈子氏、井出彰氏の支持がなければ陽の目をみることのないものだった。所収の文章の発表の機会を下さった池谷真吾氏、藤井一乃氏、倉橋健一氏、安田有氏にも、有難うといいたい。

敬愛する宮城賢氏から、「六十代はまだまだ力のある年代です」という言葉をいただいたことがあった。この本が、その言葉のように、六十にしてなお、書下ろし稿や改稿を重ね、文芸評論集というもののかたちを絶やすまいとする人間の手になるものであることを、いっておきたいと思った。

初志貫徹ということは、どんなかたちでもできる。

神山睦美

二〇〇九年五月二十五日

参照文献

はじめに
ブレヒト『ガリレイの生涯』岩淵達治訳　岩波文庫
野田又夫『ルネサンスの思想家たち』岩波新書
村尾健吉『アホほど勉強してもやっぱりアホ——善意と正義以上の悪徳はない』私家版

第Ⅰ部　二十一世紀の戦争

序章　文芸批評の方法——北川透『中原中也論集成』を手がかりに
北川透『中原中也論集成』思潮社
中原中也『中原中也詩集』（中原中也全集1）角川書店
小林秀雄『考えるヒント』文春文庫

第一章　文学の普遍性について——井坂洋子・多和田葉子・小川洋子
アレント『人間の条件』志水速雄訳　ちくま学芸文庫
井坂洋子『箱入豹』思潮社
多和田葉子『旅をする裸の眼』講談社
小川洋子『博士の本棚』新潮社
小川洋子『博士の愛した数式』新潮社

第二章　悲劇の時代と『チャタレイ夫人の恋人』——小林秀雄の戦争観から
ロレンス『チャタレイ夫人の恋人』伊藤整訳（新集世界の文学29）中央公論社
小林秀雄『政治と文学』（小林秀雄全作品19）新潮社
竹田青嗣『世界という背理——小林秀雄と吉本隆明』河出書房新社

第三章　普遍思想としての「修辞的現在」へ——存在不安と吉本隆明
吉本隆明『戦後詩史論』大和書房
吉本隆明『心的現象論序説』北洋社
吉本隆明『ハイ・イメージ論』福武書店
神山睦美『吉本隆明論考』思潮社
竹田青嗣『現代思想の冒険』毎日新聞社
谷川俊太郎『定義』思潮社
ブルトン『シュルレアリスム宣言』巖谷國士訳　岩波文庫
デリダ『基底材を猛り狂わせる』松浦寿輝訳　みすず書房
ハイデガー『存在と時間』原佑・渡辺二郎訳（世界の名著62）中央公論社

吉本隆明『世界認識の方法』中央公論社

第四章　近代《モダニティ》という背理――鮎川信夫の歴史観

丸山真男『日本政治思想史研究』東京大学出版会
武田泰淳『司馬遷』講談社
鮎川信夫『戦中手記』思潮社
河上徹太郎・竹内好他『近代の超克』冨山房百科文庫23
廣松渉『〈近代の超克〉論』講談社学術文庫
子安宣邦『「近代の超克」とは何か』青土社
フーコー『言葉と物』渡辺一民・佐々木明訳　新潮社
瀬尾育生『文字所有者たち』思潮社

第五章　ポリネシアの幻想――もう一つの戦争詩・吉田嘉七論

柳田國男『海上の道』（現代日本文学大系20）筑摩書房
吉本隆明『柳田國男論』（吉本隆明全集撰4）大和書房
井上光晴『ガダルカナル戦詩集』（現代日本文学大系87）筑摩書房
瀬尾育生『戦争詩論』平凡社
石原吉郎『サンチョ・パンサの帰郷』石原吉郎詩集　思潮社
フロイト『精神分析入門（続）』懸田克躬・高橋義孝訳（フロイト著作集1）人文書院
フロイト『快感原則の彼岸』井村恒郎訳（フロイド選集4）日本教文社
吉本隆明『母型論』思潮社
吉田加南子『幸福論』思潮社

第六章　二十一世紀の戦争――瀬尾育生と稲川方人

石原莞爾『最終戦争論』中公文庫
瀬尾育生『アンユナイテッド・ネイションズ』思潮社
稲川方人『聖‐歌章』思潮社
柄谷行人『〈戦前〉の思考』講談社学術文庫
柄谷行人『世界共和国へ』岩波新書
アンダーソン『想像の共同体』白石隆・白石さや訳　リブロポート

第七章　贈与と蕩尽――二〇〇八年展望

ボードリヤール『湾岸戦争は起こらなかった』塚原史訳　紀伊國屋書店
ボードリヤール『象徴交換と死』今村仁司・塚原史訳　筑摩書房
バタイユ『呪われた部分』生田耕作訳　二見書房
バタイユ『エロティシズム』澁澤龍彦訳　二見書房
モース『社会学と人類学』有地亨・伊藤昌司・山口俊夫訳　弘文堂
レヴィ＝ストロース『人種と歴史』荒川幾男訳　みすず書房
フーコー『言葉と物』渡辺一民・佐々木明訳　新潮社
ニーチェ『道徳の系譜』信太正三郎訳　ちくま学芸文庫

第Ⅱ部　九・一一以後の作家たち

序章　九・一一以後の作家たち

見田宗介『社会学入門』岩波新書
ロレンス『現代人は愛しうるか――黙示録論』福田恆存訳　中公文庫
レヴィナス『全体性と無限』合田正人訳　国文社
斎藤環『文学の徴候』文藝春秋
中原昌也『名もなき孤児たちの墓』新潮社

第一章　二〇〇三年文芸時評

ロレンス『現代人は愛しうるか――黙示録論』福田恆存訳　中公文庫
吉本隆明『マチウ書試論』（吉本隆明全著作集4）勁草書房
村上春樹『海辺のカフカ』新潮社
吉本隆明『母型論』思潮社
夏目漱石『明暗』（夏目漱石全集9）ちくま文庫
ドストエフスキー『カラマーゾフの兄弟』米川正夫訳　岩波文庫
深沢七郎『笛吹川』新潮文庫
埴谷雄高『死霊』講談社
サリンジャー『キャッチャー・イン・ザ・ライ』村上春樹訳　白水社
サルトル『嘔吐』白井浩司訳（サルトル全集第6巻）人文書院
カミュ『異邦人』窪田啓作訳　新潮文庫
絓秀実『革命的な、あまりに革命的な』作品社
渡部直己『かくも繊細なる横暴――日本「六八年」小説論』講談社
舞城王太郎『阿修羅ガール』新潮社
小川洋子『妊娠カレンダー』文藝春秋
小川洋子『完璧な病室』福武書店
フーコー『汚辱に塗れた人々の生』丹生谷貴志訳（フーコー・コレクション6）筑摩書房
柄谷行人『倫理21』平凡社
夏目漱石『こころ』（夏目漱石全集8）ちくま文庫
カフカ『変身』山下肇訳　岩波文庫
吉本隆明『最後の親鸞』春秋社
夏目漱石『それから』（夏目漱石全集5）ちくま文庫
夏目漱石『門』（夏目漱石全集6）ちくま文庫
高橋源一郎『日本文学盛衰史』講談社

第二章　二〇〇四年文芸時評

ソクーロフ・島田雅彦『アレクサンドル・ソクーロフの宇宙』ダゲレオ出版
江藤淳『リアリズムの源流』河出書房新社
吉本隆明『言語にとって美とはなにか』勁草書房
アレント『人間の条件』志水速雄訳　ちくま学芸文庫
バタイユ『エロティシズムの歴史』湯浅博雄・中地義和訳　哲学書房
ケーガン『第三の道』山岡洋一訳　光文社
ニーチェ『道徳の系譜』信太正三郎訳　ちくま学芸文庫

中島敦『北方行』（中島敦全集2） 文治堂書店
武田泰淳『作家の狼疾』（武田泰淳全集12） 筑摩書房
ドストエフスキー『白痴』米川正夫訳　岩波文庫
ドストエフスキー『悪霊』江川卓訳　新潮文庫
大江健三郎『取り替え子《チェンジリング》』講談社
本居宣長『石上私淑言』（新潮日本古典集成　本居宣長集）新潮社
片山恭一『世界の中心で、愛をさけぶ』小学館
村上春樹『ノルウェイの森』講談社
堀辰雄『風立ちぬ』（現代日本文学大系64） 筑摩書房
堀辰雄『菜穂子』（現代日本文学大系64） 筑摩書房
モブ・ノリオ『介護入門』文藝春秋
ドストエフスキー『罪と罰』米川正夫訳（世界文学全集12） 河出書房新社
梶井基次郎『城のある町にて』（現代日本文学大系63） 筑摩書房
赤坂真理『ヴァイブレータ』講談社
村上春樹『海辺のカフカ』新潮社
村上春樹『アフターダーク』講談社
村上春樹『神の子どもたちはみな踊る』新潮社
カフカ『審判』辻瑆訳（筑摩世界文学大系65） 筑摩書房
カフカ『城』原田義人訳（筑摩世界文学大系65） 筑摩書房
カフカ『父の気がかり』『カフカ短編集』池内紀編訳　岩波文庫

第三章　二〇〇五年文芸時評

稲川方人監督『たった8秒のこの世に、花を――画家・福山知佐子の世界』稲川方人構成
夏目漱石『人生』（現代日本文学大系17） 筑摩書房
小林秀雄『物質への情熱』（小林秀雄全作品2） 新潮社
正岡子規『病牀六尺』岩波文庫
正岡子規『子規句集』岩波文庫
永井愛『新・明暗』而立書房
古井由吉『野川』講談社
川端康成『雪国』新潮文庫
川端康成『山の音』新潮文庫
レム『ソラリス』沼野充義訳　国書刊行会
エリオット『四つの四重奏曲』西脇順三郎訳（定本西脇順三郎全集第4巻） 筑摩書房
笠井潔『探偵小説と二〇世紀精神』東京創元社
夏目漱石『行人』（夏目漱石全集7） ちくま文庫
小林正樹監督『東京裁判』小林正樹・小笠原清脚本
大江健三郎『さようなら、私の本よ！』講談社
ハイデガー『存在と時間』原佑・渡辺二郎訳（世界の名著62） 中央公論社
坂口安吾『教祖の文学・不良少年とキリスト』講談社文芸文庫
小林秀雄『ゴッホの手紙』（小林秀雄全作品20） 新潮社
小林秀雄『「白痴」についてII』（小林秀雄全作品19） 新潮社
小林秀雄『本居宣長』新潮社
アレント『人間の条件』志水速雄訳　ちくま学芸文庫
コンラッド『闇の奥』中野好夫訳　岩波文庫
チェホフ『サハリン島』松下裕訳（チェーホフ全集12） ちくま文庫

エリオット『うつろなる人々』深瀬基寛訳（エリオット全集第1）中央公論社
小林秀雄『思想と実生活』（小林秀雄全作品7）新潮社
サイード『知識人とは何か』大橋洋一訳　平凡社ライブラリー
レヴィナス『全体性と無限』合田正人訳　国文社
プラトン『ゴルギアス』藤沢令夫訳（世界の名著6）中央公論社

終章　死と贈与——二〇〇六年、二〇〇七年回顧

吉田修一『悪人』朝日新聞社
諏訪哲史『アサッテの人』講談社
三崎亜紀『となり町戦争』集英社
古川日出男『聖家族』集英社
ボードリヤール『湾岸戦争は起こらなかった』塚原史訳　紀伊國屋書店
ボードリヤール『象徴交換と死』今村仁司・塚原史訳　筑摩書房
バタイユ『呪われた部分』生田耕作訳　二見書房
フロイト『人はなぜ戦争をするのか——エロスとタナトス』中山元訳　光文社文庫
川上未映子『乳と卵』文藝春秋
杉本真維子『袖口の動物』思潮社
中尾太一『数式に物語を代入しながら何も言わなくなったFに、掲げる詩集』思潮社
吉村萬壱『バースト・ゾーン——爆裂地区』早川書房
阿部和重『シンセミア』朝日新聞社
ニーチェ『善悪の彼岸』竹山道雄訳　新潮文庫

跋　天命を知るということ——大岡昇平『レイテ戦記』へ

孔子『論語』貝塚茂樹訳（世界の名著3）中央公論社
小林秀雄『年齢』（小林秀雄全作品18）新潮社
小林秀雄『還暦』（小林秀雄全作品24）新潮社
小林秀雄『吉田満の「戦艦大和の最期」』（小林秀雄全作品17）新潮社
小林秀雄『無常という事』（小林秀雄全作品14）新潮社
中原中也『芸術論覚え書き』（中原中也全集3）角川書店
大岡昇平『レイテ戦記』中央公論社

人名索引

か

き

く

け

こ

ち

つ

て

と

な

に

ほ

ま

み

む

め

も

初出一覧

はじめに　二〇〇九年二月書き下ろし

第I部　二十一世紀の戦争

　序章　文芸批評の方法　「現代詩手帖」二〇〇七年十二月号、二〇〇九年二月改稿

第一章　文学の普遍性について　「現代詩手帖」二〇〇四年三月号

第二章　悲劇の時代と『チャタレイ夫人の恋人』　「イリプス」十八号、二〇〇七年五月

第三章　普遍思想としての「修辞的現在」へ　「現代詩手帖」二〇〇五年九月号

第四章　近代《モダニティ》という背理　「現代詩手帖」一九八八年十月号、二〇〇九年二月改稿

第五章　ポリネシアの幻想　『吉田嘉七詩集』（未刊）解説、二〇〇八年六月執筆

第六章　二十一世紀の戦争　二〇〇九年一月書き下ろし

第七章　贈与と蕩尽　「現代詩手帖」二〇〇八年十二月号

第II部　九・一一以後の作家たち

　序章　九・一一以後の作家たち　「小説トリッパー」二〇〇四年秋季（抜粋）

第一章　二〇〇三年文芸時評　「図書新聞」二〇〇三年一月―十二月

第二章　二〇〇四年文芸時評　「図書新聞」二〇〇四年一月―十二月

第三章　二〇〇五年文芸時評　「図書新聞」二〇〇五年一月―十二月

　終章　死と贈与　二〇〇九年二月書き下ろし

　跋　天命を知るということ　「coto」十三号、二〇〇七年一月

二十一世紀《にじゅういっせいき》の戦争《せんそう》

著者
神山睦美《かみやまむつみ》
発行者
小田久郎
発行所
株式会社思潮社
〒一六二―〇八四二　東京都新宿区市谷砂土原町三―十五
電話〇三―三二六七―八一五三（営業）・八一四一（編集）
ＦＡＸ〇三―三二六七―八一四二
印刷所
創栄図書印刷株式会社
製本
小高製本工業株式会社
用紙
王子製紙、特殊製紙
発行日
二〇〇九年八月十五日